徐则臣——著

六耳猕猴

天津出版传媒集团
百花文艺出版社

图书在版编目（CIP）数据

六耳猕猴 / 徐则臣著. -- 天津：百花文艺出版社，2019.1
ISBN 978-7-5306-7560-1

Ⅰ.①六… Ⅱ.①徐… Ⅲ.①小说集-中国-当代 Ⅳ.①I247

中国版本图书馆 CIP 数据核字(2018)第 247898 号

六耳猕猴
LIU’ERMIHOU
徐则臣著

出版人：张纪欣
选题策划：汪惠仁　　封面设计：蔡露滋
责任编辑：齐红霞
出版发行：百花文艺出版社
地址：天津市和平区西康路 35 号　　邮编：300051
电话传真：+86-22-23332651（发行部）
+86-22-23332656（总编室）
+86-22-23332478（邮购部）
主页：http://www.baihuawenyi.com
印刷：山东德州新华印务有限责任公司
开本：850×1168 毫米　1/32
字数：197 千字
印张：8.25
版次：2019 年 1 月第 1 版
印次：2019 年 1 月第 1 次印刷
定价：48.00元

如有印装质量问题，请与山东德州新华印务有限责任公司联系调换
地址：山东省德州市经济开发区晶华大道 2306 号
电话：(0534)2671218　邮编：253000

目录

养蜂场旅馆

一

摇摇曾对我说过，火车穿过镇子左山的黑夜就要来了。我看见车窗外的黑暗从大地上升起，初秋的天气，要下雨的样子，黑暗也显得格外清凉。第一间房子和第一盏灯出现时，火车已经开始减速，随后在镇子的边缘停了下来。我突然决定下车，手忙脚乱地把背包刚拎下车，火车就开了。一个可以忽略不计的小站，停车一分钟。只有我一个人下车，没有人上车，简陋的小车站空空荡荡。我走在落满煤渣的水泥路上，一抬头看到了左边一座昏暗模糊的小山。这就是左山了。

"其实，左山是个很好玩的地方，"摇摇曾对我说，"山不高也不大，但是站在山顶能把平原看得清清楚楚。山后是一条快要被荒弃的运河，在白天还可以找到打鱼的小船。如果在养蜂场旅馆住下，出门就可以看到蜜蜂。"

那是八年前摇摇对我说的。现在我是一个人来到左山。我在坑坑洼洼的路上走走停停，真的要下雨了，风从旷野上刮过来，越刮越大，撞到山上又拐回头，就更大了。在灰暗的风里摇晃的是山脚下稀落的房屋,灯光也在风里摇摆。从一处墙基的拐角冒出来一个小个子男人,带着一脸慌张的笑迎上来。

“住店吧,”他有点气喘,“天都黑了。”

“养蜂场旅馆还在吗?”

“在,当然在。”小个子男人说,指着山脚下的房子中的某处,“那儿,就那儿。我就是旅馆的老板。你住过?”

“听说过。”

老板很高兴,在前头给我带路。说话有点短舌头,他说旅馆是自家的,开了十几年了,到过左山镇的人都知道,价格便宜,服务又好,还安全。我随着他走进一个院子,迎面是一栋装饰有点俗气的二层小楼,很小,上下各有三四个房间。旁边是两间瓦房,老板直接把我领进瓦房。

“先洗洗吃晚饭。”他说,帮我把背包放在一个高腿凳子上。然后冲着冒出炊烟香味的隔壁房间喊:“来了一个,是个男的,多下两碗面条。”

一个女声答应着:“来了!”却从厨房里钻出一个小男孩,七八岁的脸,抱着门框不敢进来,睁大两眼看着我。我也看着他,看得他害怕了又跑回厨房。

“我儿子,客生。”老板说,帮我泼了洗脸水,“我老婆瞎取的名字。真让她说对了,见到客人就怕生。”

旅馆里只有我一个客人。我和老板刚坐下,老板娘一路说着“来了”,端上了一大白瓷碗的手擀面条。后面跟着他们的儿子,谨慎地端着碗,站在门槛外边不敢进来。

“进来呀,小家伙。”我向他招手。

老板娘的碗没端结实,过早地落到了饭桌上,汤水溅到了我的衬衫上。她慌忙用毛巾给我揩,手有点抖,对不起,她说。她抬起头,灯光下的脸十分秀气,和身材一样,恰到好处的饱满。我觉得有点眼熟，笑一下就说我自己来。

她在围裙上搓着两只手看看老板，说：“那，我去端饭了。”到了门前接过儿子的碗放到桌上，离开房间时差点被门槛绊倒。

客生一直怕见生人，吃饭时老板娘叫了好几次他才从门外进来。面条吃得我很舒服，很久没吃上这么有味道的手擀面了。我一个劲儿地夸赞老板娘的手艺，老板娘不好意思，只顾低头吃饭。老板倒是很高兴，不住地劝我多吃，坐了一天的车了。他说来旅馆的外地人都喜欢老板娘的手擀面，只有客人来时她才做面条。今天又做了面条，可能有客人来，果然我就来了。我对老板娘笑笑表示感谢，她看了我一眼就低下头，一根一根地数着面条吃。老板是个面色苍黄的小男人，一张瘦小的脸，鼻子底下生着两撇小胡子。如果不是他一口一个“我老婆”“我儿子”叫着，我都没法把他们俩看成一对夫妻。

吃过饭，老板安排我到楼下靠右边的房间去住。老板娘说还是楼上靠右的房间好，站在窗户边上就能看到左山的一道坡，也安静，看书什么的方便。

“那间屋很久没人住了，也没有电视。”老板说。

“下午我刚收拾过。电视抱上去不就是了？”老板娘说，“你不想找个安静的房间看书吗？”

“对，对。房间越安静越好，能看到山坡就更好了。”

她竟然知道我喜欢在安静的地方看书。我随着老板娘上楼，楼梯里昏暗，我们的影子在外面灯光的映照下越发巨大，塞满了整个楼道。

二

房间显得陈旧，但是干净朴素，不像很久不住人的样子。一张老式雕花木床，一张红漆剥落的写字台，写字台上甚至还有一座铜做的烛台，插着半截红蜡烛。一把和写字台配套的旧椅子。墙上是很多年前流行的简单的年画，粉红的胖娃娃早已被时光涮得苍白。只有头顶的日光灯多少有点现代气息，也是昏黄的，在天花板上映出一环一环黄中泛红的光圈。这几年我去了很多省份和地区的小地方，即使在十分落后的乡下，也很难再见到这么古朴陈旧的旅店摆设了。

外边下起了雨，透过玻璃只能看到漆黑的一片大雨。我倚着被子躺到床上，两脚垂在床下。有点累，每到一处停下来我都感到累。这两年才有的感觉，过了三十五岁就不一样了，身体动不动给你一点颜色看看，提醒你已经不再是可以无限轻狂的少年了，而坐车又的确是件劳神又劳力的事。响起了敲门声，是老板娘，拎着一桶热水和一只盆子，让我烫一下脚，洗洗再睡。

“赶长路烫个脚睡得才稳。”她说，帮我把床铺理好。“喜欢这房间吗？”

“很不错，”我说，“看起来似曾相识。”

我对这个房间充满好感，有那么一会儿我觉得好像在哪里见过，然后想起来，多年前祖母的房间大约就是这种模样。

“八年前养蜂场旅馆最好的房间就是这样，我把它原封不动地从旧屋里移到了这里。”

“老板娘真是个有心人。”

老板娘笑笑，说：“你来过左山吗？”

“记不清了。好像来过，又好像没来过。这些年跑的地方太多了，混在一块儿连我自己都搞不清哪儿对哪儿了。”

老板娘不再问，说有事就到楼下找他们，临走前帮我点上了蚊香。我简单洗了洗，重点烫了一下脚，然后从背包里抽出一本书就上了床。因为下雨和靠近山石，房间里温度不是很高，我躺在被窝里散漫地翻着手里的书。然后就稀里糊涂地睡了过去。

又梦见了摇摇。她在梦里再一次哭喊不止，说我竟然背着她和别的女人乱来，面对她的指责我两手空空地摇荡，说不出话来，脑袋里也空荡荡一片，我无法让她相信我什么事都没干过，她说她亲眼看到了。摇摇曾经是我的女朋友，八年前嫁给了别人。我常常做这个一成不变的梦。也许不是梦，我睡前常会想起这个做了无数次的梦，尤其是一个人在外面的世界游荡时。所以，我怀疑我并没有睡着，只是昏昏沉沉地又想起多年前。那时侯摇摇热衷旅游，一有机会就拖上我到处跑。我们工作时间都不是很长，所有的积蓄几乎都花在了路上。跑了多少地方她也说不清楚。其实花费最多的不在车上，而是住宿的费用。我们只是恋爱，不是夫妻，没法住在一起。即使旅馆老板睁一只眼闭一只眼也不行，摇摇对男女之间的形式十分看重，每到一处坚决和我分开住，这样我们每次都要开两个房间。

八年前，大约就是这时候，从一次长途旅行中归来，她突然对我大吵大闹，说我竟然背着她和别的女人干坏事，被她当场撞见。这些天来，她一直在等着我向她道歉，可是我居然若无其事，好像什么坏事都没干过，太过分了。原来还准备留点希望给我的，现在彻底寒心了。要命的是我仍然不承认，我不记得什么时候和别的女人有染，和她在一起时，我几乎很少盯着别的女孩看。摇摇认为我在抵赖，越发激起了她的愤怒，无论我怎么解释都无济于事，她咬牙跺脚地离开了我。

这些年来我都觉得莫名其妙，我什么时候和别的女人乱来？我们还是分开了，半年之后她嫁给了别人。我们还在同一座城市里生活，偶尔还能在马路上遇到。见面各自勉强地打个招呼，成了不冷不热的点头之交的朋友。见了面很少深入地聊聊，谁都不再提那些已经无法弥补的旧事。她已经不再热心旅游了，一年难得出门几次，兴趣几乎消失殆尽。而我却喜欢上了旅游，这些年来一个人几乎跑遍了我所能跑的所有地方。我的工作，我挣的钱，只有一个去向，就是花在旅游的路上。有一天我在马路上遇到了摇摇，她问起了我最近的行程路线，我简要地介绍了一下。她说左山就在这条线上，有时间可以去一下。

“应该去看看，”她说，“八年前的老地方了。”

三

第二天我起得很迟。房间在山后，阳光进不来，拉上了窗帘的房间好像永远停在了凌晨时分，我的生物钟在这样的上午突然瘫痪了。老板娘敲开了我的门，我蓬乱的头发没有让她吃惊。

“太阳很好。该起来吃饭了。想吃点什么？”她径直走进房间，拉开了窗帘，然后自然地坐到了椅子上。她看起来比昨天晚上要漂亮得多，头发鲜亮，衣服的样式有点陈旧但是十分合体，怎么看都不像是小镇上七八岁男孩的母亲，倒像一个风韵正满的美丽少妇。“昨天又看了一夜的书吧？半夜我看到你的灯还亮着。”

“不好意思，我忘了关了。”我从床上坐起来，把枕头边的书整理好放到桌子上。

“这么多年还看同一本书？”她看了看封面，说了这句很让我吃惊的话。“八年还读不完一本书吗？”

“你怎么知道这本书我看了很多年了？”

她没有回答，而是盯着我的眼睛说：“你记得这张床吗？”

我惊讶地摇摇头，不知道她在说什么。

“你还认识我吗？”她又说，脸涨得通红。

“有点眼熟，”我勉强把微笑挂在脸上，她的目光让我无端地心虚，“对不起，我们见过吗？”

“你，不记得了？”她扶着椅背站起来，眼里充满泪水，“那天晚上，养蜂场旅馆，你把，我。”

我还是不明白，不知道她在说什么。她直直地看着我，疑惑和怨恨随着眼泪一起涌出来。楼下响起了自行车的铃声，然后是老板的声音："老婆，老婆，我回来了。"

老板娘擦干眼泪答应了一声，开始向外走。出了门又回头，眼里再度充满泪水。"你该吃点东西了。"然后是一串盘旋而下的脚步声。

下楼时我顺便看了其他房间，门窗都大敞着，让阳光和风进来。那些房间的摆设和装潢和我房间的完全不一样，一例的乡气的都市化，典型的小镇上的旅店。正如老板娘所说的，那个房间的确是最好的，至少是我最喜欢的。

老板买了很多菜，说足够我和他们一家三天吃的。我告诉他，我只是到这儿看看，听说左山的风光不错，待上一两天就离开。老板解释说，一两天大概是走不了的，因为隔三天才有一班火车。没办法，小地方就是这点要命，想出个门都要等前伺后的。既然这样，着急是没用的，三天就三天，就怕左山真的没什么看头。已经上午十点半了，我和老板瞎聊了一会儿，老板说左山虽然穷了点，还是有点东西可看的，来过左山的人都这样说。可以看山，看水，还可以到下面的一些小村庄里转转，不少村庄都曾是当年打日本鬼子的战场，留下很多与战争相关的遗迹和史料。有这些就好了，最近一两年我正在搜集这方面的资料。我们正聊着，老板娘端着一碗面条从厨房出来，面条上堆着两个荷包蛋。

"先垫垫肚子，一会儿就做午饭了。"老板娘说。

"对，先垫垫，"老板说，"午饭包你满意。"

我真感到饿了，狼吞虎咽地吃掉了面条，汤汤水水的全倒下了肚。吃过后精神好多了，想出去走走。老板让我不要走远，差不多了就回来吃饭。我答应着，看了一眼老板娘就出了门。她也在看我，那种不经意的一瞥。我又看到了一些说不清楚的熟悉的东西来。

四

左山不高，半山腰上偶尔也建了几户人家，出其不意地散点各处。我从旅馆后面的小路上了山。昨天一夜大雨清洗，左山上颜色分明，黑绿的树木、青翠的灌木、长满铁锈红的石头和暗绿的青苔，阳光照耀下发出清明的光泽。沿曲折不定的小路进山，一路上树影斑驳，像踩在水上。林子里蝉鸣稀疏，偶尔在某处传来几声鸟鸣。刚开始有点热，渐渐深入林中以后，山上风大了起来，清凉宜人，后悔没带本书上来，否则找一块阴凉的石头坐下，翻上几页一定是件惬意的事。在路边的岩石上，不时还能见到名人的题字，仔细辨识之后，竟然发现还有苏轼、米芾的墨迹刻石，不知是真的假的。

如果说左山和其他地方的小山相比并没有什么显著的特色，那么爬到山顶就会发现别有洞天。我花了大约一个小时到了山顶，站在最高的那块大石头上，顿觉心胸陡然阔大。万里晴明长风浩荡，凌乱的头发和衣服让我产生一种类似烈士的悲壮感。大平原在脚下像布匹一样连绵地展开，绸缎似的原野，蘑菇一样的村庄，目光有鸟一般滑翔的快意。最让我觉得不虚此行的是流经山后的运河。河道不是很宽，但河水清净，在阳光下如同一条汤汤不绝的玉带，水面上波光闪耀，不远处还有两条小渔船，一人摇橹，一个人蹲在船头撒网，要么是在收网。

我坐在山顶上，倚着大石头，尽管多年来跑了不少地方，但却很少能够安静地坐在高处向远方长久地眺望。三十多岁的人了，也许需要常常做这样的眺望。那么高又那么远，让我想起倏忽已过的岁月，一晃就三十多了，马不停蹄，两手空空，还是个孤家寡人。我看着远处两眼发呆。风声过耳，周围一片喧哗。记不清过了多长时间，山上稍稍安静了一些，山下平原的深处升腾起氤氲的烟雾。我转身的时候看到了老板娘站在大石头边上，我没听到她什么时候来到这里。

“老板娘，你怎么来了？”

“找你回去吃饭呀，都三点了。”老板娘说，“我就知道你在这里，八年前我过来找过你。你还记得吗？”

从昨天晚上开始，老板娘就一直在暗示和提醒我，她的意思是我们见过，好像关系还非同一般。这就怪了，我实在想不起我们之间曾经发生过什么，我甚至都不记得在哪里见过她，只是觉得眼熟。世界这么大，眼熟的人多呢，而且漂亮的女人总让人觉得眼熟。

“你认错人了吧，老板娘？”

“不可能认错，就是你。你的声音这辈子我都忘不掉。”老板娘说，目光坚定，“八年前你和我好过一次，然后一走了之，我以为再也见不到你了。”

“你确信没有认错人？说不定那个人的声音和我差不多。你记得他长的也和我一样？”

“昨天晚上我一听到声音就知道是你了，但是这些年来我已经记不清楚你的脸了。昨晚看到你我就全记起来了，国字脸，浓黑的眉毛，还有右耳朵上的那颗痣。”她的两手十指交叉，不停地蠕动和颤抖，显然比较激动。“不会有错的。客生长得和你一模一样，你看他的脸形和眉毛。他是你的儿子。”

我立马从石头上跳起来，我竟然连儿子都有了。荒诞。我从不记得和哪个女人有染，现在连儿子都凭空冒出来了。不过那个孩子的确是国字脸浓眉毛，可是这又能说明什么问题呢，我们在哪里见的面？儿子又是在哪里出生的？

“就在这里，左山，养蜂场旅馆。”她说，言辞凿凿，“你不记得了？八年前你和一个女孩来这里，你们在养蜂场旅馆住了一个星期。那时候养蜂场旅馆门外还有大片大片的蜜蜂，那时侯火车一周才经过左山一次，所以你们只能在这里住上七天。那时候旅馆老板和老板娘都没死，他们只有一个娶不上媳妇的儿子，我在旅馆里当服务员。你不记得了？你说你喜欢我，说我长得很漂亮，我也喜欢你，你的声音是我听过的最好听的声音。那天晚上下大雨，你把我留在房间里不让出去，我们就，就那个了。”

不可能。我在脑袋里找了半天，丝毫找不到那天晚上的记忆，甚至连有关左山的记忆都找不到。我只记得摇摇八年前曾对我说过，左山是个不错的地方，有时间了我们就去玩一玩。

老板娘默默地哭了：“你竟然忘得一干二净。因为你我嫁给了这个小男人，原来我看都不看他一眼的。可是我发现我有了你的孩子，我想把它留下来，这是我们的孩子。肚子一天天大起来，没办法，我只好嫁给他了。这些年我一直盼着你回来，我想你一定会回来的，你的儿子在这里，我给他取名叫客生，一个客人的儿子。我不知道你的名字。”

她说得很伤心，为了证明我们的确曾有过一段缠绵的往事，她向我详细地讲述了那七天里发生的事情。随着她的讲述，我仿佛看到了八年前的初秋的某个傍晚，我和一个女孩在大雨来临之前来到养蜂场旅馆，身上还带着火车和煤渣的气味。老板打发一个年轻美丽的姑娘把我们带到各自的房间，那个姑娘淳朴羞涩，像一朵待放的菊花。她给我们做饭、打水，还带我们到左山附近游玩，一路小声地介绍左山和运河。那时候还有养蜂人住在山脚下，她领着我们去看蜂巢。同行的女孩喜欢到处乱跑，我却喜欢待在一个山顶的石头上看书，看一会儿书再看一会儿山下辽阔的平原。她常常在老板和老板娘的差遣下到山上来找我们回去吃饭，然后她知道我喜欢看书，知道我喜欢她。于是在大雨滂沱的夜晚，她送水时被我留在了房间，在那个古朴的房间，她说我一看到那个房间就喜欢上了，在那张雕花的老式木床上，我这个来路不明的远方客人，把她从姑娘变成了女人。若干天以后，她发现，她不仅被我改造成了女人，同时还改造成了一个孩子的母亲。

五

她的回忆如此逼真和深情，让我无法坚决否认，事实上在她的讲述中我似乎回忆起了多年前的往事，但我还是不愿轻易相信，我无法接受突如其来的旧日情人和陌生的儿子，我不相信他们都是我的。因此在下山的路上，我们心里都明白，谁都没有说服谁。她已经不哭了，她说她又喜又悲，如同做了一场大梦。

回到旅馆已经五点多了，老板等得困倦，躺到床上睡着了。听见我们回来就起来了，他问我们怎么现在才回来。我说不好意思，我给玩忘了。老板娘说，她几乎围着左山转了一圈，才在一个旮旯里找到我，要不是她把我带回来，我大概早就迷路了。我向老板点头，表示事实就是这样。他们已经吃过午饭，给我留了一份饭菜。老板让我先凑合着吃点，晚上再陪我好好地吃上一顿，他叫老板娘把那些饭菜放进锅里再热一遍。

我找不到饥饿的感觉，草草地吃了一点就上楼回到自己的房间。有点累，也有点困，我躺到床上，头脑里交替出现摇摇和老板娘的脸。我觉得这次的左山之行不免怪异，仿佛一下子坠入了巨大的不确定性之中，其实八年来，乃至三十多年来何尝又不是如此。怪异，不确定，甚至是懵懵懂懂地活到了现在，想把一生清醒明白地说出来是多么的不容易，尽管只是三十几年。正如老板娘说的，像做了一场大梦。山风从窗户里吹进来，晃晃悠悠的凉爽，很快我就睡着了。

孩子的哭声惊醒了我。我听到那个叫客生的男孩在楼下哭叫着妈妈，他爸爸要打他，因为他放了学和一群小孩在铁路边上打闹，回家太迟了。我听到老板娘说：

“不许你打客生！”

“我打我自己的儿子都不行？”老板挑起嗓子叫着，“反了天了！”

“谁的儿子都不能打！”老板娘的声音。“要打你打我好了。”

我从房间里出来，站在二楼的过道向下探出头。老板仰脸看见了我，不好意思地放下了笤帚，“让你见笑了，这孩子不听话，”他说。“下来洗把脸吧，准备吃晚饭了。”

看来时间不早了，我一觉睡到了黄昏之后。院子里多了黑影，老板娘和客生一起抬头向楼上看，在朦胧的光线里我看到了客生的脸，他的长相和我小时侯的确有几分相像。

晚饭十分丰盛，各样的小菜摆满了一桌子。老板要陪我多喝几杯，他说我这样的客人不多，不像有些经过左山的外地男人那样小气巴拉的，住进旅馆像进了贼窝似的，时刻提防着他们。而且我脾气也好，能够随遇而安，对住宿和伙食也不挑剔，大城市里来的人，不容易啊。

“我和老婆可是把你当成家常的客人来对待，你不要太客气，”老板说，端起酒杯，“来，我们再干一个。”

我和老板干掉了一个又干掉了一个，一杯一杯地往肚子里送。酒杯很小，喝了一串也没什么感觉。这几年在外跑惯了，常在包里装一瓶老酒，一个人寂寞了就喝上几口，没想到酒量也跟着大有长进。老板娘坐在我右边，一直看着我喝，不时替我和客生夹菜。她让客生坐在我对面，抬头就能看见，他的国字脸，他的浓黑的眉毛，他在我看他的时候腼腆地低下头去。老板娘大声说着客生的名字，还让他像我这个叔叔学习，好好读书，将来想到哪儿玩就到哪儿玩。我从她的声音里听出了兴奋和苦涩的味道来。

老板娘的做菜手艺不错，可惜她和客生吃的不多，我们还在喝酒他们娘儿俩就离开了。客生要睡觉，她也说有点疲倦，让我们继续喝，她想歇一会儿。

老板说:“你们娘儿俩先睡吧,吃完了我来收拾。这位老兄好酒量,我陪他好好喝上一回。”

我们继续喝,一边喝一边瞎聊。十点半钟那会儿我还清醒,去了趟厕所回来接着喝。酒一喝多就管不住自己的舌头了,哥儿俩好的意气似乎也上来了。老板问我老婆孩子情况,我说哪有那么多累赘,现在是一人吃饱全家不饿,所以才能到处乱跑,图个轻松自在。

“这话就不对了,老弟,”老板舌头开始打结,摸着小胡子说,“老婆还是个好东西,就像你老哥我,这辈子最得意的事不是从爹妈手里继承了这家旅馆,而是有了这么个看着就让人心疼的老婆。有老婆好啊,没老婆的光棍日子不好过。你就不馋女人?”

我说:“还行。一个人过惯了也就没什么了。”

“不一样的老弟,当年我光杆一条时也这么想,可还是觉得不对劲儿。我一个修理电器的朋友给我出了个馊主意,在旅馆的床下放了一台录音机,他捣鼓了一阵说能用了。只要床上有两个人,床垫中间的地方就要下陷一部分,恰好接触到录音机的录音键,床上什么事都录得清清楚楚明明白白,那段时间可真是让两只耳朵过足了瘾。对,就是你现在睡的那张床。我录了好多盘带子哪,后来出了问题,我去打开录音机时发现磁带不见了。我吓坏了,心想一定是被我爹妈发现了,就等着挨骂吧。他们竟然没再提这事,我也不敢了,赶快把那些磁带都给销毁了,也不需要了,那时侯我老婆终于同意嫁给我了。嘿嘿,你老哥我终于熬出头了,床上有个水灵灵的漂亮媳妇啦。”

老板提到老板娘就眉开眼笑,一脸为人夫的幸福的皱纹。我说:“老板祝贺你呀,兄弟我还得继续熬,熬个像老板娘这样的媳妇守在身边,他妈的也过上个幸福的后半辈子。”

我喝高了,舌头都大了。两个人又断断续续地喝了半瓶,胡说了一通,回楼上睡觉的时候已经听见左山的公鸡叫了。上楼时我看了一眼老板娘的房间，灯还亮着。进了房间我就倒在床上，有那么一会儿清醒了一下，从床上探出脑袋向床底看，什么也看不见，没有录音机。熄了灯，连脚都没洗就呼噜呼噜地睡了。

六

第二天又是上午十点左右醒来，后脑勺有点疼，精神倒是很好，神清气爽。窗外又下雨了，噼噼啪啪的大雨点落到左山上，敲出了一个含混的左山的轮廓。我听到老板娘的脚步声越走越近，敲了两下门她就推门进来了。

“昨天晚上没喝醉吧？”她说，把一碗冒着热气的蛋汤放到写字台上。

“还好。老板怎么样？他喝了不少。”

“他呀，酒鬼一个，睡一觉什么事都没了。去他姐姐家了，说好了今天给他姐姐送药的。你喝点蛋汤。”

“谢谢老板娘，先放着，饿了我再喝。”

“别叫我老板娘，叫我小艾，”她坐到了我的床上，神情立刻黯淡下来，眼里又充满了泪水。“八年前你就是叫我小艾的。你怎么什么都忘了？昨天晚上我一直在听你的声音，我不会认错的。不信你听。”

她从口袋里拿出一个廉价的小随身听，摁了一个键，我听到了一片嘈杂的声音：雨声、床铺声、男人和女人的声音。像来自遥远的地方，穿过风沙之后的声音，落满了尘土的陈旧之声。

男声说：“不要走，小艾。留下来不要走。小艾我喜欢你。唔，唔，不要走。”

女声说：“别这样，不行。我害怕，我连你的名字都不知道。别，唔，唔，我，我也喜欢你。”

接着一阵床铺的嘈杂声，女声低声地叫了一下，然后是床铺和雨声的底子上来回重复的男人和女人的压抑的喘息声。

那声音旧了，残缺了，听起来总不饱满，尽管男声里还存着类似生铁一样的质地，有点像我的，但说实话，我不能肯定那就是我的声音。按老板娘的意思，那女声是她，那时候她叫小艾。但声音显然和现在有所区别，区别在哪儿，我也说不好。就像一件事众口相传之后，多少变了样，变在哪儿，也说不清。可此刻，老板娘涨红了脸，泪水经过鼻翼流到嘴里。而我却满脸疑惑。

"这盘磁带这些年我一直珍藏着，过几天我就要听听这个声音。这些年我不停地翻录，防止它坏掉，声音已经变化了不少，可我还是能听出来。就是这个声音把我的一生都改变了，还给我留下了一个孩子。"老板娘幽幽地说，"可你还是不承认。我等了八年了，常常盯着停下的火车门看，希望你能从那些打开的某一扇门里走下来。现在你来了，却装作是个陌生人。"

"这就是他当年偷偷录下的磁带？"

"是的。你和那女孩走后，我来到那个房间，想找到一点你留下的东西，就在床底发现了录音机，取走了这盘磁带。"

"不可能！"我大叫着，抢过随身听，"我要再听一遍。"

我仔细地又听了一次，不放过每一个细节。和刚才听到的一样，生铁一样的男人的声音和老板娘的声音，那时她叫小艾。男声和她的声音的所有者激情四溢的男女之事。此外是八年前的风声雨声床铺声。在录音结尾，突然出现了一个异声，是我刚才所忽略的：混杂的声音之外一道醒目的开门声，然后是一个女声叫了半截的"啊"，后半声被捂在了嘴里。那短促的半个声音让我出了一身的冷汗，有点像摇摇的声音。我把磁带倒回去重听，又不像了。来来回回听了五遍，还是不能肯定。可是，有几个人惊恐地喊叫时发出的还能是自己正常的声音？

我茫然地看着泪流满面的老板娘，她像一个小学生在等候老师的正确答案。我放下随身听，缓慢地抱住了她，录音里的多年前的一个颤抖的好身子。

她抱着我说：“我等了你这么多年了！”

我们抱成一团。时光在这个雨天的上午缓慢地流逝。我在她的身上看到了八年前的那个夜晚，如同在想象里一般，在古朴的客房里，我和一个名叫小艾的女孩身心凝结一处，我说着她的名字，呼吸此起彼伏，然后是陈旧的风声雨声一起涌来，床铺欢腾。左山静静地矗立，河水在窗外流淌。突然，一声清醒的开门声，吱呀，一个人叫了起来：

“啊——”

我惊怵地回过头，打开的门前站着旅馆的老板，那个干瘦的小个子男人，两眼圆睁，嘴巴洞开，右手放在他的胡子上。

跑步穿过中关村

一

我出来啦。敦煌张开嘴想大喊一声，一个旋风在他面前升起来，细密的沙尘冲进他的鼻子、眼睛和嘴，只好先打喷嚏，然后揉眼睛。小铁门在他身后咣地关上了。他把嘴里的沙土吐出来，旋风已经跑远了。他歪着脑袋看天，迷迷蒙蒙一片黄尘，太阳在尘土后面，温润平和，只是有点糙，像一块打磨过的毛玻璃。阳光一点都不刺眼，敦煌还是流了泪，怎么说也是阳光。又有股旋风倾斜着向他走过来，敦煌闪身避开了。这就是沙尘暴。他在里面就听说了。这几天他们除了说他要出去的事，就是沙尘暴。敦煌在里面也看见沙尘扬起来，看见窗户上和台阶上落了一层黄粉，但那地方毕竟小，弄不出多大动静。他真想回去对那一群老菜帮子说，要知道什么是沙尘暴，那还得到广阔的天地里来。

眼前是一大片野地，几棵树上露出新芽，地上的青草还看不见。都被土埋上了，敦煌想，用脚踢一下门旁的枯草，伸着头看，还是一根青草也找不到。三个月了，妈妈的，一根青草也长不出来。他觉得风吹到身上有点冷，就从包里找出夹克穿上，然后背上包，大喊一声：

“我出来啦！”

敦煌走了二十分钟，在路边拦了一辆小货车。车到西四环边上停下，敦煌下了车，觉得这地方好像来过。他就向南走，再向右拐，果然看见了那家小杂货店。敦煌稍稍安了一点心，他一直担心一转身北京就变了。他买了两包中南海烟，问售货小姐还认识他吗，那女孩说有点面熟。他说，我在你们家买过四包烟呢。出门的时候，他听见女孩吐完瓜子壳后嘀咕了一句：神经病！

敦煌没回头，长这么丑，我就不跟你计较了。沿着马路向前走，他知道自己一定像个找不到工作的愣头青，干脆摇晃着背包大摇大摆地反道走。走反道不犯法。走得很慢，慢慢品尝中南海。在里面跟在家一样，难得抽上这东西。第一次他把两条中南海带回家，他爸高兴坏了，一来客人就散，庄严地介绍，中南海，国家领导人待的地方，他们都抽这个。其实敦煌只经过中南海门前一次，为了赶去看升旗。凌晨四点就爬起来，被保定骂了一顿，保定说，升旗哪天不能看，非赶个大雾天。那天大雾，他们上午要去交货，但敦煌就是忍不住了要去看。那会儿他刚来北京，跟着保定混，梦里除了数不完的钱，就是迎风飘扬的国旗，他能听见仪仗队咔嚓咔嚓的脚步声整齐划一地经过他的梦境。他骑着辆破自行车一路狂奔，经过一处朦胧闪亮的大门，好像还看见了几个当兵的站在那里，没当回事。回来后跟保定说，才知道那就是中南海，后悔没停下来看看。后来他一直想再去仔细看看，总不能成行。就像保定说的，哪天不能看啊，所以就哪天也没能看成。直到现在。

敦煌也不知道要去哪里，没地方可去。一窝都进去了，保定，大嘴，新安，还有瘸了一条腿的三万，熟悉的差不多一个不剩。而且现在手头只有五十块钱，还得减去刚才买烟花掉的九块六。太阳在砂纸一样的天空里直往下坠，就在这条街的尽头，越来越像一个大磨盘压在北京的后背上。敦煌在烟离嘴的时候吹口哨,就当壮胆,又死不了人。当初来北京,跟来接他的保定走岔了,在立交桥底下抱着柱子还不是睡了一夜？先熬过今晚再说。

一抬头,前面是海淀桥。敦煌停下了,看着一辆加长的公交车冲过桥底下的红灯。其实不想来这里,就是在海淀桥旁边被抓到的。他和保定从太平洋电脑城一口气跑过来,还是没逃掉。东西还在身上呢。早知道逃不掉就把货扔了,他跟保定说,没关系,那两个警察胖得都挂不住裤腰带了。没想到跑起来还挺溜。他们的车堵在跟前,再扔已经晚了。这是三个月前的事。那时候天还冷,风在耳边呜呜地叫。现在,他出来了,保定还在里面。不知道保定被警察踹伤的左手好了没有。

敦煌拐弯上了一条路,再拐,风从地面上卷起沙尘,他躲到一栋楼底下,天就暗下来。他拍打着衣服上的尘土,一个背包的女孩走过来说:"先生,要碟吗?"从包里抽出一叠光盘,"什么都有,好莱坞的、日本的、韩国的,流行的国产大片。还有经典的老片子,奥斯卡获奖影片。都有。"

在昏暗的光线下,敦煌看到碟片的彩色包装纸上有点说不清的暧昧。那女孩的脸被风吹干了,但不难看,她好像还有点冷,偶尔哆嗦一下像要哭出来。敦煌判断不出她的年龄,也许二十四五,也许二十七八,不会超过三十。三十岁的女人卖碟不是这样,她们通常抱着孩子,神秘兮兮地说,大哥,要盘吗?啥样的都有,毛片要吗,高清晰度的。然后就要从后腰里摸出光盘来。

"便宜了,六块钱一张卖给你。"女孩说。敦煌把包放到台阶上,想坐下来歇歇。女孩以为他决定挑了,也蹲下来,在一张报纸上一溜摆开碟片。"都是好的,质量绝对没问题。"

敦煌觉得再不买自己都过意不去了,就说:"好,随便来一张。"

女孩停下来,"你要实在不想买就算了。"

“谁说我不想买？”他让自己笑出声来，“买，两张！算了，三张！”他担心女孩怀疑，就借着楼上落下的灯光挑起来。《偷自行车的人》。《天堂电影院》。《收信人不明》。

“行家啊，”女孩声音里多了惊喜，“这些都是经典的好片子。”

敦煌说，不懂，瞎看看。他真的不懂。《偷自行车的人》看过；《天堂电影院》是在公交车上听两个大学生说的；挑《收信人不明》仅仅是因为名字别扭，他觉得应该是《收信人下落不明》才对。买完碟，他在台阶上坐下来，对面的楼前亮起霓虹灯。他掏出一根烟，点上，对着霓虹灯吐出一口烟雾。女孩收拾好碟片，站起来问他走不走。

“你先走，我歇会儿。”敦煌觉得没必要跟一个陌生人说其实自己没地方可去。

女孩和他再见，走几步又回来，在他旁边的台阶上坐下。敦煌下意识地向外挪了挪屁股。

“还有吗？”女孩说的是烟。

敦煌看看她，把烟盒和打火机递过去。他听见女孩说，中南海的口感其实挺好的。敦煌和很多人打过交道，但那都是交易，冲着钱去，所以女孩的举动让他心里突然没了底。恐慌只持续了几秒钟，他想，都这样了，光脚的还怕穿鞋的？进都进去过了。整个人放松下来，主动问她：“生意还好？”

“就那么回事，天不好。”她指的是沙尘暴。闲人都关家里了，而买碟的大多都是闲人。

敦煌深有体会，他那行多少也有点靠天吃饭。刮风下雨像个乱世，谁还有那个心思。

女孩对烟不陌生，烟圈吐得比他好。两个人就这么坐着，看着天越来越黑，行人越来越少。旁边一个小书店里有人在说，关了吧，飞沙走石的，谁还买书。然后就是卷帘门哐的一声被活生生地拽下来蹾到地上。飞沙走石，夸张了。敦煌尽量不去看那女孩，他不知怎么跟她说话，不习惯，和一个从没见过的姑娘不三不四地干坐着，这成什么事了。他想离开。

“你是干什么的？”女孩突然说话。

“你觉得呢？”

“学生？说不好。”

“什么也不干。无家可归的。”敦煌发现说真话简直像撒谎一样轻松。

“不信，”女孩说，站起来，“不过无家可归也好，一起去喝两杯？”

敦煌在心里笑了，终于露馅了，就知道你还兼了别的职。他没嫖过，但保定和瘸腿三万嫖过，女人那一套他多少知道一点。只是这样的女孩也干这个，他揪了一下心，然后说服了自己，报纸上说，现在干这行的姑娘相当比重的都是大学生。大学生，多好的名字。敦煌又想起那些抱孩子鬼鬼祟祟卖光盘的女人。“还是我请你吧。”敦煌做出一副慷慨样来，死猪不怕开水烫，无所谓了。

二

他们去附近的“古老大”火锅店。女孩说，得热乎一下，都冻透了。敦煌附和，他没想到沙尘暴一到，又把北京从春天刮回去了。从外面看，火锅店的玻璃上雾气沉重，里面鬼影幢幢。人叫那个多，半个北京好像都挤进来了，无数的啤酒杯被举过头顶，酒味、火锅味和说话声跟着热气往上浮。如此亲切的温暖敦煌至少三个月没有感受到了，心头一热，差点把眼泪弄下来。

女孩靠墙，敦煌背后是闹哄哄的食客。鸳鸯火锅。三瓶燕京啤酒。敦煌注意到女孩点了两份冬瓜和平菇。女孩喝酒爽快，但没有她表现出来的那样能喝。喝酒敦煌有经验，这是他唯一过硬的特长，保定以为自己酒量不错，但半斤二锅头下去就不知道敦煌到底能喝多少了。在女孩面前敦煌很谦虚，说自己酒量不行，一瓶下去就说胡话。

“说吧，我听。”女孩大大咧咧地捋起袖子。她没发现敦煌喝酒几乎没有下咽的动作，而是直着流进去的，“就喝到说胡话为止。”

接下来两人半杯半杯地碰。热气腾腾的火锅让人觉得他们俩是一对亲人。敦煌三个月没见过如此丰盛的诱惑，两眼放光，大筷头往嘴里塞涮羊肉。女孩脸色也红润多了，看起来年龄比在风里要小。还是挺好看的。鼻梁上长着两个小雀斑。谁的手机响了，女孩赶紧到包里找，等她拿出来，旁边的一个男人已经开始说话了。她的失望显而易见。她把手机在手心里转几圈，放在面前的桌子上，问敦煌叫什么。

“敦煌。”

“听起来很有学问啊，真的假的？”

“当然真的，我爸取的。他基本上等于文盲。歪打正着。听我妈说，我刚生下来那两天，他愁坏了，找不到好名字，都憋成便秘了。没办法，从邻居家抱来一堆报纸，翻了一天也定不下来，最后在《人民日报》第一版上看到‘敦煌’两个大黑字，就是我了。”

“你爸真是，早该取好了名字等你出生。”女孩空洞地笑起来，瞟了一眼手机，“我叫旷夏。空旷的旷，夏天的夏。好听吗？”

“好听。比敦煌强多了，我老觉得自己是块黄土夯出来的大石头。”

女孩笑得有点内容了，说旷是父亲的姓，夏是母亲的姓。敦煌不觉得这名字有多好，父姓加母姓，满世界的人都这样取名字。但他还是说，好。他得让她高兴，所以接着就夸卖碟好，说自己刚到北京时也想卖碟，苦于找不到头绪，遗憾至今。

“那你现在干吗？”旷夏问。

“瞎混。这儿干两天，那儿干两天，北京这么大，总饿不死人。”

“回老家去啊。北京就这么好？”

“也不是好不好的问题。混呗，哪里黄土不埋人。”

旷夏又转她的手机，脸色沉静下来，“要不是卖碟，我早回老家了。北京风大。”

“那倒是，好在吹不死人。”

谁的手机又响了，旷夏把手机重新拿起来。还是跟她没关系。敦煌觉得她有事，心想算了，见好就收吧。就说，要不就吃到这里，见到她很高兴，他请客。然后招手要埋单。

“我来，我来。”旷夏争着掏钱包，“说好我请的。”

敦煌做一个制止的动作，旷夏真就听话地把钱包放下了。敦煌脑子嗡的一声，你怎么就这么实在呢。他装作到挂在椅背上的衣兜里找钱，感觉全身在两秒钟之内起码出了一斤的汗。只好冒险用一次保定教他的方法了。他在左口袋里摸索半天，眉头皱起来，赶快又去右口袋里摸，立马跳起来，惊慌失措地说：

“我钱包没了！手机也没了！”

“不会吧？你再找找。”旷夏也站起来。

敦煌又去摸口袋，干脆把衣服提起来，当着旷夏和服务员的面将内侧的两只口袋翻出来，当然空空如也。“一定是被偷了！”他说，“我进来的时候还在。”然后对服务员说，“你们店里有小偷！”服务员是个十八九岁的小姑娘，吓得直往后退，好像害怕小偷附了她的身，连连摆手，说：“没有，没有啊。”她惊恐的样子让敦煌有点不忍，但戏开始了就得演下去。

周围客人的筷子停在半空，扭过头来看，热情洋溢地看着丢了钱包和手机的敦煌，又稍稍后仰身子，以便证明自己的清白。舞台越搭越大了，敦煌硬着头皮也得把独角戏唱下去。

“你没记错？没放包里？”旷夏说。

“不可能错。钱包里有六百块钱，好像不止，记不清了。还有一张建行的卡、身份证、一张五十块钱的手机充值卡，都丢了！钱无所谓，关键是身份证，补办一个太麻烦了。我那手机才买了不到一个月，一千多块钱哪。”

他竭力把自己弄成一个唠唠叨叨的祥林嫂，所有顾客都往这边看。小服务员果然怕了，赶快去找领班。等领班过来，旷夏发现了一个问题，服务员竟然没用衣服罩罩住敦煌的上衣。如果罩了，钱包和手机就不可能被偷。部分责任在火锅店。衣服罩的确没罩，反而是敦煌的上衣套在衣服罩上。领班没承认是店员失职，气短是有了一点，解释说，店门上已经写明，顾客的钱财自己保管好，丢失本店概不负责。敦煌和旷夏不答应了，如果罩了还丢，当然不会连累饭店，问题是现在没罩啊，谁知道是否有意不罩。意思很明白了。

“对您丢失财物我们十分抱歉，”领班最后扛不住了，“要不给你们打个八折，这事就到这里。再送两瓶免费的压惊啤酒，怎么样？”

旷夏说好吧。敦煌不答应，至少五瓶！

领班说：“先生，我只有这么大的权限。”

敦煌说：“那好，让你们经理来。”

领班犹豫一下，走了。旷夏问敦煌手机号多少，拨一下看小偷还在不在店里。敦煌说了一个号，旷夏拨了，已关机。彻底没戏，死心吧。敦煌心里说，早就死心了，那是三个月前的号，手机早不知道扔哪儿去了。过两分钟领班回来了，身后的服务员端着五瓶啤酒。敦煌让打包给旷夏带走，很不好意思到头来让她破费。旷夏说本来就该她请，看了看手机，塞进了包里。她让服务员打开，现在就喝！敦煌想，喝就喝，谁怕谁，正好没过瘾。

现在才真正开始，旷夏喝得更爽快了，如同易水送别，酒杯碰得决绝悲壮。喝。喝。两瓶下去她就只会说喝喝了，慢慢歪倒在桌子上。

“没事吧你？”敦煌说。

“没事，喝。喝。”旷夏嘴里像含了个鱼丸子。然后突然就哭了，

“我想回家,送我回家。”

敦煌说好,现在就送你回家,一边把剩下的那瓶酒嘴对嘴喝完了。还好,旷夏基本上明白家在哪里,一说敦煌就知道了。三个月前,他对海淀这一带和老北京一样熟悉。她住芙蓉里西区一个一居室的房子,三楼,租的。敦煌把她弄上楼,开了门发现满屋都是大大小小的白柳条筐子,一筐筐的碟片。筐上贴着纸签,注明欧美、印度、韩国、日本、武侠,等等。他正打算找“三级”和“毛片”字样,旷夏在床上闭着眼说:

“水。喝水。”

水瓶空的。敦煌让她忍一忍,等把水烧开,旷夏睡着了,还打着小呼噜。敦煌端着水杯在一把旧木椅子上坐下,等水凉下来。屋子里陈设简陋,除了旷夏身底下的大双人床,大家伙就一张桌子和一把椅子,桌子上是旧电视机和一台八成新的影碟机,此外就是碟片筐子。他东瞅瞅西看看,一杯水被自己喝完了。他想不出今晚余下的时间该怎么打发,准确地说,这一夜他该到哪里去安顿自己。听着旷夏的小呼噜,敦煌突然觉得自己挺可怜的,连个窝都没有。他在北京两年了,就混成这样,静下来想想,还真有点心酸。当时把那半死不活的工作辞掉,满以为到了北京就能过上好日子,现在连人都半死不活了。口袋里只有二十二块四毛钱。他又倒了一杯,打算等她再要就端过去。

敦煌一筐筐找,没找到毛片,连张名副其实的三级片也没找到,只有“情色”片。看封面上的女人都露胳膊露腿的,那都是虚张声势,很可能整部片子里就露那么一下子。最后找到一部应该会黄的碟,《色情片导演》,打开影碟机和电视,在静音状态下悄悄看起来。看了半截还没有激动人心的场面,敦煌兴味索然,坐在椅子上就睡着了。等他猛然醒来,碟片已经放完了。

此刻凌晨两点半。他把电视和影碟机关上,感到腰酸背疼和冷。

旷夏蜷缩在床的另一边像只猫，呼噜声没了，被子跟着呼吸起伏。敦煌想，随他去了，从背包里找出皱巴巴的呢子大衣，谨慎地躺倒在那张双人床上，把身子蜷得像一条狗。大衣拉过头顶，世界黑下来。他的夜终于来到了，他想挠挠下巴上的一个痒处，手伸到一半就睡着了。

三

醒来时敦煌先感觉到眼前有光，睁开眼吓了一跳，眼前悬着另外两只眼，还有一张精神饱满的脸。接着清醒过来，那是旷夏，他睡在别人的床上，身上暖和和的，摸一把，一床蓬松柔软的被子。敦煌尴尬地笑笑，欠起身想坐起来，旷夏用嘴制止了他，她把她的嘴放到敦煌的嘴上，敦煌就一点点向后倒，重新躺在了床上。

整个过程他们只说了一句话，旷夏说的，旷夏说："踩着我的脚。"

当时敦煌手脚忙乱。他看过不少毛片，在梦里也排练过很多次，但真刀真枪动起来，敦煌头脑里一片空白，整个身体沉在黑暗里无法调遣。旷夏帮了他，一只手默默地指路，跟他说"踩着我的脚"。敦煌踩到了她的脚，就明白了前进的方向和办法，意识逐渐回到了大脑里。敦煌越来越清醒，片子上和梦里的经验转变成现实。他看见旷夏眉毛像绳索拧在了一起，咬牙切齿的模样比受难还痛苦。她毫无规律地抖成一团，但除了那句话她一声没吭。

敦煌从旷夏身上滚下来，身心一派澄明，无端地觉得天是高的云是白的风是蓝的，无端地认为现在已经是蕙风和畅，仿佛屋顶已经不存在，沙尘暴也从来没有光临过北京。两个人都不说话。床头的鸡眼闹钟嘀嗒嘀嗒独自在走。

"我好看吗？"过了很久，旷夏说。

“好看。”

又是沉默。

“你多大？”旷夏又问。

“二十五。”

“和我弟弟一样大，”旷夏幽幽地说，“我二十八。”

敦煌突然觉得对不起身边的这个女人，结结巴巴地说：“其实，我是个，办假证的。”

“哦，办假证的。我卖盗版碟，算同行了。”

敦煌听见她笑了两声。敦煌又说：“我刚出来，从……就那里。”

旷夏没像他想象的那样惊叫一声，她只是重复了一下刚才的语气词：“哦。”然后说：“我叫夏小容。”敦煌很想扭头看看她，还是克制住了。她继续说：“旷夏是给我孩子取的名字。”敦煌突然觉得有点难受，仿佛有一条尖利的线从小腹往上蹿，闪亮地开了他的膛。他说：“你结婚了？”

“没有。我还没孩子。男朋友姓旷，我叫夏小容。”

敦煌觉得不能再这样漫无边际地躺下去，起身开始穿衣服，速度很快，裤带没勒好就往卫生间跑。他穿着裤子坐在马桶上抽了一根烟，出来时从裤兜里掏出了所有的家当，二十二块四毛钱。经过客厅的小方桌时，把钱压在了烟灰缸底下。放好钱，透过卧室和客厅之间的玻璃窗，他看见名叫夏小容的旷夏正侧着脸看他。“我想喝杯水。”夏小容说。

敦煌倒了水端过去，说：“热。”

夏小容从被子里伸出了光胳膊，握住他的手，“有女朋友了？”

敦煌莫名其妙地觉得受了伤害。“有！”他说，“在北京。”当然他没有，但他觉得应该说“有”。说“有”的时候他想到了进去时保定跟他提到的七宝，嘱咐他出来了就去找七宝，照顾好她。对七宝敦煌一点都不熟，只见过一个背影。他去保定的屋里，看见一个年轻的女人从保定屋里出来，身材高挑，屁股挺好看。保定说，那就是七宝，也是做假证的。此外没说。没说他也就不去问。

“好看吗？”夏小容继续握着他手，说话的口气像他妈。

“还行，看着能吃下饭。”

夏小容缩回了胳膊，咯咯地笑，身体带着被子一颤一颤地抖。等身体和声音平静下来，她才说：“你站在客厅里的时候，很像我在老家的弟弟。他整天混日子，爸妈为他操碎了心。”然后又说，“有时间带给姐看看。”

她一下就成姐姐了。敦煌说：“我也不知道她具体在哪儿。”

“只要在北京，总能找到。你不想知道我为什么请你喝酒？”

敦煌没吭声。

“我们吵架了。他说我这样的女人没意思，”夏小容继续说，“老想着回家，想着生个小孩过日子，不如分手省心。”

“我也不理解。”

“不理解我？”敦煌没说话。夏小容突然生气了，“出去！男人都他妈一个德行！”

走就走。敦煌背上包刚出卧室门，又被叫回来。她声音缓和一些，穿衣服的时候让他背过脸。她只穿了上衣，坐在被窝里，递给他一百块钱。“我手头就这一点了，”夏小容说，“你先应应急。”敦煌一声不吭地接过钱，经过客厅时把二十二块四毛钱重新装回口袋里。

这一天对敦煌来说，只有早上那一个钟头是好时光，整整一天他都在浮尘天气里跑。风小了，沙尘悬在半空上不去也下不来，大街上到处是戴着眼镜、口罩和头蒙纱巾的人。他背着包先去了西苑，三个月前他和保定住在这儿的两间民房里。女房东装作不认识他，因为他们俩被抓后，她就把他们剩下来的行李能卖的卖，不能卖的就扔了，而且，他们的租期还有一个月才到期。敦煌火了，骂她见利忘义。房东就说好啊，你还有脸找上门来，警察过来搜查时我们的脸都给你丢光了！这是狡辩，当初租房子时可不是这样，他们干啥关她屁事，她只是把房子租给钱的。最让敦煌气愤的是，房东嘀咕一句，怎么这么快就出来了？她还希望我一辈子都耗在里面呢。他就让房东退房租，两间屋，八百。

“可我真的没钱，”房东说，突然从口袋里摸出个手机，喂喂起来，然后像列宁一样抱着电话走来走去，边走边说，“啊？急救室？这么严重？好，好，我马上到，马上来！”放下电话脸像根苦瓜，“大兄弟，你看看，说来事就来事，我妈不行了，我得赶紧去医院。实在没钱，要不还你一百，我就这一百了。”她从口袋果然就掏出一张老人头来，“就当帮大姐了。”

敦煌一把夺过来，总比空手好。房东转身就往胡同外跑，说是去医院。敦煌看她仓皇跑动的大屁股，有点后悔拿了钱，却突然不合时宜地想起房东说过，父母早就没了。然后想起刚刚就没听到手机响，振动都没有，这他妈的老女人！他追出胡同，房东的影子都没看到。一气就捡了一堆砖头，一块块往房东的屋瓦上扔，瓦片哗啦哗啦地碎。扔一块说一句，一百，两百，三百。扔最后一块时说：

“×你妈，七百。”

他又去找另外几个办假证的朋友。一个没找到，不是搬走了就是被抓了。保定刚进去时就说，遭人算计了，要不哪会都进来。谁在算计，保定也说不好，京城里干这行的不少，各有自己的来路和地盘。敦煌还是死马当活马医，他得找个落脚的事，还得干这行。一天下来一张认识的脸没碰到，那个只看过背影的七宝更不用说了，站他眼前也未必认识。到了晚上九点半，敦煌只吃了两个烧饼喝了一瓶水，在硅谷门前下了车，两脚着地发现自己还是无路可走。他晃晃荡荡来到芙蓉里，夏小容的灯亮着。他说，来还钱。

夏小容看他一身尘土，像从建筑工地上刚回来。“这么快就发了？做小偷还是抢银行？”

“造假币了。”敦煌说，去翻背包口袋，摸一把没有，再摸一把还是没有。“我明明放在里面了，怎么会没了？”

“算了，别演了。难道又被小偷偷了？”

敦煌的脸立刻挂不住了，憋得通红，“昨晚你都知道了？”

“你当我是傻子？拨你手机时就明白了，是空号。”

“对不起啊。”敦煌窘迫地说，继续到包里找钱，发现背包口袋被划了一道口子，真遇上小偷了。他没有解释，拿出夏小容给他的那张钱放到桌上，“谢谢。”拎起包就走。到了楼下，敦煌觉得累得不行，在台阶上坐下来点上根烟。声控的门灯灭了，他坐在黑暗里有种被彻底遗弃的孤独感。楼上几乎每家灯都在亮，暖气还没停掉，他们不知道现在冷风钻进裤腿里是什么滋味。他们在自己家里。他现在觉得夏小容其实也没错，不就想要一个自己的家嘛，有个老公，有个孩子，这有什么错？一根烟没抽完就觉得，那姓旷的狗日的应该好好修理修理。

有脚步声从楼梯上下来，敦煌站起来让路，踩灭烟头向小区外走。背后有人说：“上来吧。”他回过头，看见夏小容穿着棉睡衣站在门灯底下，“就算被偷了，好了吧？”

“不是就算，就是被偷了。”

“好，就是。上来吧。”

敦煌跟着上了楼。夏小容说，你怎么跟我弟弟一样倔？敦煌说，我哪里倔？夏小容说，倔就倔呗，你可别跟我弟弟一样混。到了房间，夏小容进厨房给他下了鸡蛋面，敦煌就在外面说打碎房东家瓦片的事，听得夏小容咯咯笑，说他比她弟弟还坏。吃完面，敦煌在热水器下洗了个澡，换了一身干净衣服出来，夏小容已经关了电视躺到床上了。敦煌心虚地问：“那个，旷，没来？”

夏小容冷冷地说：“不会来了。”

敦煌掀开夏小容的被子。开始的时候夏小容哭了，后来就不哭了，但还是不出声。为了让她随便发出一点声音，中间的时候敦煌气喘吁吁地问："卖毛片吗？我怎么没找着？"

夏小容艰难地说："在床底下。"

四

第二天早上，敦煌醒来时听见厨房里锅碗在响。他想到此刻醒来的应该是一个姓旷的家伙时，身上还是出了一些汗。她说他叫旷山。敦煌听到这名字的第一感觉是，取名字的人跟他爸一样懒惰和头脑简单，瞎猫逮着了死耗子，所以都还有点意思。夏小容从厨房里出来，敦煌又问，那个他，不会回来吧？

"怕了？"

"我怕个鸟，大不了再进去。"

"那就别问。我不认识这个人。"

吃完饭谁也没有询问对方今天的安排，然后一起出门。夏小容背一包碟，敦煌背着全部行李家当，在海淀体育馆门前分手，除了"再见"一个字没说。

敦煌又漫无边际地跑了一天，一个熟人没见到，还是两个烧饼一瓶水熬到晚上，下了车直接去芙蓉里。夏小容开门时一副日常表情，接着就去厨房下面条，区别在于昨晚一个荷包蛋，今晚两个。今天沙尘暴基本平息，敦煌简单洗了洗，把脑袋钻到床底下，果然看到两筐碟，随便抓出来两张，封面上的裸体女人长相完全不同。

接下来三天，敦煌吃了六个烧饼喝了三瓶水，在公交车上浩浩荡荡地穿过七八趟北京城，跑过了三十多条巷子，终于绝望了。找不到组织，一点东山再起的苗头都没有。他背着大包回到芙蓉里，夏小容说："回来了？明天咱别跑了。要是不觉得委屈，就跟我卖碟去。"

第二天，敦煌背起了碟包。上午在西苑，马路边上，找一个人多的超市门口摊开几十张碟。夏小容对她的碟很熟，提起某一张，伸手就从众多的碟里准确地拎出来。若是谁找香港的枪战、武侠类的，敦煌就能说上话，他整个中学和大学的课外时间都耗在简陋的录像厅里，因为无聊，成龙、周润发、周星驰的片子他反反复复看。跟夏小容相比，他和顾客更谈得来，瞎说，办假证时练就的嘴皮子。

下午去了农业大学门口。这地方敦煌也熟，办假证的时候常来。学生甚至比社会上的人还需要假证，尤其找工作时，成群结队地办假成绩单、荣誉证书，胆大的毕业证和学位证都要，专科要本科的证，本科的要硕士证，硕士的要博士证。当然也有倒过来，为了逛公园景点半票，一把年纪的老博士也搞个本科的学生证。这帮学生买碟的热情也高，用夏小容的话说，那是相当专业，都冲着艺术去，经典的，越老越好卖。这是敦煌不太理解的，他一看黑白片头就晕。玩不了这个票。

反正那一天敦煌跟顾客聊得口干舌燥，生意做得不错。夏小容说，没看出来啊。敦煌说，办假证不就靠张嘴吗？你得让人家相信，假的也比真的好使。跟算命一样。夏小容说，那好，聘你做我卖碟的秘书吧。敦煌说，没问题，不就小蜜嘛，三陪都行。夏小容的脸一下子撂下来，敦煌知道过头了，赶紧做小学生认错状，心里却开始犯嘀咕。不是三陪是什么，我陪你，当然你也陪我。

总的来说，敦煌是个称职的秘书，数钱、游说、当托，兼做保镖和跟班。最关键的，如果不是特殊情况，他能让夏小容不高兴的时候高兴，高兴的时候更开心。特殊情况主要和旷山有关，一看到夏小容说话间走神了，敦煌就在周围找是否有手拉手的情侣，或者抱孩子散步的一家三口。这样好，敦煌想，跟我没关系。但忍不住就想抽烟，吸了一口呛得咳嗽，还跟自己说，就这样好。

因为卖碟，敦煌开始大规模地看文艺片，得恶补。但常常看着看着就睡过去，梦里开演的变成商业片，爱情、暴力、凶杀、恐怖，当然还有相当比重的色情。他不明白，为什么夏小容从来不卖床底下的毛片。夏小容说，那都是原来旷山卖的，她说不出口，也卖不出手。

敦煌说："那有什么，劳动人民需要这个。"

"劳动人民需要？是你需要吧。"

"我需要，劳动人民也需要。我们要从群众中来，到群众中去。你看我们卖碟的大嫂做得多好，抱着孩子都不忘阶级弟兄，见人就问，大哥，要盘吗？刺激的！"

他的模仿把夏小容乐坏了，乐完了又气，"好啊，在你眼里，我也就是一个大嫂，鬼头鬼脑地抱个小孩。"

敦煌说："错，大嫂哪能跟你比，我们的夏小容同志年轻又漂亮，坚决只卖文艺片。"

"荷包蛋也堵不上你的嘴！刷碗去！"

敦煌就去刷碗，在水龙头下就走神了，想毛片的事。这东西没有通常的碟好卖，你不敢明目张胆拿出来，但价钱高，卖一张赚一张。手中没粮，心里发慌，他现在太想赚钱了，不能这样像个背包似的赖着别人过日子。来北京不是为了做包袱。他想起了还在里面的保定。

保定大他五岁，来北京五年了。个大，身板硬，天生就是做大哥的料。在家敦煌就知道办假证这行一本万利，动动嘴皮子，然后跷着腿等人送钱。事实上也差不多，跟保定见习了半个月就把大概的程序摸清了。保定也只干最基础的那道活儿，揽生意。见着东张西望的人就凑上去问，办证吗？啥都有，护照也没问题。然后谈价，交定金，再找人定做顾客想要的证件。证件加工是另外一套程序，保定他们不管，完全按劳分配，多劳多得。如果隔三岔五就能逮到个冤大头，那一年到头等于不停过节，好日子看得见摸得着。除了假冒之外，还有一点和卖碟相同，那就是需要充分掌握假证的相关知识，比如大学的文凭通常长啥样，一般小区的停车证有哪几种类型，个人档案袋中主要有哪些材料，等等。你不仅要讲道理，还要摆事实。事实代表经验、可信度和成功指数。这些难不倒敦煌，很快就了如指掌。最大的问题是应付突发事件，主要是警察。遭遇警察时要清醒果断地做出决定，沉着顽抗还是溜之大吉，是把假证坚决藏在怀里还是随手扔掉，因为不同表现会导致不同程度的罪行。这需要足够的经验。

敦煌的问题就出在这里。那天他跟保定去太平洋电脑城旁边交货，他揽的生意，证件也在他身上，一个硕士学位证。说好上午九点一刻碰头，等到九点二十也没看见客人，倒是看见突然冲过来的两个警察。敦煌跟着保定就跑，经过北大南门向海淀方向跑。逃跑的过程中保定问他，要不把假证扔了吧，人赃俱获，麻烦就大了。敦煌对逃脱充满信心，他的自信感染了保定，后面那两个警察实在太胖了，几乎要抱着肚子才能跑起来。他们没法甩得很远，但绝不会被抓住。他们从硅谷往南跑，希望过了桥往图书城跑，那里人多门也多，找一个人不比找一只老鼠更容易。但他们的运气实在糟糕，刚过海淀桥就看见一辆警车，四个警察摆在路边。事儿大了，证必须扔掉，敦煌从未被围追堵截过，假证拿手里不知道往哪儿扔，保定只好代劳，刚扔掉警察就围过来了。他们看见是保定扔掉了假证。

警察问："谁的？"

保定说："我的。"

后来敦煌很多次为当时的怯懦自责，他的确是慌了。但在当时，聊以自慰的是，他看见保定的右肩向上耸了两下，那是他们早就约定的暗号，以便在和顾客洽谈中统一口径，意思是：听我的。敦煌听了，一直到三个月后从里面出来。而保定因为那个学位证，可能要去一个更远的地方待上不知多久。敦煌出来的时候，他还没有判。

那天他和夏小容卖碟经过海淀桥，想起保定。他决定挣钱把保定赎出来。保定是为了他进去的，这两年在北京，保定没少为他操心。干他们这一行的都明白，能进去就能出来，找到合适的人，打点也到位，就没问题。尤其保定这样还没判的。敦煌就在心里念叨，钱哪。

晚上两人躺在床上，一身的汗不想动，谁也不愿伸把手去关正在播放的情色电影。两个人就在被窝里石头剪刀布，敦煌输了。他关了电视和影碟机，食指插在光盘的眼里，打算装进袋子里又停住了。他说："我想卖毛片。"

"你疯了，被抓住要惹麻烦的。"

"我得挣钱，把保定弄出来。"敦煌装好碟片躺下来，从侧面抱住夏小容，"我帮你卖毛片，放着也是放着。你要是不好意思，"敦煌停顿一下，盯着夏小容的耳朵看，觉得自己有了勇气，"我不跟着你，到别处卖。"

"这才是你真正想说的，是吧？"

"你别误会，我只是想尽快赚点钱把保定弄出来，不是要算计你。"

"没那意思，"夏小容翻个身，背对了敦煌，"我只是想，男人怎么都这样，一心想着自己闯，单干，总要把女人扔一边。"

"不是扔一边，是怕你们受伤害，一边玩多好。男人也不是神仙，哪儿能都顾上。"

过一会儿夏小容说："随便吧。到时候你再拿些其他碟，搭配着卖。本钱给我就行了。"

五

敦煌挑了三百块钱的碟，全部卖完可以净赚五百，要是毛片的价抬得上去，还不止这个数。敦煌立马觉得整个人像刚从浴室里出来一样，清爽开阔，天高云淡，好日子说来就来了。当初第一次脱离保定去揽生意可不是这样，那时候还有点慌，还有点害羞，还有点不知深浅，怎么说也是犯法的事。现在不一样，混久了脸老了皮厚了耐折腾了,卖碟比起办假证也不知要合法多少倍。最重要的,创业生活又开始了,等于在北京这地方开始了新生。

他和夏小容每天早上从芙蓉里出来,开始分道扬镳。敦煌有自己的想法,不能这么零散卖,打游击只能挣小钱,还忙得跌跌爬爬,最好能找到点,建立固定的客源。他分析,能固定的只有三块:一是大学生,这帮年轻人花钱眼都不眨,那是为艺术;另一块是坐办公室的,翻翻报纸修修指甲那种的,为了解闷,坐办公室的文化人更如此,心思多,总觉得生活对不起他们,看看碟平衡一下,比抱老婆、老公有意思,还不失身份;第三种是公司的白领、金领,忙得蹲马桶都得看时间,最需要休闲,歪在沙发上把胳膊、腿摊开,看一个好故事,不是书,谁还看书,是碟,故事片,片越大越好,好莱坞的,最好斯皮尔伯格每周都能整出一部来。

现在的问题是,怎样才能和这些人搭上钩,建立长久的合作关系,顺便把毛片也高价卖给他们。当然要一点一点来,挣钱首先得有耐心,然后才会产生加速度。这个敦煌懂。

一天敦煌都在想怎样才能赚到更多的钱。生意也做,他在一家超市门口打开背包,这地方的好处是,从超市购物出来的人兜里都有不少零钱,花掉也不心疼,而且大部分都是家庭主妇,她们更希望从平庸烦琐的家务里逃出来。她们喜欢爱情片,越能掉眼泪的越好。所以敦煌一看她们围上来,就找碟包上有男女拥抱接吻的片子推荐。《新华字典》可以不看,这电影一定要看。敦煌也不管靠不靠谱,爱情的鸡汤,情感的圣经,听过的时髦词全搬出来。女人其实好打发,只要你愿意把爱情抬高到生活的头顶上,问题基本上就解决一大半了。

相对来说,超市门口的男人钱包就不太好开。他们总把自己弄得跟个成功人士似的,不屑去看盗版碟。实际上敦煌知道,这帮家伙只是不好意思而已,只要旁边没人,他们就会往花花绿绿的包装纸上瞟，单瞟那些没穿好衣服的女主角，眼光准得如同带了红外线瞄准器，瞟第一下时就能把这样的碟从碟堆里挑出来。所以男顾客需要引导，要循循善诱。“故事嘛，可能不耐看，”敦煌说，“谁愿意把同一个故事翻来覆去看？生活的，那就不一样了，它跟你靠得更近，它比你自己还了解你，每看一次都会有新的收获。好碟不厌百回看，就像报纸上天天说的，这东西更符合人性，对现代人的身心健康发展大有好处。”他努力把毛片的价值往日常的道德和伦理上引，为的是消除这帮家伙的尴尬。你想想，都提高到精神文明建设的高度了，还有什么羞耻和猥琐可言。买的时候就可以心安理得，脸可以不那么红，心可以不那么跳。多好。这种碟一张能赚普通碟的两三倍。

傍晚收工时敦煌算了算，赚了一百二，轰轰烈烈的开门红。他买了夏小容爱吃的鸭脖子和一扎啤酒，又叫了水煮鱼外卖，喜气洋洋地回到芙蓉里。和夏小容一起庆祝独立的卖碟生涯从此开始。一高兴就不自觉地发挥了，夏小容一瓶，他四瓶喝完了还要喝。夏小容让他打住，喝多了怕出事。敦煌一高兴就忘了，再来四瓶又算个鸟！骗你是小狗。喝啤酒除了上厕所，我还真没有过其他反应。

夏小容的鸭脖子啪地摔桌子上，“你他妈就是条狗！你骗我，你说你那天晚上喝醉了才睡到我家里的！”

敦煌早把这茬儿给忘了。女人的记忆力怎么就这么好呢。“绝对没骗你，”敦煌说，“那天刚出来，身体不行，真有点晕了。不过要说没骗也不对，不骗我哪敢待下来，我是喜欢你才想着留下来。”

“稀罕！谁要你喜欢！”

夏小容明显有所缓和，敦煌暗自得意，好，都扛不住“爱情”这东西的小虚荣。他重新拿一根鸭脖子递到夏小容嘴边，“不仅是喜欢，”他说，用自己的酒杯碰了一下夏小容的杯子，“完全是一见钟情。”

敦煌的碟卖得好，几乎每天挣得都比夏小容多，就主动要求把夏小容转手给他的碟每张提价五毛钱。夏小容不答应，他也这么干。

此外他还注意回来之前买点烧饼、馒头和菜，他跟夏小容只说是顺带，内心里却是不想成为她的负担。他不知道这样寄居的生活哪一天会突然结束，最要命的是，他不愿意靠着这种含混的关系继续含混地寄居下去。单干后第五天，敦煌用挣到的钱买了个二手的诺基亚手机，憋着嗓子用苍老的声音给夏小容打电话，说，你认识敦煌吗？夏小容说，你是谁？找他干什么？敦煌说，公安局。他涉嫌倒卖黄碟，已被依法拘留。夏小容“啊”了一声，声音都变了，说，他在哪里？你告诉我他在哪里？敦煌忍不住大笑，嘎嘎嘎。夏小容愣一下才回过神来，说，你，是敦煌吗？敦煌说，当然，俺买手机了！夏小容气得大骂，你去死！挂了电话。敦煌很开心，接着发了条短信：有人关心真他妈的幸福，进去了也值！夏小容回：臭美！谁关心你了，我自己都他妈的关心不过来！敦煌还是觉得幸福，一下午都笑眯眯的，见谁都笑，怪吓人的。

手机很快就派上了用场。他在北大南门外卖碟，两个学生找《罗拉快跑》。敦煌有一张。他从来没看过这片子，当初挑来是因为包装纸上有个红头发的女孩在跑，他只是喜欢这样动感的画面。这片子对他们挺重要，老师要做文本分析，整个班都在找，就是找不到。敦煌一听三四十人在找，立马来了精神，给夏小容打了电话，夏小容说没问题。敦煌嗓子眼里都有了心跳，乖乖，钱来了。跟两个学生约好，明天就送过来。第二天果真就卖了三十张。

两个学生拿着碟走远了，敦煌调头追他们，以后再想找什么碟，他会在第一时间送到，只要有货。敦煌怕他们转身就忘了他的号，特地找张纸把手机号写下来，一人送了一份。这两个学生一个姓黄，一个姓张，后来还真找过敦煌，头一回要《柏林苍穹下》；第二回要两个版本的《小城之春》，费穆导演的老版本，田壮壮导的新版本。都是电影文本分析课上用的，三种碟一共要了九十八张。

六

寄居生活在第二十一天晚上结束了。那晚风大,窗外像有一群小孩在集体哭泣。夏小容的窗户有点问题,风一吹就哐啷哐啷响,在屋里就觉得那群小孩不仅集体哭,还集体拍打窗户。十一点十分,夏小容已经坐进被窝,正翻一本过期杂志。手机的信息提示铃响了,她打开信息,眼神就复杂了。直到敦煌从卫生间出来,她的头一直低着,把那条短信翻来覆去地看了几十遍,直至最后眼睛里一个字也看不见。她在等着敦煌出来。

敦煌只在腰以下裹了条大毛巾,内裤都没穿。嫌麻烦,上了床还得脱。进了卧室,夏小容说:“他要来。”敦煌边解毛巾边说:“它当然要来。它这就来了。”干坏事时,敦煌常说“它”。

“他十二点左右过来。”夏小容看见敦煌有点愣,声音更低了,“说过来道歉。”

解开的毛巾将要从身上滑下去,敦煌感到下身一阵清凉,一把抓住毛巾,重新扎好。他听懂了。夏小容的头低下去,刘海儿遮住了脸看不清表情。敦煌缓慢地转过身,去椅背上拿衣服,内裤,衬衣,毛衣,秋裤,牛仔裤,包括地上的皮鞋和袜子。他抱着衣服去卫生间里换。热气还没散,敦煌换衣服时摸到肩膀上起了一层鸡皮疙瘩。换好衣服,他把毛巾叠整齐放好了才出来,顺便收拾了牙刷、牙膏、面霜和剃须刀。他把这些小东西装进一个方便袋里,还有其他一些零碎东西。然后再装进他第一次来到这个房间时背的包里。才几天啊,他发现自己零零碎碎的东西竟然一个包装不下了。生活再简单也琐碎,你不知不觉就把它弄得膨胀了,毫无必要地铺张开来。过去敦煌只偶尔认为自己是生活的累赘,他总觉得自己站在世界的最外围,像个讨厌的肿瘤岌岌可危地悬挂在生活边上。现在,所有和他有关的原来都是累赘。他找了一个最大号的家乐福超市的方便袋,坚持把多余的东西也装进去。都装进去，他得在另一个男人进来之前把自己从这里消灭干净。应该的。收拾妥当，他背起包，拎着方便袋要走。夏小容终于先说话了，夏小容说：

“你把碟带上。”

敦煌没说话，继续往门口走。夏小容从床上跳下来，抓住他的背包带子把他拽了回来。敦煌转过身看见夏小容光着两条腿，准确地说是光着整个下身，他看见她两腿之间的那团黑。夏小容拿过敦煌的手，放在自己的光腿上，然后向内侧移动，敦煌感觉到了毛发的卷曲、清洁、光滑甚至油亮的光泽。

“我们好了十年，”她幽幽地说，用另一只手去摸敦煌的夹克拉锁，轻轻地上下拉动，她喜欢听拉锁走动的声音，“我现在只想回去，有个家，有自己的房子和孩子。我不想再在这里待下去。”

敦煌对她笑笑，说：“应该回去。”他的手还在她皮肤上，她也冷得起鸡皮疙瘩。天气预报说，又来沙尘暴了，气温开始降，也许明天又会回到冬天。

“把碟带上，”夏小容又说，“卖完了就打电话，我给你送去。”

敦煌想了想，说好，把手抽出来去拎整理好的那包碟。有普通碟，也有毛片。大大小小三个包，他像远行的游子出了门。临走时看见夏小容的眼泪最终掉下来。

楼下的风大得要死，一下子就把敦煌吹歪了。他想看看楼上的窗户里夏小容是否把脑袋伸出来看他，他的头仰了一半又低下来，顶着风出了小区的大门。头发还没干透，风吹进去像往头发里泼凉水。他想抽根烟。而在前些天，夏小容规定他晚上刷完牙之后不许抽烟。为什么刷完牙就不能抽烟，他不明白。现在，他觉得这些天积攒的烟瘾赶一块儿犯了。他在抖动的路灯底下跑起来，找了个避风的墙根才点上烟，包扔在脚边，一屁股坐到地上。连抽了五根烟盒就空了，还想抽。已经夜里十二点多，敦煌拍着凉屁股站起来，决定去买烟。

路上几乎看不见行人，有限的几个也缩在车里，那些车穿过大风像一个个怪异的孤魂野鬼。杂货店和超市都关着门，北京繁闹的夜生活在这个大风天里被临时取消了。敦煌怎么也想不起来哪个地方有彻夜不眠的超市。他在北京两年了，自认为对海淀了如指掌，没想到天一黑下来，完全不是那回事。白天再熟悉有个屁用，那只是看见，真正的熟是夜晚的熟。现在夜晚来了，敦煌两眼一抹黑，他眼睛里的黑比北京的夜还黑。他就背着一个大包，提着两个包沿着马路走，走到哪儿算哪儿，直到看见灯火通明的超市。

凌晨一点半的时候敦煌找到了，买了两包中南海。在一个避风的墙角迫不及待地连抽了六根，抽完之后感到了冷、累和困。两点了。敦煌考虑要不要找个地方睡一觉。这时候大部分旅馆都已经关门，他也想不起附近有哪个廉价的小旅馆。他只想简单地睡一觉，一张床就行，只要付一张床钱的旅馆。想来想去依然两眼一抹黑。敦煌觉得有点失败，这就是北京，混一辈子可能都不知道门朝哪边开。鉴于不能确定住一夜的费用，其实只是半夜，敦煌摸摸口袋里那点可怜的钱，决定不找什么旅馆了。先熬着，熬到几点算几点，天总会亮的。

敦煌在大风里走走停停，嘴里源源不断地落进沙尘。在这个夜里，他得用莫名其妙的事情把时间打发过去，他就看风，看树，看地面、高楼、招牌和一切可以看见的东西。他发现大风经过树梢、地面和高楼的一角时被撕破的样子，和故乡的风像水一样漫过野地丝毫不同。北京的风是黑的，凉的；老家的风是淡黄的，暖的。然后就抽烟，沙尘混在烟味里，嘴巴干涩而麻木。敦煌慢慢地走，到了三点半钟整个人有点呆掉了，木，像块凉透了的木头。他觉得身体越来越轻，混浊不堪的轻，要不是三个包坠着，可能早就跟着风飞起来。现在他想找个地方躺一下，五分钟也好。他已经走到了一个自己也认不出的地方。前面有个卖早餐的简易小屋,斜在一家店铺门前的人行道上,屋檐伸出来挺长。敦煌想躺到那个屋檐底下。

早餐屋的门窗紧闭,因为背着路灯光,看不清里面细小的东西,但整体上的空荡荡的昏暗还是能分辨出来。看样子已经废弃有些日子,要不也不会斜在路上。敦煌推推门和窗户,都关得挺严实,他在想要不要找块砖头把玻璃敲碎,睡在里面好歹避点风。没风会好过得多。没找到砖头,正想用胳膊肘捣出个洞来,一辆汽车在附近拐弯,灯光打在店铺的白铁卷帘门和窗玻璃上,光反射到早餐屋的玻璃上,敦煌看到了玻璃上的一个洞。他把手指伸进去,摸到了窗户的插销,拨一下,窗户竟然打开了。

卖早点的窗户足够大,他先把三个包递进去,然后从窗口爬了进去。满屋呛人的灰尘味,起码半年没用过了。两只眼逐渐适应屋子里的光线,敦煌发现墙角有一堆报纸,突然明白了,这地方一定有人待过,很可能和他一样,临时过了一夜。越想越对,玻璃上的那个小洞应该也是那家伙敲出来的。

他把报纸摊开,铺上他的呢子大衣,躺下来,身上随便盖了件衣服。风在屋外,从小孔里进来的可以忽略不计,敦煌感到了前所未有的温暖。先来的那家伙头脑也不错啊,敦煌生出了惺惺相惜之感,那家伙是个流浪汉呢,还是和他一样,是个突然间无家可归的人,或者干脆是个迷路的女孩。猜不出来,但有一点可以肯定,就是那人也在这里住了一夜,或者两夜甚至更多。敦煌对自己的这个结论很满意,在黑暗里笑了,头歪一歪,睡着了。

一夜好觉,梦都没做。睁开眼世界一片明亮,阳光大好的天气,车声、人声涌进来。北京恢复了正常的乱糟糟的热闹。敦煌坐起来,动一动嘴觉得满嘴沙尘,像吃了一夜土,连吐了十来口唾沫才清爽些。屋里铺着厚厚的一层灰尘,比他昨天晚上看见和想象的要多得多。敦煌觉得足够清醒了就站起来,拉开窗户,门前不时有行人经过,几步外有个大妈在卖煎饼馃子。风停了,世界百无禁忌。行人都很从容,扭头看这个从早餐屋里往外爬的人。敦煌对他们视而不见,拍打身上尘土的时候闻到了煎饼馃子的香味,他感到了饥饿和口渴。他走到大妈的摊子前,要了一套煎饼、一杯豆浆。大妈开始摊煎饼时,敦煌拿起一杯压过膜盖的豆浆,插一根管子喝起来。喝完了煎饼也做好了,上面还摊了个鸡蛋。

“多少钱?”他问,已经把煎饼送进了嘴里,烫得他直想蹦。

“不要钱,”大妈说,“送你的,吃吧。”

敦煌脑子有点短路,接着就明白了,一把将煎饼摔在地上,然后从口袋里掏出十块钱拍在摊子上,说:“我他妈的不是个要饭的,不要人可怜!”拎着包就走,大妈在后面说哎哎,钱,敦煌没回头。他的腰杆僵硬挺直,步子迈得像个悲壮的大僵尸。又有人从他身边走过去了还回头看他,他们奇怪这小伙子为什么满脸亮堂堂的眼泪。敦煌不管他们,继续直直地往前走,在拐弯的地方遇到一个行车提示用的大圆镜子,他在镜子里看见了一个陌生的自己。满头满脸的尘灰,不算长的头发变成灰白色,眼泪经过的地方一道道水槽,一个大花脸。夹克吊在身上,左边高右边低,圆领毛衣也这边松那边紧,裤子皱得不像样,低头看见脚上的鞋子仿佛刚从沙漠里出来。不是流浪汉是什么?不是个乞丐是什么?三个包也难看得要死。敦煌抹把脸往回走。卖煎饼的大妈在低头给别人摊煎饼。

敦煌说:“大妈。”

大妈抬头看看他,又低下头摊煎饼,跟没看见似的。

“大妈,对不起,”敦煌机械地点着头,“您别生气。我,想再买一套煎饼和一杯豆浆。”

“等这套摊完吧。瞧你这小伙子,冲的。”

敦煌谦恭地笑笑,又说对不起。

现在的问题是找住处。房子暂时租不起,北京的房东刁得不行,都要求季付、半年付甚至年付。一下子拿出起码三个月的房租,除了卖身他没别的办法。所以他想先找个按天或者按周算钱的房子,最好是床位,一间屋四个人或者更多,越多越好,多一个人就少花一点钱。敦煌去了北大,三角地那里这类广告铺天盖地。

离北大不远的承泽园的一个地下室,四个床位,每个每天二十五块钱。敦煌约好房东在北大西门见面。一个四十来岁的病恹恹的瘦男人,腰有点弓,昨晚的大风把他吹上天应该问题不大。穿过蔚秀园,过一座桥就是承泽园,敦煌一年前交货时来过这里,园子里有棵连抱的老柳树,肚子是空的,能钻进去一个人。

地下室不大,有种阴森的凉,摆设像一间逼仄的学生宿舍。两个学生用的高低床基本上就把空间挤满了,其余的地方只能放一张小桌子和一个盆架。桌子上放点小杂物,毛巾牙缸啥的都放在盆里。三个床位上已经住了人,还剩一个上铺。行李箱都塞在床底下。房东说那三个都是来北大听课的,准备考研究生,绝对安全可靠。但敦煌感觉极其的不好,好像在哪部恐怖片里见过类似的房间。他不打算住这里,就随口压了价,说住一周。房东及时地答应了,然后神秘兮兮地说,他们三个回来了你可别说是二十啊,他们都交二十五。

敦煌想了想,住就住吧,总比早餐屋舒服点。“好,我就说三十。”

七

就这么在一张高低床的上铺住下了。收拾结束,敦煌洗了个澡,光鲜体面地去了北大,在三十二楼前面的跳蚤街上摆起摊子。

到天黑之前敦煌卖了十一张碟,其中一张是用来换书的。邻摊是个卖旧书的,敦煌拿起一本研究电影的书,竟有一篇专门谈《罗拉快跑》的文章,一看竟也看进去了,觉得人家说的都在理。这碟片他卖了三十一张之后,因为好奇也硬着头皮看完了,不喜欢,不知道导演和来来回回跑的罗拉到底要说啥。这篇文章解释得头头是道,看得他直咬手指头。一部电影竟能搞得这么高深。又翻到其他地方看,居然也看懂了。他一直以为学术文章山高水深,艰涩难懂。这书让他兴奋,就用一张碟换到了手。

那本书敦煌一直看到地下室的床上。书中有对香港电影的评论。这块他熟,提到的电影几乎都看过,更觉过瘾,还有难得的成就感。其他三个十点半后才陆续回来。一个要考北大外语系的硕士,长一张崇洋媚外的大胖脸;一个考数学系的硕士,戴眼镜,一看就知道营养不良,下巴尖尖的,体形如同一个放大的问号;另一个考哲学系的博士,眼神不好,却喜欢从眼镜上面看人,挂在鼻尖上的眼镜仿佛只是个摆设。哲学博士看见敦煌在看一本电影研究的书,就问他考艺术系还是中文系。敦煌想了想,说艺术系。听起来气派。搞艺术的,听听。

“硕士还是博士?”

“博士,”敦煌谦虚地说,“考着玩。”

哲学博士的眼光立马从镜片上方向他看过来,那两只小而无神的眼。敦煌觉得这家伙挺傻。他说:“咱俩一个战壕的,我也考博士。哲学博士。”敦煌欠了欠身子,有点慌。这谎撒大了。人家是考哲学的。那是所有学问里敦煌最崇敬的一门,他不知道那种玄而又玄的学问怎么玩,看不见抓不着啊,对他来说,那完全和呼风唤雨一样是门巫术。敦煌看见哲学博士爬上床,脑袋伸得像只鹅看手里的书,他怎么就觉得哲学博士的样子挺傻呢。

外语硕士和数学硕士对他这个艺术系博士不感冒,直到睡着了开始磨牙说梦话,跟他说的也只有一句话:“刚来的啊。”

第二天一早他们就去北大吃早饭和看书了。敦煌不急,没人一大早忙着买碟。他睡到八点才起,在承泽园门口的小摊上吃了豆浆油条,决定去人大和双安商场那儿卖碟。中关村大街早就开始堵了,从早堵到晚。为什么要修一条用来堵车的马路呢？敦煌在车上想了十分钟，车只移动了不到五米。他干脆下车步行。大学门口比较清静，敦煌不敢造次，就去了双安，刚过马路就有几个女人围上来，奇了怪了，几乎每个女人都抱着个小孩。

她们说："大哥，要办证吗？发票也有。"

敦煌说："发票你们也卖啊？"

她们说："早就卖了。你要多少？"

敦煌说："我办证的时候没卖过假发票。"

女人们面面相觑。一个女人怀里的小孩哭了，她气愤地说："哭什么哭！神经病！"其他几个都瞪了他一眼才走。敦煌心里挺高兴，他妈的，骂我。他办假证的时候的确没卖过发票，看来能公费报销的人越来越多了。

敦煌刚走几步，又上来一个背孩子的女人，黑瘦，应该是从农村出来的，正在吮手指头的小男孩被捆在她腰上。女人凑近了说："要光盘吗？什么样的都有。"

敦煌看她空荡荡的双手，问："盘呢？"

"跟我来，在那边。"

她对着路边的大楼画了一个弧，手指抽象地落在了楼后面。敦煌本来想跟她去看看，又觉得没意思，装作突然发现手机上的短信，说有人急着找他，得马上走。女人很失望，在身后喊，要买再过来啊，我一直在这地方。随后又遇到几个办证和卖光盘的。敦煌发现，现在办证的和卖光盘的主力是女人，而且大部分都带着一个正吃奶的小孩。带孩子当然是为了安全，逮住了你也没辙，孩子的奶你来喂？另一个发现是，这地方一定常有警察出没，否则她们也不会空着两只手来卖碟。敦煌一想，还是换个地方放枪吧，别给自己找不痛快。就去了北太平庄附近的牡丹园小区。

打了两天游击，生意不好不坏。到第三天就难以为继，时下流行的大片卖光了，挑选余地也越来越小，剩下的几张碟留不住客人的眼。当初这些光盘只是为一天准备的。第三天下午敦煌早早收工，没的卖了。接着就茫然，他没有货源，后悔当初没和夏小容一起去拿碟。不过他要去夏小容也未必答应，他知道往往这种生意的货源都是保密的。就像他当初和保定揽了生意，做假证也是定点的，这个点他们也不告诉别人。敦煌几次要给夏小容打电话，拨了半截子号又把电话掐了。这个醋吃得没道理他懂，但一想到此刻停留在夏小容大腿上的手是一个名字叫旷山的家伙的，他心里还是相当的不舒服。敦煌觉得牙根有点痒。他把手机塞进兜里，没路了。没路也跟自己耗着。

他去了一个小饭店，吃了三个大馒头才把牙根里的痒止住。然后步行回承泽园。路上经过一个专卖五元十元盗版书的铺子，买了一本关于电影的随笔集，那本书看完了，快到海淀体育馆，夏小容打了他手机，问卖完了没有。

“卖完了。”

“卖完了为什么不给我打电话？过来拿碟吧，他不在。”

碟已经分好了，每一类若干张。他们相互不看对方，说话时眼盯着光盘，像在对电影里的人说话。“够你卖三天的，”夏小容把一张碟翻来翻去，“那种碟还在床底下，要多少你自己拿。”敦煌弯腰从床底下拿出一堆毛片，扭头时看见夏小容拖鞋里的脚，灰色的棉袜子让他觉得温暖。他抬头顺着她的腿往上看，看到了她的胸部和脸，夏小容看见他的目光立刻改向别处看。敦煌慢慢地站起来，把夏小容扑倒在床上。毛片扔了一地。夏小容叫了一声，敦煌才对自己的行为感到吃惊，但他停不下来。夏小容推他，再推他，就不推了，她箍住敦煌后背的两只胳膊越来越紧。

开始急鼓繁花，后来像一部二三十年代舒缓的默片，结束时如同悠远的一声叹息。结束了敦煌不知道怎么办，他把头埋在夏小容胸前，一声不吭，然后爬起来穿好衣服，收拾好碟，背着包就要走。夏小容说："你说北京好吗？"

"挺好的。"

"我还是想回去。"

在敦煌听来，这句话的意思是：只能和"他"一起，某一天回到老家去。但敦煌的脑子里却出现一溜女人，孩子在怀里或者背上，见人就问，要光盘吗？办证吗？敦煌头一次看见夏小容眼角出现了四条皱纹，一边两条。它们的队伍将会不断壮大。

敦煌临出门时说："应该回去。"

他们没有谈到这些碟卖光了该怎么办。敦煌第二天打电话还是犹豫了一下。他跟她说，北大的一个学生要三十五部《柏林苍穹下》。夏小容挂了电话，过一会儿又打过来，没问题，让他晚上过去拿。

敦煌去的时候他们在吵架。旷山是个瘦高男人，三十多岁，鼻子底下留一道精明的小胡子。夏小容坐在床上哭得像打嗝，脖子直伸，气不够喘似的。敦煌多少年前见过他妈也这样哭过，那会儿他爸他妈闹离婚。敦煌说："小容，姐，她怎么回事？"

旷山一挥手说："没事瞎闹呗，女人嘛，能有什么事。"

夏小容歪倒在床上，因为委屈，哭声扬起来。

"你欺负她了。"敦煌的脸跟着撂下来。

"跟你没关系，拿碟走人。"旷山斜着眼看敦煌，"买碟的钱留下。"敦煌没动。旷山说："怎么，碟不要了？"这时候夏小容停止哭声，走过来推敦煌，让他赶快回去。推几下没推动。旷山的脸色就不好看了，他不知道他们俩的事，但他感觉出敦煌有点不对劲儿。他说："怎么，我跟老婆吵吵架也不行？"

夏小容说："谁是你老婆！我跟你没关系！"

旷山说："别蹬鼻子上脸啊，就是你亲弟弟来了，我也照样抽你。"

敦煌的拳头就上去了，一拳打得旷山两鼻孔蹿血。夏小容没想到敦煌这么快就动手，半个身子都用上了要把他往门外推，敦煌不得不后退。旷山急了，跳过来要还击，“你他妈凭什么打我！”敦煌的拳头越过夏小容的头顶，又是一下子，打在旷山的左眼上。敦煌说：“打的就是你！”

“好啊！”旷山气急败坏地说，“你弄出一个野弟弟来对付我！有种你丫别走！”

这家伙一急把北京土话都用上了。还你丫你丫的，你丫算个什么鸟，还真把自己当首都人民了。敦煌没骂出口，就被夏小容推到门外。夏小容说，求你了，别给我添乱。敦煌心里一凉，把准备好的钱扔进屋里，转身下了楼。旷山追到楼下，一路骂骂咧咧，你丫给我站住！

敦煌转过身，“你丫想怎样？”

旷山下意识地后退一步，“你他妈有什么资格打我？”

敦煌抬头看见一个脑袋从三楼的窗户里伸出来，语气一下子温和下来。“你该好好待她，”敦煌说，“这么好的女人。”

“为什么非要我好好待她，她就不能好好待我？还有，你丫算哪根葱，上来就打我？”旷山的喊声把周围的几个声控的门灯都震亮了，看得见暴起的脖筋在跳。

敦煌正想发作，夏小容在头顶喊：“敦煌！”她担心他再次出手。敦煌知道，自己已经失败了。暗自觉得好笑，他不过就是个“干弟弟”罢了。他对楼上的“干姐姐”说：“你放心，我陪姐夫喝两杯就没事了。”然后对旷山说，“走吧，我请客。”

旷山半天没回过神，“请客？请什么客？”

八

敦煌今晚对酒没兴趣，只想用酒来对付旷山。有夏小容在，拳头不好再动了，灌他一下总还是无伤大雅的。“每人先来五瓶。”敦煌说。

“五瓶？”旷山看看摆在他面前的五个瓶子，有点蒙，咬咬牙说：“好吧。”他不打算在拳头之外再输一次。

开始敦煌一个劲儿地劝酒，他不想和对面的家伙多废话，早灌倒早完事。旷山酒量不算太差，抵挡了一阵子就慢下来了。慢不是找借口推辞，而是止不住要说话。敦煌能感觉他的舌头在一点点变大。舌头大了，目光就柔和了，慢慢就有了他乡遇故知的表情。敦煌觉得旷山喝了酒虽然有点脸红脖粗，但看起来还真诚一点，比清醒时抖着个傲慢的小胡子让人舒服点。

“你是她干弟弟，所以你打我？”

“你让她不高兴了。”

“我他妈的还不高兴呢！我容易吗，一天到晚东奔西跑，做梦都想着赚钱、发财，想着在这鬼地方安身立命。”

“那是你的事。她要回老家。”

“回个屁老家！老家有金子还是有银子？我们都出来五年了，回得去吗？拿什么回去？再说，我的事业刚开始，我得等着它发展、壮大。我要让别人知道，我旷山混了几年还是弄出了点名堂！”

敦煌转着酒杯看旷山，用嘴角和鼻子在笑。就你！呵呵。喝酒。

旷山这次喝得爽快。“兄弟，”他把脑袋凑过来，右脚一抬，后跟踩到了凳子边上。敦煌一看见他抖动的右脚尖，就觉得老家可能更适合他。“小容没跟你说？我开了家光盘店，当然了，是跟朋友一起搞的。生意那个好啊，像你这样卖散碟的，都去我那里进货。你说我能走吗？经营一个店不容易，这是北京，不是咱们老家，随便哪地方杵间屋子就能卖东西。你懂我的意思？”

“不懂。”

“你看，在这点上你们姐弟俩一样，一根筋。我跟小容说，我都做老板了，你就是老板娘，咱别到处跑去卖碟，把店看好就成，钱别人会送上门来。她死活就是不干，就想回老家。老公孩子热炕头，你说这不是小农思想吗、小市民思想吗？她认为卷进了店里就出不来了，所以坚决不去，只有拿碟的时候才去。让她搭把手都不干。小容她什么都好，就是在这点上不行，不能理解我。要是能干得了别的，光盘她都不会卖。这不是要和我划清界限吗？"

"她急着回老家的原因你知道？"

"不是说了嘛，小农思想、小市民思想在作怪。"

"错！"敦煌说，恨不得把一整瓶酒都倒进旷山的酒杯里，"她是女人你想过吗？二十八，奔三十了。说老就老了。她跟我说，你以为女人能有几个三十。她就是想有个家，不想再漂了，有个孩子，把自己再实实在在地放下来。"

"这还不是小市民思想？"旷山说，他用一大口酒继续表示自己的不屑，"我拼命挣钱为什么？不就为了能让她有个安定的家，好生孩子，把自己放下来？"

敦煌说："你是为自己。你敢说不是？"

"天地良心！"旷山说了半截打住了，去拿刚烤好的羊肉串。羊肉串让他声音变得含混，"是为自己，你是男人你就得干事情，我也没办法。你不想成功？你不想在这他妈的首都混出个人样来？是，我有自己的想法，可你也不能说我做事业挣钱跟她没关系啊。"他赌气似的连吃了三串，缓过劲来才说，"我要你一句实话，兄弟，你是我，你回去还是不回去？"

"如果光棍一条，我当然不回去。要是有小容，"敦煌踌躇半天，他看见旷山一直盯着他喝完杯子里的酒，"我也不知道。"

旷山笑起来，"老弟，不行了吧。男人都他妈一路货，大哥别说二哥。"

敦煌对自己相当失望，也就是说，如果有了夏小容，他也不可能是想象中的自己,而是另一个他妈的旷山。他看着旷山的那一撮小胡子得意地抖啊抖,真想上去给揪下来。喝到最后,没把旷山放倒,敦煌自己倒醉了,出了门就撕心裂肺地吐,酒肉、胆汁、鼻涕和眼泪都出来了。他让旷山先走。旷山走时跟他说,以后要碟,直接去他店里拿。

敦煌在万泉河边上坐到后半夜才回地下室。三个研究生都睡着了,呼噜声磨牙声此起彼伏。简单洗了洗,一觉睡到上午十点半。醒来时看到哲学博士在翻他昨夜随手扔在桌上的碟包,博士拿着一张毛片,对着包装纸上的丰乳肥臀直咽口水。

“喜欢吗?”敦煌从床上坐起来,“喜欢就送给你。”

博士吓了一跳,丢烫山芋似的把毛片丢进背包里,尴尬地笑笑,“不喜欢。”接着满怀幽怨地补充,“没地方看啊。”

敦煌也想,有个影碟机就好了。博士对敦煌的一大包碟很感兴趣,敦煌解释说,认识一个卖碟的朋友,托付给他的,顺便帮着卖一点。那,你是卖盗版碟的了?哲学博士眼白又出来了。敦煌说算是吧。他不相信博士用他的大眼白能做出好学问来。

敦煌认为给黄同学送《柏林苍穹下》的那天是他的好日子。黄同学那层楼住的都是中文系和艺术系的硕士生,周围宿舍的人都围过来挑碟。他喜欢这些真正的研究生们的慷慨,人手一台电脑,看碟方便,一买就是一堆,毛片也要。一个家伙写小说,没女朋友,但是小说里要有床上戏,就把不同民族和人种的毛片分别买了一张,观摩之用。除了预定的碟,敦煌在两个小时里卖掉了四十五张。但这样的大宗买卖可遇不可求,所以还得照旧到处跑。

地下室条件差了点,不过还算便宜,用水用电都不要钱,敦煌也就懒得再折腾,打算先住着,等钱挣得差不多了再去找个单间,顺便把电视和影碟机也买上。很多碟要看。看了两本相关的书,对一般的艺术片都有兴趣了。一周住下来,敦煌接着交了下一周的住宿费。还是卖碟，早出晚归，偶尔跟几个呆子扯几句谎，冒充玩艺术的他觉得很有意思。甚至在一个风和日丽的上午，坐在万泉河边的剃头老师傅的大椅子上，剃了个光头。

光头让他觉得体重减轻不少，路跑得也轻快，一天跑了四个地方，回到地下室已经晚上十一点。哲学博士劈头就问，见着我的手机没有？敦煌说没有。真没有？博士又问。敦煌担心他耳朵不好，就对着他摇摇头。

“出鬼了！妈的出鬼了！”博士说。他手机丢了，昨晚睡觉前放在桌上，早上走得早，忘了拿，回来就不见了。“就四个人，还能有第九只手？”

“鬼没出，人出了。”数学硕士面无表情地说，下巴拉得更长了。

“一定是，”学英语的胖子表示肯定，“要不，报案吧。”

敦煌看看这个，再看看那个，发现他们三个都在看他，他往后跳了一步，坚决支持报案。哲学博士打了110。他在电话里一遍遍重复，知人知面不知心。敦煌觉得这是一句毫无意义的屁话。他们四个被带到派出所隔离审问，审到他时已经凌晨一点二十了。这之前他一直坐在一把椅子上，看对面两个女孩。她们也是来报案的，丢的是钱，像他们一样住集体宿舍。普通话里一半是外地口音，两个口音显然不是一个地方的，都穿低领的小衣服，挺着白花花的大胸脯，说话的时候直往敦煌这边瞟。敦煌觉得半夜三更来这里，简直就是为了看那两个肉乎乎的姑娘。

“哦，没看见，”警察有点累，点了一根烟，“听说你卖盗版光盘？那可是违法的。”

“我就是帮个忙，回去就还给朋友。我要考博士，真的，北大艺术系的博士。”

“哦。博士。”

“对，博士。那手机我真没看见，长什么样都不知道。”

“出鬼了。”

“对,出鬼了,”敦煌放松了一点,“他们说,出现第九只手了。”

警察笑起来,“你那盗版碟,小心点。我们要严打。”

那天晚上只审出一堆文字,手机依然下落不明。在哲学博士的强烈要求下,警察还是说,今晚就算了吧,别弄得四邻不安,明天上午我们过去,就不信它飞了。你们四个,上午十点之前谁也不许离开。

凌晨五点敦煌突然醒了,这在过去是没有过的。胖子和博士在打呼噜,瘦子偶尔凄厉地磨牙,一到夜晚,他的嘴里就像关了只老鼠。门外走廊里的灯光照进来,敦煌看见放在桌上的碟包,知道自己醒来的原因了。他谨慎地穿好衣服下了床,几件多余的衣服塞进背包里,拎着包向外走,开门的时候顺手把洗漱用具也塞进去。他们还在睡。敦煌关上门,觉得不辞而别颇为可疑,就写了张纸条插在门把手上:偷手机烂手指,娶个老婆没屁眼。

还有两天租期才到,敦煌管不了那么多,四十块钱就四十块钱吧,总比所有碟都被警察没收掉好。如果这些碟全被没收,他就相当于再次一穷二白地从里面出来。

敦煌是当天第一个到三角地找租房信息的人。早上七点半,他按提供的联系方式给五个房东分别打了电话。第五个成功了。在蔚秀园,独立单间,每月四百块钱,外加水电费五十,一共四百五。这个单间在三角地所有小广告提供的信息里,差不多是最便宜的。房东是老太太,不到六十岁,打扮得还可以。自称退休之前曾是某单位的党委书记。敦煌觉得有那么点意思,谁知道呢,没有人规定书记该长什么样。但她的口臭让敦煌很失望。比口臭更失望的是房子,他没想到所谓的单间就是他身后那间比他高不了一尺的小棚屋。在院子里临时搭建的,材料是单砖跑到顶,几块楼板盖顶,再上面是弄成一面坡的石棉瓦,以便雨水顺利地不流到屋里。如果说这也能叫房子,那真是建筑史上的奇迹。里面摆了一张床，一张桌子，一个凳子，还有一个小书架，就没有了，有也摆不下。她分文不让。

“我这可是单间，多安静。不是北大的学生我还不放心租呢。什么？不是？考研的也行，早晚还不是嘛？”

单间。单间。敦煌这里拍拍那里打打，一不小心拽了灯绳，白灰粉刷过的墙壁四下生辉。他突然觉得有一间自己的小屋有多好，他可以买电视，看碟，夜晚在北京有了一块可以安心放置身体的地方，风吹不到雨打不着。还有，他不想继续忍受房东的口臭。于是他说：“好吧。只有一个条件，房租一个月一个月付。我还在等着家里寄钱来。”

“也行，押一付一。”

押一付一敦煌懂，就是付这个月的，押着下个月的。她担心房客提前跑了，把值钱东西啥的也顺手捎了。敦煌想，就这两件破玩意儿，还当宝贝，送人都寒碜。他租下了，付了两个月的房租，挣的钱基本全光了。敦煌坐在床沿上感到了饥饿。

九

安定了住处，就像扎下一点根，敦煌可以按部就班地展开生活了。卖碟赚钱。合适的时间里去探望一下保定。这之前最好能把七宝找到，他不想让保定失望。到哪儿去找是个问题。除了一个背影、七宝这个名字以及她那时候办假证，敦煌别无所知，连她姓什么都不知道。如果还在北京、继续做假证生意还好，否则，就是大海捞针也搞不清在哪个海里捞。这个保定，早点说多好，非等到要被警察带到别的地方才紧急托付。也怪自己，以为只要自由了，找一个人还不是小菜一碟，没往细里问。敦煌初步的打算是，一边卖碟一边找，多往办假证的人群里凑。卖碟的时候就四处瞅，专拣年轻姑娘的背影和屁股看。他相信自己能把七宝从众多的屁股里认出来。

那些天他看了无数的屁股,直看到两眼发花,闭上眼也觉得有两片肥硕的东西在眼前动。他根本没有能力把它们一一区分开来。不好看的屁股各有各的不好看，而漂亮的屁股差不多总是一个样。一点办法都没有。他也在不同场合向不同办假证的人打听过七宝。三分之一的人摇头。三分之一的人答非所问,说,办证吗?另外的三分之一只是给他白眼和骂神经病！想一想敦煌也觉得挺滑稽,坚持不懈地见人就问,这多像是某个童话里的故事啊。

但不问肯定一点头绪也不会有,问了也白问,白问也得问。敦煌基本上已经对这样当面打听失去信心，北京办假证的他妈的那个多,集合起来肯定乌泱乌泱成千上万。为了不至于把寻找七宝这事做得百无聊赖,他把它当成卖碟之外与人交流的一种古怪的方式来看。卖碟结束,他就会没头没脑地问一句,您认识一个叫七宝的女孩吗?客人一听,惊讶地看看他,赶紧走了。敦煌就对人家的背影抱歉地笑笑。

只要天气正常,每天都能赚到钱。缺碟了,他直接去旷山和朋友开的那家叫“寰宇”的碟店进货。不想再去打扰夏小容的生活。都这样了,继续你来我往,说好听点是相互温暖,难听点就是通奸。敦煌不在乎什么通奸不通奸的,他担心夏小容。这女人心其实相当重。见了面欲罢不能,他穿上裤子利利索索走了人,她还不知道要在两个男人之间怎样煎熬。当断就断吧。他觉得夏小容也应该有此意。有一天她给他电话,开始还幽怨地质问,为什么这些天不去看她,几句话之后就软下来。敦煌说,刚从旷山那边拿了碟,然后说,你方便的时候我就过去。夏小容就沉默了,自始至终都没告诉他什么时候方便。所以,敦煌悲壮地决定,长痛不如短痛,是个男人就得先扛住。他们此后很少见面,连电话也几乎不通。

“寰宇”在骚子营的一条巷子里,店墙上贴满花花绿绿的碟片海报。门左边是店名,门右边写着:绝对正版！货架上摆的大部分都是正版,做样子,盗版要穿过一个耳门,生意在里面做。敦煌第一次去,旷山把他介绍给合伙人周老板和两个店员，这是小容的干弟弟,好哥们儿,最低价给他。两个店员对电影都很精通,每拿一部片子都能解释出一大堆东西来,甚至拍摄时的花絮和八卦都了如指掌。敦煌及时表示了崇拜,两个店员说,崇拜啥,多看。

搬到蔚秀园的第十三天,敦煌买了电视机和影碟机。影碟机是新的;电视机是从旧货市场买的,七成新,两百块。效果很不错。那晚上他吃了两袋方便面,一口气看了四部电影。后半夜出来上厕所,漫天的大风,呼啸着经过石棉瓦屋顶,尘沙迷了他的眼。他没去巷子头的公共厕所,在大门口的槐树底下撒了泡尿,赶紧回去。狗日的沙尘暴,半夜三更跑来了。

次日上午,窗外有人兴奋地说话,土啊尘的。敦煌睡不下去,就起来了,出门看他们还在说。房东指着他脚下说,小伙子,看,土。敦煌看看脚下,一层细腻的黄土,跺一脚,溅起一团尘烟,再跺一脚又溅起一团尘烟。敦煌连跺了几十脚,周围尘土飞扬,老太太和邻居一个劲儿地往后躲,“别跺!别跺!呛死了!”敦煌停下来。“哪儿来的土?”他看到周围所有东西上都均匀地覆盖了一层厚厚的黄土。“沙尘暴?”现在风停了,太阳在天上,因为浮尘的原因看起来发白。黄天白日。

“下土啦!”房东兴奋地说,“老天下土啦！”

邻居们一样的兴奋。不管老人孩子,长这么大谁见过天上下土?反正敦煌没见过。他踹了一脚门前的槐树,一阵黄土飘飘悠悠落下来。真他妈的下土了。敦煌也跟着兴奋。洗漱完了,收拾背包去卖碟。一路上东张西望,到处都是土,黄澄澄,灰扑扑,很多小孩都像他一样跺脚玩。有的地方清洁工还在扫大街,积到路边的黄土堆得老高。奇了怪了。怪不得假证办得好好的就进去了,年头不对啊。

真正让敦煌觉得好玩的是在天桥上。他站在高处,看到眼前低矮的居民区和街道一夜之间变成了单纯的土黄色,如同冬天看见大雪覆盖世界。但和那感觉完全不同,落了土的房屋和街道看上去更像一片陈旧的废墟,安宁,死气沉沉。很难相信除了雪之外,还有东西能让世界变得单纯和平面起来,而且竟是如此颓败和荒凉。再看那些面无表情匆匆经过的行人,敦煌陡然生出一股破坏的欲望,他脱口大喊:

“夏——小——容!”

谁都不知道夏小容是谁,但都转过脸来看这个莫名其妙的疯子。敦煌对他们点头微笑,一阵窃喜,觉得这帮家伙愣然地大幅度扭转身子,使得眼前的世界多少动了起来。然后他看到路边停的一辆汽车上,谁在上面的黄土里写了六个字:狗日的沙尘暴。敦煌觉得这个有点意思,下了桥在后面加上三个字:当然是。写完了还不过瘾,又转到后备箱上写了五个字:不是我写的。

写完继续走,看见一辆宝马停在路边,就上去写:狗日的宝马。连写了三辆车,什么牌子的车就狗日的什么。到第五辆车前,刚想写狗日的,忽然想起办假证时到处写小广告,用签字笔或者喷漆,行人能看见的地方就写:办证 130……为什么不能给卖碟做个广告呢?敦煌顺手写下自己的电话:卖碟 133……

他为这个天才创意兴奋不已。一路写下去,见到车就写,车头没擦的写车头,车头擦过的就写车尾,直写到手指发麻,胳膊变酸,右手看上去就像黄土抟成的。有人看他也不管,只顾闷头写,写完就走。写到下午两点,粗算一下,不下三百辆。然后找了个小馆子犒劳自己。看吧,等着别人来找吧。卖光盘的同志们多年以后应该也会感谢他,是他真正开创了光盘的外卖业务。

一顿饭没吃完,果然手机响了。敦煌兴高采烈地去接,对方说:“是卖碟的吗?”

“是。小姐您好,需要哪部电影?”

“有病啊你！”

敦煌觉得不对劲儿，想缓和一下气氛，就说：“小姐您好，我好像没有这部电影。”

“你别装疯卖傻，我告诉你，别到处乱写乱画，爪子痒了到石头上磨去！”说完就挂了。

敦煌很高兴，回骂道：“磨你奶奶的腿！”这种事办假证时常遇到。广告写在人家讨厌的位置，或者带背胶的小广告贴错地方，无聊的家伙就会打电话来撒气。敦煌高兴的原因是，广告的效果出来了。有人吐口水，一定也会有人送钱来。

埋单时手机又响了。是个小伙子，要买碟，也是在车上看到的广告。单位在长虹桥，敦煌就坐车过去了。到那里四点半，小伙子在五楼。几个办公室的同事都围过来，每个人对影视都在行。他们对影片的随口评论相当地道，后来敦煌离开，才发现那是专门搞文艺的单位。那一座楼全是搞文艺的。不是玩小说、诗歌、戏剧的，就是弄舞蹈、音乐、影视和出版的。小伙子说，一直有个卖碟的定期来，最近三个月不见了人影。敦煌说，那以后我定期来，想要什么碟可以提前打招呼。单位里的人对碟片的品相比较满意，这个敦煌还是有点自信的，虽说是盗版，他的碟盗得好。“盗”亦有道嘛。卖了三十一张。

离开时敦煌问：“其他单位能去吗？”

小伙子说：“没问题，直接上门就是了。原来那个就是直接上门推销。”

敦煌高兴得快晕过去，真是天上掉了泡狗屎落他粪筐里了。十几层的楼，他只跑了两层，人家下班了。就这两层也卖了八十多张。八十多，啥概念啊，纯利润两三百块钱。

上公交车前敦煌买了份报纸，吓一跳。报纸上说，昨夜北京下了三十万吨的土。他对三十万吨的唯一想法是，那能垒出多少个坟堆啊。报纸还说，这三十万吨土，一部分是北京自产自销的，北京现在就是一个大工地，没风的时候都可能尘土飞扬；另一部分是从新疆、内蒙古和大沙漠里刮来的。想想风这东西真他妈伟大，硬挺着把一粒粒尘埃千里迢迢地送过来，大工程啊。还有一个耳目一新的消息，新疆某列火车遭遇沙尘暴，一侧的车窗玻璃全被击碎，乘客只好一边站俩人，拿被褥堵住窗口，千里迢迢地与天斗与地斗。敦煌估计，这种事可能一点乐趣也不会有。但对这些消息，敦煌莫名地兴奋，很想找个人说一说。找谁呢？除了七宝好像没别人了。七宝，七宝呢，你在哪里？

十

又去一趟长虹桥，卖了一堆碟。下午回来就得进货。敦煌来“寰宇”的频率让旷山吃惊，一个人零散地卖，生意竟能如此之好。敦煌说，就一条：拼命。书面语是：敬业。

他每次进货回来，都要抽样把碟片在机子里试一下，以免客人买了放不出来。进货时，同样的盗版碟挑质量最好的，少赚一点无所谓，信誉要保证。这是他办假证积累的经验，回头客很重要。他们满意了，会主动替你做广告。然后就是送货及时。敦煌从汽车广告里尝到了甜头，买了几盒带背胶的口取纸，写上小广告，逮着机会就在闲人出没的地方贴。铺开来效果就显著了，经常有人电话订购。私人订购量都不大，有时候只要一部两部，敦煌也尽量送货上门，再游说一番，就可能多卖出几部。有个女孩不吃他这套，每次只一两张，绝不会多，而且只要暴力和恐怖片。

她住在知春里，敦煌过去要穿过大半个中关村。要命的是，从蔚秀园到知春里公交车不好坐，要么转，要么下车再走一大截。第一次去花了敦煌近一个小时。她住那小区最里的一栋楼，最高层。女孩挺漂亮，就是喜欢板着脸，跟别人欠她钱似的，经常叼着细长的女士烟,吸烟的动作有时候颓废不振,有时候咬牙切齿。她的烦躁和焦虑显而易见。不让敦煌进门,从防盗门的铁栅栏间交货。透过防盗门可以看到房间里面惊人的豪华,起码把敦煌给吓着了。他只在电视和电影里看过如此的排场。所以敦煌不理解,都天上人间的日子了,还苦大仇深的。有一回送碟,敦煌忍不住问她,为啥老看暴力和恐怖片?文艺片、爱情片、经典的获奖影片都可以看看嘛。他没说完,女孩就烦了,有完没完?爱卖不卖!把刚点上的香烟都扔地毯上了。地毯发出了怪异的焦味。

"对不起,我就随口说说。"敦煌转身要走,"地毯烧了。"

女孩说:"我知道!"

敦煌气鼓鼓地下了楼。转什么转,长得好看就可以随便发火啊。敦煌决定下次不要这个外卖了,一次一两张碟,赚几块钱都送给公交车了,还惹一身刺。但下次女孩打电话要碟,敦煌又送过去了。一个小丫头,跟她计较什么呢?还有就是,他对女孩的状况隐隐有点好奇,也有点担忧,他从没看见过她房间里有别人。这无论如何有点不正常。也许看点其他片子对她有好处。敦煌交货时就多了一个心眼,不去推荐,只聊天,随口说,你们这个小区跟某部电影的小区很像,那电影看得我眼泪稀里哗啦往下掉,女孩子要看,起码得准备一条毛巾被。或者是,对不起,路上堵车,出租车追警车的尾了,有意思吧。这情节好像某部电影有过,你看过吗,那电影简直像《圣经》一样感人肺腑。这后一句是他从书上看来的。

那女孩开始还一脸的嘲讽,像看马戏一样。她一下子就看穿了敦煌的小把戏。几次以后态度好转一点,不那么焦躁了,烟抽得也淑女了一点。但依然不主动去打听那部电影。敦煌有了成就感,决定继续说下去,他相信总有一天那女孩会接受暴力和恐怖片之外的电影。

因为女孩几乎隔一两天要一次碟,敦煌不得不考虑买一辆自行车。他的生活也需要。早上在北大三角地贴了求购二手车的启事，中午就有人要求面谈。是个三十来岁的男人，穿西装打领带，文质彬彬。他带着敦煌在图书馆、教室和宿舍楼前转，一排排自行车看过去，问敦煌哪种车子比较合适。敦煌觉得一辆六成新的山地车看着更舒服，又怕买不起。西装说，没问题，价钱好商量，就这样的？

“差一点的也行。”

傍晚敦煌到北大西门外取货，那家伙已经等在石狮子旁边了，戴墨镜，屁股底下那辆车越看越觉得眼熟。敦煌就纳闷，跟中午那辆怎么这么像？“什么叫像？就是。”西装嘿嘿地笑，“当然锁不一样，刚装上的。”敦煌看车锁，果然变了，中午车上还挂着两把上好的链锁，现在只有一把最简单的那种插锁。“这样不行吧？”敦煌说，“认出来就麻烦了。”

“×，全中国这种车子多了去了，怎么认？”西装说，“怕认？好办。”他从口袋里掏出一把小刀，嘎吱嘎吱对着横梁一阵刮，油漆落了一地。敦煌还犹豫。西装说：“×，你这人，搞一辆破车都这么磨叽，找不到老婆吧？找到也早晚要被甩。不要我可扔了。”

最后八十块钱成交。敦煌骑上车子，感觉相当不错，有车阶级就他妈爽。西装分手时嘱咐他，回去最好加把好锁，这种车子最不安全。又给了他一张名片，以后有哥们儿想要自行车，一个电话就成。名片上的头衔是：张先生，“二手”自行车店总经理。敦煌觉得这名片颇具收藏价值。世界已经疯了，这就是见证。他喜欢那辆二手山地车，跨上车顿时觉得生活充满激情。他妈的捷安特山地车。

他骑着这辆车去给知春里的女孩送碟片，越发觉得应该把她从暴力和恐怖片的世界里拯救出来。敦煌甚至想，看看三级片、毛片也不错啊，至少能学点生活常识，打打杀杀、午夜凶铃有啥意思呢？女孩没有接受他的建议，但还是有所改观。接碟时不再像过去那样随意地穿着睡衣，而是稍微正式了一点，头发也出现了梳理过的痕迹。

那天敦煌跟她说,你骑过捷安特山地车吗?感觉真他妈好。我刚买了一辆,来你家的路上。我可以把车子借给你骑骑。

最后这个“借给你骑骑”终于让她笑了一下,准确说是笑了一半。当她发现自己在笑,果断地把另一半扼杀了。“谢谢,”她说,“再见。”开始关门。

敦煌赶紧说:“你看过《偷自行车的人》没有?拍得非常好!”

他出了楼道,自行车不见了。他明明记得放在楼底下的,插在两辆自行车之间,那两辆自行车还在,都是破车。敦煌楼前楼后找了好几圈,连个影都没有。完了,被偷了。敦煌一下子想起西装。他调出西装的电话打过去。

“你好,你朋友也想买一辆?”

“他们都开轿车。”敦煌说,“我的自行车丢了!”

“你的意思是,还想再搞一辆?”

“去你妈的,我的车丢了!”

“车丢了找警察,找我有屁用!”

“只有你认识那辆车!”

“×,你丫脑子进了水是不是?只搞认识的车子,我他妈的喝西北风去啊?”

“那我车子怎么会被偷?”

“问小偷去!问你的锁去!”西装在那头也挺来火,“你以为我三包啊,神经病!”

敦煌不吭声了。他忘了给他的捷安特山地车加一把好锁。他觉得车子白天靠在身边,晚上锁在院子里,不可能丢,就没买锁。

西装说:“谁让你舍不得那几个钱?就那种插锁,别说小偷,随便抓个小孩,一伸手也拽下来了。活该!我一点都不同情你!要不,再给你搞一辆?五折?”

敦煌说:“去你妈的!”沉痛地挂了电话。越想越气,最后决定,要什么鸟自行车，自行车没发明之前人类不是照样活得好好的。我跑，不信两条腿也能被偷去。

真就跑步去了知春里。敦煌发现跑起来速度并不比自行车慢多少。他一路跑得意气风发，闯了三次红灯，两辆车为他紧急刹车，很多人盯着他看。在拥挤繁华的中关村，很难看到狂跑不止的疯子。他把《杀死比尔》和《暴力街区》从防盗门里递进去。女孩穿着裙子，披一条火红的披肩。她想看一下《偷自行车的人》。

“没有偷自行车的人，”敦煌开了个玩笑，“只有自行车被偷的人。”

“你的车子被偷了？”

“嗯，前天在你楼下被偷的。”

“多少钱？我赔你。”

“八十，二手的。”

“八十？还捷安特？”女孩终于笑出了声，从旁边桌子上拿起钱包，掏出五张一百的要给敦煌。“骗人!哪有这么便宜的捷安特。”

敦煌当然不会要。此后，三公里之内他基本上都是跑步送碟。念书的时候他长跑不错，多少年不动，开始跑还有点不适应，跑了几次感觉就上来了，觉得运动的确是种乐趣。下一次给女孩送了两部碟，外加《偷自行车的人》，还是跑着去。女孩还要赔他钱，再不要就赔他辆捷安特了。敦煌说千万别，我现在跑得正高兴，别放我的气，再不锻炼这一百四十斤就该废掉了。

十一

那天他从知春里回来，刚到魏公村，接到一个陌生电话，那男人压低声音问，看到你的广告了，有光盘吗？毛的。敦煌犹豫一下说，要多少？那人说，越多越好。在哪儿？北京航空航天大学北门，穿灰色夹克，红领带。

敦煌坐车过去，看见灰夹克坐在北航大门对面的马路牙子上。你要碟？灰夹克点点头，找个没人的地方说。他们在僻静的街道拐角停下来，敦煌从背包的夹层里拿出三张毛片。还有呢？敦煌把背包放到脚前，又拿出十来张，都在这儿了。灰夹克看了看敞开口的背包，不少碟啊，三级的有吗？敦煌从一大堆碟里准确地抓出五张来。他带的不多，三级的并不好卖。灰夹克翻看碟片包装纸时一条腿不停地抖，一张张都看遍了，突然说：

“我是警察！”

敦煌一愣，马上笑了笑，说：“大哥，别吓我，我胆小。”

“不信？”灰夹克左手从兜里掏出个证件，迅速打开，果然是警察；与此同时右手已经抓住了背包的一根带子。“所有碟没收！”

敦煌指着地上说：“你的钱？”灰夹克低头去看，敦煌一把抓过背包，拖着就跑。灰夹克上了当，想用另一只手去抓包，已经晚了。那根带子被他扯断然后脱了手。他喊，站住！敦煌拼命地跑，背包口张着，一路往外掉了好几张碟片。幸亏跑得快。灰夹克追了不到五十米就停下了。敦煌一口气跑到中科院门口才停下，逃跑中间结结巴巴拉上了背包链。他没看见灰夹克跟上来，才一屁股坐到马路边上。腿肚子直哆嗦，吓得转筋了。海淀桥那次记忆犹新。

还好，这回逃掉了。

整整一天敦煌都没缓过劲儿来，妈的，出门撞见鬼。碟卖得三心二意，猛不丁就张皇四顾，担心警察冲过来。损失了不到三十张碟，够他心疼的了。后遗症不仅是下意识就要警觉一下，手机响一声都让他惊心。第一个打来的是旷山，用的是别人的手机，告诉他要的《漂流欲室》已经到货，随时可以拿。因为号码不熟，敦煌犹豫半天才接。第二个电话还是陌生的号，敦煌咬咬牙接了。对方张嘴就说：

“喂，乌鸦吗？你丫是不是又钻李小红裤裆里出不来了？半年没见你了！”

敦煌松了口气，“对不起，你打错了。”

“老子会打错？你那鸟腔烧成灰我都听得出来，丫还装。”

“我再说一遍，你丫打错了！”

“啊？真不是？”

“是你妈个头啊！”敦煌就挂了。对方又拨过来，一直响，敦煌只好又接。

对方居然还能沉得住气，“不好意思，打扰了。那你知道乌鸦的电话吗？朋友给我你的号码。”

“找乌鸦到故宫去，我只认识喜鹊。”

骂完人敦煌舒服了一点，准备专心卖碟，天黑了。于是忍不住又开始骂灰夹克，一路都在说，狗屎警察，狗屎警察。快到海淀时，脑袋里一亮，想起灰夹克拿的那个证件，老觉得哪地方有问题。他转着脖子找毛病，想起来了：灰夹克的证件上，落款的最后一个字挤在边线上。正常的落款不可能设计得如此局促。挤在边线上是他们故意做出来的。保定接过一单这样的生意，敦煌陪他一起去取货。当时保定还问了一句，落款是不是有点问题？制作的家伙说，都这样，做公安局的假，得留点破绽，给自己一条后路，就像假钞，细微处总有点明显的区别。那家伙还大义凛然地说：这是我们这行的职业道德。

敦煌又仔细回忆了灰夹克的证件，绝对有问题。心情立马好起来，狗日的，造假造到老子头上了。他连着对找乌鸦的那家伙的气也消了。谁知道是不是找错人了，说不准是无聊的骚扰电话。这么一想，脑袋里又一道光，为什么不能照葫芦画瓢，打电话找七宝呢？敦煌忍不住夸奖自己的智商，人要聪明起来，那是一点办法都没有。

他转身往回走，到人行道上、公交车站牌上、灯箱广告上甚至垃圾筒上找办假证的小广告，那些广告上写着：办证，上网，发票，然后是手机号码。敦煌见一张撕一张，回到小屋里开始照着搜集来的号码一个个打过去。是女人接，敦煌就说：“是七宝吗？我是乌鸦啊。”

对方就回答：“不是。打错了。”

敦煌就再问：“不会吧，朋友给我的这号码。那你认识七宝吗？”

“不认识。没听过。”

“哦，对不起，打扰了。”

是男人接，敦煌就说：“你好，我是乌鸦啊，最近见到七宝了吗？”

对方说：“乌鸦是谁？我不认识你。七宝我也没听过。”

敦煌就说：“哦，对不起，打错了。谢谢。”

对方南腔北调，带着夹生的京腔。态度好的，咕哝一声挂电话；碰上正吃火药的，那就自认倒霉，忍几句骂。二十二个号码打完一无所获。敦煌没有失望，这应该是寻找七宝的最好办法，以静制动，以不变应万变。只要七宝还办假证，总会找到。若改了行，那没辙，保定那里倒容易交代了。要操心的就是搜集小广告，他一边贴自己的，一边撕别人的。

七天内打了不下三百个电话。他不指望七宝就是那三百分之一，但三百个里哪怕有一个人认识七宝，事就成了。但七宝还是遥遥无期。敦煌看着抽屉里一堆用过的手机充值卡，咬咬牙继续打，就当给保定买二锅头喝了。一天下午，敦煌在航天桥附近卖碟，在天桥上看到一个十岁左右的小孩边走边弯腰，弯一下腰就在地上贴一张小广告。他跟上去看，那是个新号码，就揭下一张开始打。半天对方才接，是个女声：“乌鸦？没听过。”

“你认识七宝吗？”

“你到底是谁？”

“那你到底认不认识七宝？”

“认识。”

“太好了。我是敦煌，你能告诉我她在哪儿吗？”

“你他妈的到底是谁？”

"敦煌,敦煌啊。保定让我来找七宝的。"

"哦,早说啊。我就是。"

她住在附近的花园村,刚睡醒。敦煌约了她一起吃晚饭。敦煌坐在天桥下抽烟等她,兴奋得直搓手。终于他妈的找到了,对保定的歉疚可以减少一点了。有人从后面拍了他肩膀,敦煌转脸看见一个个头不错又比较丰满的女人,挺年轻,挺漂亮,还是烫成小卷卷的长头发,上面一件对襟小毛衣,外面是件象征性的罩衫,底下是条裙子。领口开得很低,看得见幽深的乳沟。他不敢肯定这样的女人是不是也可以称为女孩。敦煌绕半圈转到她身后,没错,背影和屁股摆在那里。七宝说,干吗?敦煌说,请你吃饭哪,保定特地交代,把你照顾好。

"他人呢?还说请我去看长城的。"

"你不知道?在里边。我也刚出来不久。"

"×,我说呢。有烟吗?"

敦煌给她点上一根烟。"你也抽烟?"

"烟都不抽,还不无聊死。"七宝说,"今大就够无聊的,没生意,盯着电视就睡着了。"

"没生意还雇小孩给你贴广告?"

"你看见了?总不能我去贴,笑也被人笑死。包里什么宝贝?"

"光盘。我卖碟。"

他们进了一家不大的川菜馆。敦煌翻开菜单吓一跳,贵得离谱,一份宫爆鸡丁都要十八块,简直不要脸。敦煌把菜单推给七宝,狠狠心说,你来。七宝说,这家不错,朋友一请客我就提议来这里。七宝点了水煮鱼、鸡丝荞麦面、东坡肘子、青菜钵和四川泡菜。敦煌想,就当又遇到两次假警察吧。七宝说,怎么卖起盗版碟了?这活儿不干了?

"刚开始找不到门路,临时卖卖碟。现在觉得这也挺好,没事看看电影。"

"进去一次进出个文化人了,"七宝说,"你们一块儿进去的?"

“嗯。其实,保定是因为我进去的。”

“这种屁话就不要说了。干这行,说到底都是为自己进去的。”

敦煌对她感激地笑笑。“你多大了?”

“不知道女人年龄不能问啊。猜。”

“二十二。”

“你比保定那狗日的还会说话。”七宝又要了一根烟,“二十三。都记不清他长啥样了。”

“他记得你呢。”

“×,记得我的男人多了去了。你记不记得我?”七宝两嘴角上翘,笑起来,“说正经的,菜的味道不错吧?”

饭后,敦煌去了七宝的住处认认门。与人合租的两室一厅,七宝住一间,另外一间还有一个女孩。房间不大,摆弄得不错,一张席梦思,电视、影碟机、音响,还铺了一小块地毯。被子没叠。“有点乱,别往床上看啊。”七宝说。敦煌喜欢七宝的爽快。他捏着指头数一下,觉得七宝完全符合保定的胃口,怪不得放心不下。七宝给他冲了杯速溶咖啡。咖啡的香味混杂在女人房间的味里,敦煌有点犯晕。“房租不低吧?”他问。

“还行。一个人在北京,只能自个儿心疼自个儿了。”

还是女人会过日子。自己倒小气了,不小气怎么办,还指望挣钱把保定赎出来。

一杯咖啡没喝完,有人打电话找七宝。七宝看看敦煌,敦煌说,没事,我也得回去了,还要拿货。七宝就在电话里说,好吧,一会儿到。敦煌让她想看碟就随便挑,七宝挑了五张。

十二

两天后他们又见了一次。七宝请客。她把碟片还给敦煌,另挑了五部别的。都在北京混，很容易谈得来。敦煌开玩笑说，保定托我照顾你，有什么体力活需要我干吗？七宝说，你也就能干点儿体力活了，不过现在还轮不到你。敦煌说，我等啊，轮着了一个招呼就到。七宝伸手在他脸上左右各拍一下，小心保定出来扁你。他们一起哈哈大笑。

下一次见面是七宝来海淀交货，顺便给敦煌送碟。傍晚，敦煌从外面刚回来，北大的黄同学要新旧两个版本的《小城之春》，他在小屋里等他的电话。百无聊赖正看一张日本的毛片，七宝打他手机，人已经到了北大西门。敦煌赶紧关了影碟机出来接她。屋太小，一个坐椅子上，一个坐床上，挤得腿碰腿。敦煌不太自在，七宝穿裙子，虽是长筒袜，碰着一下还是觉得靠到了她皮肤，越发找不到话题来说，就让她再挑碟片带回去看。这时黄同学电话到了，让他把碟片送过去。

大半个小时后，敦煌回到小屋。他推开门，七宝叫了一声，赶紧摁遥控器，满脸涨红。敦煌看见电视屏幕上一对赤身裸体的男女静止地缠在一起。七宝摁错了键，正暂停。七宝很窘迫，一把甩掉了遥控器。敦煌觉得有责任消除她的尴尬，就从地上捡起遥控器，说：

"看看毛片有什么？大惊小怪！我刚才看的那个嘛，要不我们一起看？"

"去，谁跟你一起看！"

"不看别后悔，老了想看都没劲看了。"

敦煌大大咧咧在七宝边上坐下，摁了播放键。之前七宝调成了静音。敦煌一不做二不休，让声音也出来。七宝坐着不动，谁也不说话，直挺挺地看着屏幕，不看都不行，脖子不能打弯似的。那对男女动作流畅，声音起伏有致。暧昧的声音充满小屋。两个人像两块僵硬的大理石坐在床沿上，慢慢听见了对方的呼吸声。敦煌动了一下，七宝也动了一下，两个人的膝盖碰到了一起。心都悬着，膝盖没有收回，好像那膝盖与他们无关。然后两人莫名其妙地侧过脸，看见了对方冒火的眼睛和脸，七宝一把抱住了敦煌。

七宝说："敦煌。敦煌。"

敦煌说："七宝。七宝。"

就乱了。跟屏幕上的男女一样乱。七宝脱衣服的速度让敦煌吃惊，七宝的表现更让他吃惊，完全可以用狂野来形容。他从夏小容那里得到的经验根本用不上，太安静，太本分，总是慢半拍，跟不上。七宝那才叫肉搏。她在他身上时，敦煌觉得那就是半空挂下来一条奔腾不息的河流，他都忘了自己还要干什么。后来河流回到平坦的大地上，敦煌趴在上面，多么柔软丰饶。敦煌恍惚了几秒钟，觉得身下是一张宽阔的水床。

屏幕上的搏斗也结束了，出现一片单纯的、死亡一样安静的蓝。七宝拍拍他的脸说："你真年轻。"这叫他妈的什么话。"我打了三四百个电话才找到你。"敦煌说。

"三四百个电话就为了这个？"七宝笑起来，笑得都有点不要脸了。

敦煌翻下身来，"保定让我照顾你。"

"你他妈别提他好不好！我又没卖给他，不就睡一觉吗，有什么？他凭什么让你照顾我！"七宝坐起来要穿衣服。

"要走？"敦煌也坐起来，把衣服从床下捡起来递给七宝，"我送你。"

"赶我走？"七宝说，一把将衣服甩回床下。"我还不走了，今晚就住这儿了！"

七宝说到做到。和敦煌出去吃了晚饭，又一起回来了。两人看了一部周星驰的老片子《九品芝麻官》，上了床忍不住又乱了。夜深人静，两个人躺在一起，七宝抱着敦煌。七宝说："抱着你真实在。"

"现在瘦了，胖的时候抱着更实在。"

"贫嘴！我是说，抱着你有种落了地的感觉。有时候一个人孤单了，想哭都哭不出来。”

“找个人嫁了不就完了。”

“你以为嫁人就容易啊。”

“难吗？实在没人要，我就委屈一下吧。”

“做你的大头梦！钱呢？跟着你吃沙尘暴啊。”

他们不再说话，抱着睡了。敦煌梦见夏小容在天桥上喊他的名字，就像那天他在天桥上一样。夏小容喊得泪流满面，然后像一件旧衣裳，从桥上飘飘而下。敦煌就醒了，一身汗。七宝把脑袋放在他的胳肢窝里，睡得正甜，嘴还吧嗒吧嗒地响。这个做梦都在吃东西的七宝才像二十三岁。敦煌抱紧了七宝，像她说的那样，此刻他想哭都哭不出来。

敦煌尽量不去想保定。进货。卖碟。想七宝的时候就给她打电话。七宝要过来，他就提前在小屋等着；七宝让他过去，他就会放下手里的事坐车或者跑步去见她。他的生活比较规律，七宝不一样，办假证没法儿规律，她朋友也多，常常会一起闹腾，那就更没个点了，有时候半夜十二点还在外面。敦煌劝过她，一个女孩子回去太迟不安全。七宝说，死了最好。

敦煌正在给碟片分类。他说："怎么说话呢？要被流氓劫了怎么办？"

“你说的是劫钱还是劫色？”

“你说呢？”

“要钱没有。要色嘛，正好，我正想看看哪个比你更厉害。”

“你他妈成心气死老子！”

七宝专心致志地涂黑色指甲油，头都不抬。“你这个人，一会儿想这个，一会儿担心那个，别人不气你，你迟早也被自己气死。”

敦煌觉得她说的还是有点道理的。什么时候变得婆婆妈妈了，我他妈的才二十五岁啊。恨完自己了又忍不住说："说正经的，要不，一起租个房子吧。你也别办假证了,最近风声好像有点紧。”

“别,千万别,”七宝脚都踮起来了,“你住你的,我住我的。我一点都不想管别人,也不想别人把我系在裤腰带上。”

“你看你那环境,那女孩的叫声简直惨不忍睹。”敦煌说的是她的室友。有天傍晚,七宝说同屋今晚不回来了,让敦煌过去。敦煌就去了,半夜里那女孩又回来了,还带回一个男人。然后就大呼小叫,好像带回了十个八个男人。弄得敦煌一夜没睡好。

“你这人,人家高兴了喊两声有什么!都跟你似的,喜欢闷头发大财。”

敦煌憋了憋不吭声,看七宝对着脚趾精耕细作。“不是关心你吗?好歹是我女朋友。”

“嘁,稀罕!”

一点办法都没有。

继续分碟。《偷自行车的人》在手里晃了一下,敦煌想起知春里的那个女孩。好多天没有她的电话了。最后一次电话是在拿到《偷自行车的人》的第三天,她说,看完了,再要一部暴力一部恐怖的,顺便带两部别的片子,《偷自行车的人》那样的。敦煌想问她《偷自行车的人》感觉如何,她说有客人来了,抽空再说。就再也没有打过来。敦煌算了算,十七天。不正常啊。他给那女孩拨过去,没人接。他决定去看看,七宝听说是个漂亮的女孩,吵着要去,看着他。一听要跑着过去,又叫,要穿过一个中关村呢,没病吧?坐不起车我可以请你。敦煌说,不去拉倒。七宝嘟囔半天,好吧,就当同甘共苦了。他们出了门就开始跑。跑到太平洋电脑城七宝就不行了,赖赖巴巴过了中关村桥,一屁股坐到路边,死活不动了,非要打车,理由也是同甘共苦。七宝在车上说,你疯了。

他们在楼下按门铃,没人答话。敦煌不死心,终于等到有人进门,他们跟着进去。一直爬到顶楼,看见门上两道又大又白的封条。

他想透过猫眼往里看，猫眼正好被封住了。他们下了楼，碰到一个楼下的大妈，就问她顶楼的房间为什么被封了。大妈摇摇头。又问一个路过楼前的人，更不知道。七宝说，这么关心，有情况吧？

“我就是想知道她看过碟觉得怎么样。”

“《偷自行车的人》？这么简单？”

“想复杂也复杂不了。”敦煌说，“哪一天我突然不见了，活不见人，死不见尸，你会怎么想？”

“你这王八蛋，一定跟哪个女人私奔了！”

“你就不难过？”

“难过有屁用！谁知道你为什么失踪，要是好事呢？那女孩家被封了，说不定因为别的人。比如说，她是贪官的二奶啦、有钱人的小妾啦，好日子大把大把的都过腻了。”

“会不会是抑郁症、幽闭症什么的，然后出事了？”

“幽闭症你都懂啊，真有学问。没准是因为钱多花不完才抑郁幽闭的呢。”

“那倒也是。”敦煌站起来，看了一眼最顶上的窗户，半天才说，“你就不能往好处上想想？又是二奶又是小妾的。”

“二奶怎么了？小妾怎么了？多少人想做还没机会呢。”

这个问题争下去会没完没了，敦煌没理她，觉得这丫头才没心没肺。七宝看敦煌不理自己，也不理他，有什么了不起。俩人打车回蔚秀园，快到硅谷，七宝说，我要喝酸奶！敦煌说，好吧。让师傅把车直接开到超市门口。俩人就算和好了。

十三

那夜里，敦煌又做了和上次类似的梦，夏小容喊着他的名字从天桥上飘下来。他在梦里看得非常清楚，像电影里的慢镜头，慢得他怎么也抓不住。夏小容快落到地上时，变成了知春里那女孩的脸。醒来敦煌有种莫名的恐惧，他向来不迷信，但知春里的封条让他有恍惚无常之感。这梦有点蹊跷。第二天早上一醒来，就给夏小容打了电话。管不了那么多了。

夏小容的声音开始有点生，很快就正常了。有事吗？夏小容说，把主动权一下子推到他这里。敦煌期期艾艾半天，我就是想告诉你，七宝找到了。

“找到了？太好了。”夏小容说，“太好了。你一定要带给我看看，今天就看。”

敦煌决定在“古老大”火锅店请客。还是上次那张桌子。夏小容和旷山一进来就看见他们，七宝的好模样让夏小容心里一惊。夏小容说：“敦煌，这就是七宝吧。真年轻。”

七宝说：“小容姐好，敦煌总在我面前夸你。”

“他夸我？”夏小容笑笑，“一把年纪，老姐姐了。”

敦煌说：“老什么！”

七宝也说：“小容姐端庄娴静，正是男人最喜欢的成熟时候，也说老，哪儿跟哪儿呀。”

夏小容说：“他都不想要我了，还不老？”

七宝对旷山说：“这就是你不对了，吃着碗里看着锅里。”

旷山摆摆手，“没有，绝对没有。人家锅里的，想看也看不着啊。”

敦煌点了鸳鸯火锅、两份冬瓜、两份平菇。剩下的他们点。热气腾腾把敦煌和夏小容他们那边隔开来，尽管都觉得不说话也挺安全，还是主动找话，生怕冷了场。敦煌找旷山说卖碟，夏小容关心七宝在北京的生活，相互又讨论化妆品和零食问题，反而比他们预想中的热烈很多。只是吃到后半截，旷山提前离开，最近几天忙着店里盘点。过一会儿，七宝出去接了个电话，朋友生日，坚持让她过去。敦煌有点恼火，关键时候掉链子。桌子空了一半。

“再叫两瓶酒?”夏小容说,“一转眼就记不起你喝酒的样子了。”

敦煌就沉默着一杯一杯喝给她看,一直喝到十一点,然后把她送到楼下。夏小容说,上来喝杯水?这几天晚上他都在店里。敦煌就上去了。房间里的碟少了,白条筐好几个摞在一起。夏小容说,都拿回店里了,一起盘。敦煌“嗯嗯”点着头,觉得有点晕。一个人喝酒不吭声就会这样。

“七宝真不错,”夏小容说。

“谢谢。”敦煌看着她。夏小容把脸转到一边,看见了热水瓶,“还说给你倒水呢。”就拿敦煌前些天一直用的杯子,加了很多茶叶倒上水。“喝点浓茶,解酒。”水递过来,敦煌接过的却是夏小容的手。夏小容说,敦煌敦煌。杯子掉下来,人被拽到他怀里。

“我梦见你从天桥上跳下来,”他说,“像一块布。就吓醒了。”

夏小容声音低下去,“我活得好好的,干吗要死?”然后把敦煌的头揽在胸前。敦煌觉得更晕了,头脑嗡嗡地响,顺手把她歪倒在床上。

这地方实在太小了。

夏小容说:“不能敦煌,我有了——”

“我也有!”敦煌说。

他把嘴巴和舌头放在夏小容的下巴和脖子之间。这是夏小容最软弱的地方。夏小容的反抗只在喉咙里,听起来像哭,慢慢地手脚就摊开了,然后开始收缩和颤抖。敦煌已经到了她的身体里,这时候夏小容反而没声音了。她从来都是在地上流淌,永远也不会像七宝那样挂到空中去。夏小容把枕巾塞进嘴里时,敦煌觉得自己也差不多了。一边动作一边打开床头柜,尾声到来之前必须戴上安全设备。这是他们的习惯。夏小容拿出枕巾,说:

“没必要,我有了。前两天刚发现。”

敦煌停在那里,头脑里闪过“旷夏”两个字。血液从身体中间的某个部位开始退潮，像一杯水在迅速减少。那地方逐渐失去知觉，一点点失去形状和体积，最后像一缕烟从夏小容的身体里飘出来。夜车经过窗外的声音。哪个地方有一声暴响，楼下停的几辆汽车同时报警。后来，所有的声音都消失，夜安静得像闹钟里的时间，只有嘀嗒嘀嗒大脑转动的声音。

“你打算怎么办？”

“还能怎么办？我下不了手。”

“然后结婚，生孩子，留在北京？”

“到哪天算哪天吧。在这儿，只有它是我自己的。”

敦煌一下子想到那些卖碟、办假证的女人，孩子背着、抱着，当众敞开怀奶孩子，她们说，要光盘吗？办证吗？夏小容穿上衣服去卫生间，上衣斜在肩膀上，背影一片荒凉。敦煌觉得她不是去卫生间，而是去大街上，孩子出现在她背上和怀里，然后坐到路边的马路牙子上，撩起上衣，用一只白胖的大乳房止住一个叫旷夏的孩子的哭声。敦煌点了根烟。夏小容从卫生间里出来，衣服已经弄整齐，头发也梳理过了，她说，别抽了吧，对孩子不好。敦煌顺从地掐掉，觉得未必就如他想的那么坏，也许她整天端庄地坐在“寰宇”音像店里，对每一个到来的客人微笑，然后优雅地数钱。谁知道呢。

敦煌离开的理由是，出去抽根烟，瘾上来了。再也没有回去。在楼底下他抬头看上面的窗户，大部分是黑的，有亮的窗口始终没有谁的脑袋伸出来。敦煌想，这样好。这样最好。

十四

春天终于真正来了。但是北京的春天一向短得打个哈欠就过去，说不定明天就一下子二十七八度，让你脱衣服都来不及。敦煌和七宝的新鲜劲儿也过去了，开始为生活跑，各干各的事，往来不再像过去那么频繁。七宝还是不答应和他住到一起，她说别再逼我啊，再逼就散伙。所以敦煌还住在蔚秀园的小屋里，也挺好，半夜里撒尿在槐树底下就能解决。七宝有小屋的钥匙，闲得无聊敦煌不在她也会过来，买点小零食，看着碟等敦煌。有时候她会给敦煌洗洗衣服。女孩子用水就是费，房东看见了脸上的肌肉就开始哆嗦，因为水电费是和房租算在一起的。又不好直接挑明，就拐弯抹角说：

“哎呀，两件衣服洗这么久，我还以为十件八件呢。”

七宝一听就明白。她当初来北京，租的房子还不如这个，房东整天让她换十五瓦的灯泡，跟她说，别相信电饭煲能做出什么好吃的米饭，姑娘，还是煤球炉好，买个煤球炉吧。七宝坚持不换不买，半年就被房东赶走了。七宝想，这个老东西，抠门都抠到水里了，就说：

“大妈您不知道，敦煌是个苦孩子，就这两身衣服换着穿，脏得跟铁匠似的，不花点工夫哪儿洗得干净。床单被罩啥的，更得好好洗。”

还有床单被罩，房东心疼得差点昏过去，照这么洗下去，水管里流出来一条长江也不够用。水表还不转坏了？房东说：“敦煌真是有福气，找到你这么个女朋友。”

“大妈您过奖了。”七宝暗暗得意，“我也就会洗洗衣服。这活儿简单，只要水用到了，就能做好。”

七宝一走，房东就在院子里直转圈，想着该怎样涨房租。她又去看了趟水表，回来小屋里的灯就亮了。她推门进去，看见满床的碟片。这是什么？她指着床上。敦煌说，电影。不，是光盘，盗版光盘。哪儿来的？买的。买这么多干什么？卖的。哦，你是卖盗版光盘的，房东说，手指着敦煌，原来你在干违法的事情！

“大妈，这也叫违法啊？”敦煌说，“满大街都是。音像店都在卖。”

“盗版的就是违法，我是书记，你骗不了我！你还骗我说是考研的！”

“我可没说,那是您自己说的。”

“我说的？你不告诉我我怎么知道？”

敦煌懒得跟她吵,开始收拾碟片,“大妈,想说什么您就说吧。”

房东说:“那好,我就直说。我不能留一个卖盗版光盘的住在自己家里,一个月才四百五十块钱!被警察知道了,我这张老脸往哪儿搁？我怎么说也是个书记！”

“您想加多少？”

“一百。”

敦煌拍拍墙皮,“大妈,我租期还没到您就加价,没道理吧。还有,趁这会儿天还没黑透,您可以到外边好好打量一下这小屋,还觉得值这价,您就回来收钱。”

房东到底当过书记,立马改变策略,“钱不钱的我不在乎,我在乎自己名声。我不能随随便便就留一个违法分子在家里。你觉得贵,可以不租,在北大、中关村这里,还愁房子租不出去？我没听说过。”

“您还指望学生来租？北大的公寓楼新盖了一座又一座,他们早住上高楼了,一年才一千零二十块钱!万柳那儿的学生公寓,原来挤不进去,现在都空着往里灌风呢。算了,我也不跟您争,加五十,租就租,不租我明天就去找房子。”

房东说考虑考虑,一会儿就过来敲门,在门外说,五十就五十,下个月就开始算啊。敦煌说,妈的,钻钱眼儿里了。房东问,你说什么？敦煌说,我说没问题,我又赚了。

敦煌把这事告诉了七宝,七宝说:“要是我,就跟死老太婆耗到底,大不了挪个窝。北京这么大,还找不到放张床的地方？奶奶的,哪天我有了钱,盖他几百座楼,起码得五十层,全租出去。我专门在家收房租。”

敦煌说:“钱数不过来我帮你。”

“你这样的,也就只能在家数数钱了。你他妈的就不能说,娘希匹，我到外面去给你挣房租去？腰杆挺起来，说你呢！”七宝给了他后背两巴掌。有点疼。“你看，我就说，两巴掌又傻了，你怎么整天搞得像忧国忧民似的？”

敦煌一激灵，像小时候下巴被马蜂蜇了。是啊，什么时候成了他妈的这副忧世伤生的烂德行？当初从里面出来，那一身死猪不怕开水烫的豪气哪儿去了？那会儿想，不就是一个北京吗，没地方住，桥洞总还有吧；没东西吃，饭还是可以讨的吧，要饭不犯法。那种过一天算一天赤条条没牵没挂的好感觉哪儿去了？当初还想，女人嘛，能搞就搞一个，搞到了拉倒，搞不到也拉倒，只要不被人关着，不被人管着，都是好日子。为什么现在日子就越过事越多，越过心思越麻烦呢？见了鬼了。

“×，又玩深沉？”七宝拍拍他的脸，“我怎么就看上你了呢？不发呆就犯傻，现在又灵魂出窍。醒醒啦！”

“我想去看看保定。”敦煌说，“你跟我去？”

“不去！”七宝开始换运动鞋，“让我跟他说，一直都在跟你睡？”见敦煌不吭声，七宝就说，“好了，走了。”

他们要夜游圆明园，从一条巷子头翻墙进去。前几天他们和几个朋友翻墙进去过，半个小时就出来了。七宝没过瘾，拽着敦煌再去一次。敦煌托着七宝的屁股把她送过墙，没到福海就听见一片蛙声。七宝说，真他妈大，清朝的这帮龟儿子才是会过日子的主。圆明园的夜安静得有重量，沉沉地压在福海水面上。七宝的胆量让敦煌开了眼，她在黑灯瞎火的圆明园里到处跑，煞有介事地跟敦煌介绍，这个地方死过哪个宫女，那个地方杀过某个太监。冤魂累累。在大水法那儿，敦煌觉得汗毛都竖起来了，七宝倒无所谓，在残垣断壁里躲躲藏藏，学怪异的鸟叫。那声音比乌鸦婉转，更荒凉得揪心。学完了她就笑。敦煌让她小点声，别把管理人员招来。后来七宝累了，在一块大残石上躺下来，让敦煌也躺。七宝说，要不是石头凉就睡一觉，天亮了从大门出去。敦煌说嗯，一翻身到了七宝身上。

“你别瞎来啊，这地方！”

“想瞎来也来不了，都冻得找不到了。”敦煌亲了她一下，“打听个事。”

“说，只要是跟钱没关系的。”

“老夫老妻怎么也得给点面子嘛。男人借钱都会还的。”

“男人就不该借钱！”七宝把敦煌抱住，眼睛瞪眼睛地说，“就你那点小心思！我跟你说过了，别去赎什么保定，你把咱俩全卖了，也未必填得上那坑！三千两千能办的，我早替你出了。你认识谁？烧香都找不着菩萨！”

“那我也得他妈的找啊，我总不能眼睁睁地看别人替我耗在里面。”

“他是替你？他在替钱！干这行，谁都跑不掉，早一天晚一天的事。”

“跟你说不清，”敦煌扳开她的手，滚到石头上。“男人的事你们女人理解不了。”

“你们人都他妈的是女人生出来的，还有什么女人理解不了！你就是那种标准的大脑缺氧型的，一点都不会错。你就不能把钱攒着，等他出来再给他？那时候他比现在更需要钱。”

敦煌又翻到七宝身上，“×，老婆，你真厉害，我刚出来的时候缺钱，也是这么想的。”

“死一边去！”七宝把他推下去，“我十八岁就来北京，那会儿你在哪儿喝凉水？”

“应付考试，学分子式，氢二氧一是水。”

“你应该去当大学教授啊。”

“是啊，我也这样想。人家不要我。”

七宝笑起来，“没皮没脸。”敦煌也跟着笑。这女人可能不是他妈的女人生的,是妖精生的。一点都不会错。

十五

七宝给敦煌置办了一身新行头,穿在身上远看近看都人模狗样的。七宝说,就得人模狗样,给自己长脸,也给保定长脸,省得那帮站岗的把白眼珠翻到天上去。除了烟,吃的东西只带了一点,不好存放,带了保定也吃不上。买了一些常用药,保定胃不好。另外就是带了些钱,到时候按照保定的意思打点一下合适的狱警。敦煌不敢肯定保定是否还在原来的地方,如果不在,他再去别的地方看他。

站岗的已经不认识敦煌了。他也不便说,塞给带路的警察两包好烟,就被带到了头头那里。继续递烟。一查,保定还在。然后跟着警察一路穿堂过廊,这些他不陌生。和几个月前没什么变化,警察的表情和脸色都没变,走廊拐角处墙上的半个脚印也还在。院子里的草已经油汪汪地发亮,背阴的石级上苔藓开始往上爬。那些站在岗楼上的抱枪的,枪还在怀里,他们站得高看得远。敦煌听见很多人在喊号子,脚步声咔嚓咔嚓像无数把刀在同时切菜。这个声音被敦煌从整个大院的寂静里准确地分离出来。这在过去是无法做到的,那时候他要么身处寂静,要么就在火热的切菜的队伍里,即使一个人站在队伍外面,也只能听见一种声音:要么是寂静,要么是切菜。

敦煌在一间大屋子的椅子上坐下。过了一会儿,他听见有人说:“进去!”保定就从铁栅栏对面的一扇门里走进来,瘦了两圈。敦煌站起来,说:“哥。”

“我猜就是你,敦煌,”保定在对面坐下,“这身不错,新买的?平时也得把自己收拾好。”

“左手怎么样了?”

“早没事了,要不也不敢跟那湖北佬打。”

“我还担心在这里找不到你。”

“应该快换地方了，反正不能在这儿羁押七个月。”保定说，“你怎么样？”

“卖点碟片，还行。我没弄到足够的钱。”敦煌头和声音一起低下去。

“头脑没坏吧，早跟你说过。判也就是一年半载，又不会死人。弄点钱容易啊？我有吃有喝，操你自己的心。有时间给我送两盒烟就行了。七宝找到了？”

“找到了。吃的东西和药都是七宝帮我买的，衣服也是她挑的。她有点忙，过不来。”敦煌盯着玻璃板上的一个黑点，觉得那应该是苍蝇去年拉在上面的一粒屎。他听见寂静的声音在耳边没完没了地蔓延，然后听见保定说：“她不错吧？”

“挺好的。”

保定笑起来，笑了一半慢慢停下。“没事，”他说，“谁让我是当哥的。好好挣钱。”

“嗯。”

“不管干什么，都要多长个心眼儿。回去吧。”

“嗯。”

他们没有用够探视时间就结束了探视。敦煌看着保定被带出门，步子有点拖拉，鞋子摩擦水泥地板的声音一下下惊心，他就轻描淡写地说一句，回去吧。七宝。七宝。敦煌看着那扇空荡荡的窄门，在心里大骂七宝，你他妈妖精生的，你他妈的就是妖精生的！守卫说：“人已经走了！”敦煌才发觉自己还煞有介事地坐在那里。他自作主张挑了几个人打点一番，折腾了好半天才结束。在看守所大门外抽烟时，他觉得疲惫不堪，回家时身上已经没有几个钱。

车到航天桥天就黑了，敦煌下车到七宝那里去。七宝手机关了，十有八九在睡觉。她划分白天黑夜依靠的不是时间和光线，而是困不困，一困黑夜就来了，大白天也拉上窗帘呼呼大睡。她像某种无所畏惧的泼辣小动物，她自行其是。敦煌在楼下摁好多次门铃也没人搭茬儿。妈的，睡死掉了。再摁，终于有人拿起对讲电话，是七宝的室友。一个两条腿瘦得跟筷子似的女孩，七宝说她是骨感美人，敦煌觉得叫骷髅美人更合适。瘦成那样了还生机勃勃，隔三岔差五就把男人往家带，敦煌搞不懂那些男人，为什么都喜欢趴在一副排骨上。

骨感美人没好气地说，谁啊，不怕把门铃摁坏了！听说是敦煌，口气好了一点，七宝不在。敦煌问七宝去了哪里，她说不知道，问她手机去。这话说的，问她手机去。能问到还有你的事？敦煌初步认为，骨感美人不高兴的原因是，她不得不把身上的男人临时掀下来去听电话。他去超市买了一盒口取纸，开始写小广告。广告词改成：啥碟都有。写完了，又去找犄角旮旯处贴。现在环卫工人在清除小广告，称之为“城市牛皮癣”，贴在显眼的地方纯粹是为了让他们撕。贴完了又去马兰拉面馆吃了碗面，七宝还没回来。骨感美人这回没发脾气，让他上楼等。敦煌说就在下面等吧。他怕听到骨感美人令人发指的叫声。他在楼前小花园的矮墙上坐下来，脑袋放到膝盖上，两分钟不到就像一个坚硬的三角形一样睡着了。醒来时已经凌晨一点，七宝站在他面前，满嘴酒气，你怎么在这儿？敦煌站起来，浑身的骨头咔嚓咔嚓响，肚子里有莫名的悲愤要冲出来，“我该在哪儿？”

“对不起啊，跟朋友玩去了。”

“都什么神仙朋友，非玩到三更半夜？”

“酒肉朋友好了吧。走，我扶你上楼。”七宝做着样子要来搀敦煌的胳膊。敦煌一把甩过去，说：“我他妈的不想上！”

“你小点声。”

“我为什么要小点声？”敦煌突然就歇斯底里喊起来，“睡什么睡！都他妈的给我起来！”

跟着就有好几扇窗户亮起灯，伸出脑袋喊：“号什么号，还让不让人睡觉！神经病！”

敦煌指着他们喊：“你他妈的才神经病！”

“你疯了你？”七宝说，“跟我上去！”

“我他妈的不上！”敦煌转身往外走，七宝叫他也不理。七宝跟到小区外的街上，说：“敦煌，再不站住我杀了你，你信不信？”

敦煌站住了，说：“杀吧。现在就杀。”

七宝走到他面前，发现敦煌眼泪都下来了，心就软了，掏出纸巾给他擦眼泪。“我知道你是为保定的事，”她说，“今晚的确是跟朋友吃饭，手机下午就没电了。骗你是这个。”她用手指做四条腿的小狗。

敦煌点上一根烟，此刻一点幽默感都没有，觉得心里长满了荒草，他对七宝说：“你回去吧。”然后继续走，他不知道如果关在里面的不是保定，而是他，保定会怎么做。他一根接一根抽，烟屁股随手扔到地上。七宝一直跟在后面，敦煌扔一个烟头她就捡一个，一直捡到苏州桥。一个多小时的路，七宝在北京多少年没走过这么远的路了，累得脚疼，多一步都不想再走，就拦了一辆出租车，开到敦煌边上。

“上车。”七宝向他摊开手里的一堆烟头，“你要再摆这臭德行，打明天起，你他妈的别来找我。”敦煌看看她手里的烟头，一共十三个，拉开门上了车。

十六

五月里又来了一场沙尘暴。天气预报说，这在北京的历史上也属罕见。但它就是来了。一天一夜的长风鼓荡，尘沙被送到天上。为防止落进低胸的裙子里，女人们加了一件高领的罩衫；男人把领子竖起来，鼻梁上架起墨镜。北京的五月很少如此庄重和严谨。然后风就停了，很突然，气象部门都没反应过来。像百米冲刺跑了一半，硬生生收住了脚。细密的沙尘在天上下不来,天地昏黄,空气污染指数高得可怕。新闻里说,这种浮尘天气不宜外出。说得相当正确,敦煌每天都外出,在避风的地方也卖不出几张碟片。碟不好卖不算太正常,也不算太不正常,消息说,风声有点紧,这回是真的。敦煌开始谨慎,磨磨叽叽地卖,一周没进货。浮尘被人工降雨弄下来了,天开始变高变蓝,敦煌数了数碟,该去"寰宇"了。

站在路边上看"寰宇",门上多了两张交叉的封条。封条上的日期是前天。敦煌背着空包站在门前,手机在掌心里转。夏小容,旷山,他在掂量给谁打更合适,最后决定给旷山打。旷山的声音像个紧张的老头子,听说是敦煌才放松下来。旷山说:"兄弟,我栽了。"

旷山早上刚从拘留所里出来,夏小容把家里的积蓄差不多全送进去才把他弄出来。那帮警察大白天就进去,直接掀开布帘子进了后面的小仓库。盗版碟成捆成袋码在架子上。刚进的货,要不是这场沙尘暴早散出去了。一张没剩,他们是开着小货车来的。车里已经堆了不少,看来倒霉的不止他们一家。他们能够上来就挑布帘子,显然是对所谓的音像店心知肚明。正版的光盘贵得要死,不卖盗版吃个屁啊。幸亏毛片大部分都放在家里的床底下,否则想出来怕没现在这么容易。他跟周老板一起被带走的,当然都出来了,也是家人拿钱赎出来的。

"有什么打算?"

"喘口气再说,"旷山说,"有空过来喝两杯?"

"好的。小容怎么样?"

"她倒比我想得开。女人你真搞不懂,过去整天叨叨挣钱回老家,现在穷得光屁股了,反倒什么都不提了,就跟那些钱不是她辛苦赚来似的。折腾成这样,真有点对不起她。你要进货?找冯老板。"

敦煌按地址找到叫"大天鹅"的小饭店,一个大胡子男人在门口等他。店在一里地外,一个类似地下车库的地方。敦煌跟着大胡子下了楼梯，曲曲折折绕了不下八个弯子才来到店铺。那简直是个垃圾场，到处都是光盘。有包装纸的花花绿绿，没包装纸的银光闪闪，地上铺了一层，里面的人直接从光盘上走。这是敦煌这辈子看到光盘最多的地方，大约一百平米的空间，一座座光盘的山，完全是一个光盘工厂。大胡子看敦煌眼都圆了，就说，这不是最大的，不太全，凑合着挑点吧。

敦煌挑碟的时候想，真他妈开了眼了，然后感到自己作为一个小打小闹的卖碟人是多么可笑。他把一个背包和一个行李箱全装满，吃力地拎着它们走过光盘山时，觉得自己更可笑了。一背包一提箱，十头牛一根毛而已。当初旷山一定也有相同感受，所以刺激了几次，他就拼了命要开一个音像店了。

这里的光盘价格比“寰宇”还便宜，敦煌后来都在这儿进货。风声有点紧，他尽量不在大街上招摇，免得撞到警察和城管的枪口上。而是过几天就把过去的几个点走一圈，像北大的学生宿舍、长虹桥的那栋大楼，以及其他一些小的单位，都是见缝插针，打完一枪赶快换地方。另外就是偶尔电话联系的散客，都是老主顾。哪一天感觉不对了，就待在家里看碟，或者陪七宝逛街。也会陪七宝去送货，假证生意好像也不景气，七宝干活有一下没一下的。他们的关系说好不好，说坏不坏，在一起的时候不坏，见不着人影的时候不好。七宝觉得这样好，别捆一块儿过日子。

敦煌一直没去找旷山喝酒，不想听他诉苦。有一次旷山打电话给他，说夏小容的肚子已经显山露水啦，他就躺在床上想象显山露水是什么样子，更不想去看他们了。旷山喘了几天气，就和夏小容一起卖碟，照他说的，重新积累，早晚东山再起。

有相当长一段时间，敦煌都觉得没劲，天热了，出来进去都不舒服。外面阳光鼎沸，白花花晃得人气短；小屋也开始热，墙顶都薄，太阳一晒就透。小屋就像个温度计，外面温度一高，里面噌噌噌就跟着上去了。弄得他里外都焦虑，觉得生活漫无边际又无可奈何。七宝也懒得往他的小屋里跑，觉得那不是人待的地方，俩人见面自然就少了。偶尔打个电话或发发短信，仿佛也就为了证明对方还都活着，就在零散的电话和短信里，漫长的一天又一天就过去了。

生活倒因此重新变得简单，敦煌得以把更多的心思用到碟片上来，看和卖。新找了几条线，卖得都还不错，最重要的是安全。这也是保定临走时告诫他的，进去了就等于什么都没干。敦煌偶尔也能在马路边或者超市门口看到夏小容，肚子已经颇具规模，按照月份和大小推算，应该是个双胞胎。如果是双胞胎，哪一个叫旷夏呢？夏小容面前是一个不大的碟包，跟客人说话时常往旁边看，旷山坐在远处抽烟像个闲人，脚前放着一个密码箱。这狗东西被吓怕了，把挺着肚子的夏小容推到前面来。

那天凌晨四点他被手机吵醒，电视屏幕上一片蓝，碟片放完了。一个陌生的女声，说，七宝被抓了。敦煌问，你是谁？对方不说，只是说，一起抓了十几个姐妹。敦煌就明白了，他都奇怪自己竟能有如此冷静的反应，他说，要多少钱？女声说，五千，一般都这个价。挂了电话敦煌才想起来，这声音是骨感美人的。他早该看出来她们是同行，看来她躲过了这一劫。五千。敦煌手头的钱大大小小加起来只凑够一半，只能找夏小容和旷山。他到芙蓉里把他们叫醒，只说借钱，急用。旷山还想再问，被夏小容剜了一眼。

旷山说："那钱说好明天去进货的。"

夏小容说："迟两天会死啊？"

旷山不情不愿地从抽屉里拿出钱来。敦煌没理他，只跟夏小容说了声"谢谢"。

早上七点敦煌到了派出所，一直等到所有人的笔录做完。敦煌说，他从外地赶来，不容易，希望能早点把人带走。领导说，都一样，这种烂事谁也不想拖。做决定的时间很短，价钱也没有商量的余地，五千。交了罚款就可以领人。敦煌站在门口，看见七宝头发凌乱地跟在警察身后走过来。一直到敦煌面前七宝也没抬头，就低头站着。敦煌把她垂在前额的一绺头发拨到耳后，揽住她的肩膀说："我们回去。"

一路无话。到了花园村，骨感美人开了门，看见他们什么也没说，进自己房间了。七宝躺到床上，点了一根中南海，敦煌一把夺过来扔到了窗外。

"钱，钱，要那么多钱干吗？"敦煌终于忍不住了，"陪葬啊？"

"没钱怎么活？"

"活不下去不能走吗？非要赖在这里？"

然后两人都沉默。骨感美人的房间里传来怪异的声音，这次是男人在叫。

敦煌说："我们换个地方住。就这么定了。"

第二天他们搬到北太平庄附近的牡丹园，租的一居室。七宝用过去的积蓄还了钱。新家收拾好了，敦煌前前后后看一圈，说好，就这样。这是六月底，接下来是七月和八月，北京的天先是热到了头，然后开始逐渐凉爽。在这个八月，敦煌和七宝各长了一岁。敦煌二十六了，七宝二十四。他们选了俩人生日中间的一天，买了一个小蛋糕，切开来一人一半吃了。七宝做了几个菜，喝了几瓶啤酒，就算庆祝过了。

敦煌说："咱俩加起来已经过了半辈子了。"

"就你那身板，"七宝开他玩笑，"上了床半场足球都踢不下来，我看大半辈子都过了。"

"过了就过了，只要高兴，过一天算一天。"

这个八月里他们前所未有地快乐，该经过的也经过不少了，两个人生活透明起来的感觉很好。生意也不错，盗版碟和假证都好卖。敦煌发现，八月里三级片和毛片相对来说更好卖。他问七宝，是不是天要凉快了，男男女女就想学坏了？当时他们在床上，七宝翻到他身上，说，你问问你自己就知道了。敦煌说，哇，泛滥成灾了。他说的是七宝这条河泛滥成灾了。

一天下午，敦煌在卖碟时听见有人叫他，是旷山，左手是夏小容的碟包，右手是他自己的密码箱。夏小容挺着大肚子跟在他后面。他们打了招呼，旷山把夏小容的碟包在两米之外打开，跟敦煌说，咱们邻一回摊。

夏小容说："七宝最近怎么样？"

"就那样。"敦煌说，"还办她的假证。你们呢？"

"刚领了证，他托老家的朋友帮着办的。"

"结婚了？祝贺祝贺，也不跟我们说一声。"

"都老夫老妻了，"旷山摸着夏小容的肚子，"还玩那花样干啥。呵呵，要当爹了。"

夏小容打一下他的手，满意地摸着自己肚子，两个酒窝里都散发出温暖的奶香味。旷夏还没出生，她做娘的感觉早早就到位了。

敦煌低头翻看一张碟，听见旷山的手机响了。旷山对着手机说："已经到了。好。好。"

大约五分钟，两个穿大裤衩染红毛的年轻人走过来，对旷山打了个响指。旷山对敦煌笑笑。我先过去一下，有点生意。他就带着红毛们走到十几米外的雪松底下。旁边是正在修建的地铁的工地，铁的挡板、一个不规则的土堆子，以及一条通往另一条街道的小路。敦煌知道这家伙又弄到一笔大生意。他不愿意表露出自己的艳羡，只在转身的时候，用眼睛余光看见旷山正蹲在地上打开他的密码箱，两个红毛伸着脑袋围在他身边。他们在翻看，然后合上箱子，开始小声说话。头碰头说了好一会儿。

夏小容有点担心，对敦煌说："怎么这么久？你帮我去看看？"

敦煌说："放心，他们在讨价还价。"

正说着，两个警察从挡板那边冒出来，敦煌迅速合上背包，然后跑过去帮夏小容收拾。快走，他对夏小容说。夏小容没回过味来，张皇地左右看，那两个警察已经跑到旷山那里了。他们喊："干什么的！"两个红毛站起来就跑，警察只抓住了旷山和密码箱。

夏小容慌了，一手捂着肚子，一手哆嗦指着旷山，声音都变了："旷山！敦煌，快，快，旷山！"夏小容的脸上露出敦煌从未见过的复杂表情，"敦煌，快！求你了！"

背包掉落地上时，敦煌已经冲出去了。他冲到警察面前，大喊一声："别动我的碟！"一把从一个警察手里抢过密码箱，抢到手就沿那条小路往北跑，边跑边喊："我的碟！"两个警察没想到半路杀出一个人来，丢下旷山就去追敦煌。敦煌拎着箱子拼命跑，警察在后面追，喊着让他站住。他哪里敢停下，见路就跑，转了一圈竟然跑回来了。他看见夏小容坐在地上，一股红色的液体从她两腿之间流出来，几个好心人正围上来要扶她。旷山不知道去了哪里。敦煌想往夏小容身边跑，一转身密码箱绊到了腿，一个跟头摔在路边。密码箱也摔开了，花花绿绿的碟片包装纸摊出来。他听见围观的人惊叫一声，哇。他还看见几乎每张包装纸上都有两条白花花的大腿和两只白花花的大乳房。

警察跑到他跟前时，他听见手机响了，是七宝给他设置的曲子《铃儿响叮当》。摸了两下才在地上找到手机，七宝在电话里大喊：

"敦煌，你这王八蛋，我在医院里，我怀孕啦！我要杀了你！"

然后他的手被警察举起来，连同手机和七宝的声音，吧嗒，锁进了手铐里。

小城市

一

凌晨五点零二分，火车到站。半个天灰着，站外落着小雨，星星点点，打伞有点儿隆重了，不打伞雨掉进脖子里又有点儿凉，要不是树叶子都绿得娇嫩，彭泽感觉就是在秋天。现在是四月底，因为之前没完没了的倒春寒，树叶子都憋坏了，绿得毫无节制。从昨天下午坐上火车，从北到南这一条线看过来，彭泽认为这是一个罕见的大跃进，春天在做三级跳。空气很好，彭泽拖着行李箱站在广场上，掏出一根烟又塞了回去，做了个深呼吸，他能想象无数清凉的负氧离子欢快地在他的肺里上蹿下跳。这是我老家，他想，还是点上了烟。站在故乡的大地上把“中南海”的烟雾吐出来，怎么看都像个意味深长的仪式。

城市只醒来五分之一。虽然车站广场上乱成一团，这些早起的人，开着出租车、骑着三轮车和电动自行车、推着卖早点的简易餐车，从城市的各个角落汇集到这里，还有大小宾馆的老板和服务员，叫卖，拉客，如果你要特殊服务可以私下里谈，但是因为天不好和客人太少，他们普遍心情烦躁，无端地就要跺脚，踩得广场上低洼地方汪着的水一处处溅起来。彭泽挑了一辆蓝色的出租车。司机是个二十出头的小伙子，正伏在车窗上打瞌睡，垫着脑袋的右胳膊伸到窗外，五指自然下垂，雨滴从手面滚到指头上，半天掉下来一串。当年彭泽从这里去北京，等车的时候睡着了，也是这姿势，胳膊垫在膝盖上，醒来时膝盖、胳膊和半张脸都麻了。

去黄海大酒店。小伙子的车开得很野，跑起来像换了个人，两眼直放光。他说，当司机是他的这辈子唯一的理想。城市只醒来五分之一，马路上只有三两个早起的老人和一辆车。打扫卫生的清洁工刚刚站到马路边。出租车没打表，车程在起步价内。小伙子在所有红灯前都没停车。

“警察还在做梦。”他说，“回家还是出差？”

彭泽说：“出差。”

“来过我们这里吗？”

“这是第三次。”

“那要好好看看。我们有山有海，要是没有痛风，你可以吃海鲜喝啤酒。你看，马路都这么宽，从来不堵车。”

彭泽说：“嗯，空气真好。”

这是他第二次由衷地觉得空气好。空荡荡的马路看着真是舒心，有多少干净的空气啊，都是从山上和海上来的。黄海大酒店的女服务员睡在四把椅子上，站起来时头发蓬乱，打了一个微小的哈欠，她说，噢，预定的，姓彭，初教授拿走了一张门卡。彭泽坐电梯上五楼，打开房门时闻到一股陈旧的地毯味。电卡槽里插着卡，他顺手开了廊灯，床上噌地坐起一个人，说：

“谁？”

吓他一跳。他看见老初光溜溜的肥白的上半身从被子里袒露出来，老初的背头完全没了章法，大胡子也乱糟糟的。彭泽赶紧退到卫生间门口，说：“不好意思，我先回避。”

“回个屁避，”老初说，“没第三个人。”

彭泽伸头看看他的床，不像藏有另外一个身体的样子；另外一张床没动过。他才放心地把箱子放到行李架上。老初睁着半只眼在床头柜上找眼镜。他的眼袋很大，一对大黑圈，像无框的树脂眼镜后面又戴了一副黑框眼镜。

“老初，你这张脸纵欲过度。”

“纵个鸟欲！”老初拍拍两个腮帮子，皮肉松垮垮地挂在颧骨上，“我都为中国的教育事业操碎了心。昨晚备课，备到他妈的凌晨两点，又失了一个多小时的眠。×，才睡了两个小时。吃早饭去！”

说话这么生猛，说明老初的精神头还不错。他向来以精力旺盛著称。彭泽在火车上从来都睡不好，但此刻睡意全无，除了填饱肚子好像也没有其他事情可做。一进酒店和宾馆就这样，除了睡觉他不知道该干什么好。雨停了，隔酒店两条路是小吃街。街两边政府统一搭建的早点帐篷都开张了，老板多过客人，忙着提前备下烙饼、烧饼、油条、豆浆、煎饼、水煎包子、豆腐卷、鸡蛋饼、稀饭和豆腐脑。这些早点彭泽在北京大部分都吃过，但看着还是眼热心动，肚子乱叫，口水风发泉涌。这可是老家的味道，锅里飘出来的油烟都跟北京不一样。

老初做主，每人两碗豆腐脑、五个豆腐卷。“男人哪，就是好这口豆腐，”他跟彭泽说，“你们老家这豆腐卷简直一绝，一天不吃我心里就难受。”

“小心点儿，豆制品助长雌性荷尔蒙。”

“爱长长去，这么好的东西，吃了再说。”

“前列腺倒是用得上，你还真得多吃点儿。”那煎得金黄的豆腐卷香味扑鼻，他觉得老初的前列腺作为世界上最忙的前列腺之一，应该善待一下。在火车他乱翻报纸，“生活百科”栏目里介绍，豆制品对前列腺是个好东西。

“有这事？那是吃对了。彭泽你别笑，男人的前列腺要一点儿毛病没有，那跟钱包瘪了一样，是耻辱。你都没地方用，怎么会坏？”

好吧，耻辱。彭泽心下嘀咕，他和老婆都忙，一周难得用上一回；他的钱包大部分时间也都是瘪的。好吧，双重耻辱。他一直过着双重耻辱的生活。这个老初，什么话都敢说，有种大大咧咧的真诚。这是他的可爱处，也是彭泽多年来当他作兄长和朋友的原因。说到前列腺，老初的思维就开始副教授式的发散，论证了一番男人到底应该怎样过好这一生。要点基本围绕在男女关系上，彭泽听得迷糊，可能是因为吃得过饱，大脑供血不足，困劲儿也直往脑门儿上翻。他觉得老初的逻辑有点儿乱，结论四处漏风，倒是记住了老初讲的一件事。昨晚老初是从十二点半才开始备课，之前和一帮朋友在酒店旁边的“巨轮海鲜馆”吃饭。饭桌上一群红男绿女，在这座城市里都算是有点儿头脸的，因为身份地位基本持平，不必端着拿着，很快就荤腥不忌。某公司副总，二十九岁的新婚之妇，提及她五十二岁的新婚老公，一脸娇媚的新嫁娘表情。她说人都以为她谢了顶的老公不行了，其实不然，二两酒之后上了床，她那叫个舒服啊，“好受！”必须把感叹号放在引号里面才能表达她的幸福和惊喜。该女副总普通话里夹着浓重的方言，“受”完全是个“秀”音。老初捏着嗓子学，“你们的方言哈，好——秀！”

彭泽的脸唰地就红了，好像那女副总跟他沾亲带故。他无法接受一个故乡的年轻女人用这种方式把自己的隐私摆到饭桌上。他能想象饭桌上堆满了各种海鲜的身体，饱满，平滑，欲望蓬勃，简直就是一出丰盛的性寓言，然后一个年轻女人把属于全城人的方言带进了自己的性生活。好秀。如果她用标准的普通话说出她朴素的快感会如何？也许感觉会完全不同。但现在，她和他对故乡的认识与想象格格不入。

“别拿老眼光看咱们小城市，”老初又要了两个豆腐卷，“北京的中产阶级是中产阶级，咱们的中产阶级也是中产阶级。彭泽我跟你说，这地方除了中南海和天安门，什么都不缺。”

彭泽不置可否。海边的城市从来都不会落后，这他知道，但他不希望类似“好受”这样的东西也跟最先进的地方接轨。他也知道这是偏见，即使到了索马里，照样有人在饭桌上谈性，谈最个人化的快感和高潮，照样是最年轻的女孩子在说。能在饭桌上谈，那是坦荡、从容、自然和百无禁忌，是有平常心，是高境界。他努力在情感上也说服自己。

“我们也在与时俱进。”老初嘎嘎嘎笑起来，“让中央领导受惊了？”

彭泽说：“老板，再来两个豆腐卷！”

老初说：“不就那点儿破事嘛。有空讲几个好段子给你听。”

话到了老初嘴里彭泽听着就顺耳，老初声色犬马惯了，表述此类事情从来都是大手笔，风轻云淡，让彭泽觉得再不堪启齿的也是人之常情，顶多是个人之常性。

回到酒店，老初让彭泽先洗个澡补一觉，他得去学校，偏赶上今天课多。中午他的研究生会过来，这几天老初抽不开身的时候，研究生就是全陪。彭泽是想趁这个机会，把故乡的城市好好看看，这的确是他第三次来市区。开始老初都不信，自己的地方怎么会只来过两次？

就是两次。第一次是彭泽七岁时，念小学二年级，因为牙疼半边脸肿得透亮，什么药都吃了还是治不好，刚出锅的馒头都咬不动，父亲带他来市里的一家军医院。全副武装的军队医生在他的上颚上割下一小块多余的肉，好像还给他吃了药，但彭泽记得的只是那块肉，割掉了牙就不疼了。那是他人生的很多第一次：第一次做了一个小手术；第一次见军医和军医院；第一次听见有人和他说普通话，军医是四川人，从此他对所有四川人都有莫名其妙的好感；第一次坐火车，火车的动静如此之小，父亲让他看窗外他才知道火车已经跑了很久，沿线的树木和低矮的房屋在火车拐弯处倾斜着后退；第一次看见故乡的海，能想起来的就是无边无际和蓝，一艘轮船像纸片一样在海上漂，看上去很小，他知道它必定很大。可能还有很多，但他长一路丢一路，不再记得了。第二次来市区，是坐火车去北京，只有从始发站才能买到一张卧铺票，那一次直奔火车站，那时候火车站没现在漂亮，他坐在行李上，像开出租车的小伙子那样枕着胳膊瞌睡，直到膝盖、胳膊和半边脸全麻了。

老初不相信有他的理由。彭泽这些年跑了不少地方，国内的，国外的，有时候一个月在家待不了一礼拜，但恰恰就是没再来过自己的城市。老初来这里也四年多，每次的电话、短信、邮件里都忘不了邀他过来玩，回老家时就多走两步的事。答应得好好的，总不凑巧，要么临时有事，要不他回来了老初又出去了。老初抱怨，你他妈的跟老子犯冲啊。这回终于逮到机会，他去河南出差，顺道回了趟老家。老初说，你就是我们中文系请的客人，泡妞的钱我也给你报。

二

门铃响得诡异，发出的是吞咽的声音。彭泽醒过来，意识到刚才在做梦，他梦见老家的土地干得裂了半尺长的口子，从他家门口开始，像蜘蛛网一般迅速向四周辐射，大地的线条粗大纵横，整个就是一个神经错乱的棋盘。细密的尘烟风一样从地面上升腾起来。所有人挤在一起，垂手而立，肩膀高低不齐，裤腿长短有别，伸长干枯的细脖子仰望苍天，盼望黄河之水天上来。天很好，万里无云，像西藏的天空一样令人心碎的蓝。要不是那蓝色本身也能解渴，让乡亲们口舌生津，那此刻所有人的细脖子早就跟黄瓜头似的耷拉下来了。半尺长的干裂口子把庄稼和野草从根上撕成两半，只有足够长足够高才能在尖尖处勉强连接在一起。如果那些人倒下去，瘦身板侧一侧正好可以掉进大地张开的嘴里。很热，知了喊哑了嗓子，天上好像有十三个太阳。然后突然就像神话故事开始了，天从东边迅速黑下来，那是大海的方向。黄海的水变成一条世界上最宽阔的舌头翻卷着扑过来，半个天被撕开了，十三个太阳全挡住，黄海之水天上来，灌进老家张口结舌的旱地里。巨大的气泡此起彼伏，吞咽声连绵不绝，不是咕咚咕咚声，而是撕扯的、痛快淋漓的尖叫声，仿佛喝下去的不是水，而是刀子和岩浆。吞咽声持续不断，但在他醒来的一瞬间，已经看见梦境里老家的大地上一片汪洋，洪水像阴影一样飞速地沿着邻居们的身体向上爬。有人在摁门铃。

老初派来的研究生是个女孩，研三，叫朱砂。这个名字有种斩钉截铁的残酷劲儿，但朱砂本人应当是贤淑柔和的，笑起来会向右歪一歪头，有点儿羞涩。她说彭老师好，初老师让我带您去"汇贤居"用午餐。

"叫我彭泽就行了，"他不习惯别人称他老师，因为不能教给别人任何东西。在报社，跟着他实习的大学生也不叫老师，叫彭哥，或者老彭，"或者彭哥，老彭。"

"彭——还是叫彭老师吧，"朱砂站在走道里，双脚并拢，斜挎一个小背包，微笑时已经提前又歪下了头，"您还要给我们讲座呢。"

"讲什么座？这个老初没说啊。"

"初老师说，您是大才子，一定得给我们传授一下秘诀。"

这个老初，当了副教授也改不了忽悠的毛病。讲就讲吧，吃人的嘴短，谁让吃喝拉撒的费用人家出呢。这样老初报销起来面子上也好看，请人家来的确是干了事的。

"这几天就由我陪着彭老师，"朱砂等彭泽进了电梯她再进，递给他一张纸片，"这是我的电话。如果方便，还想向彭老师请教很多事情呢。"

“请教我？有事只管说。”电梯门关上时有点儿吱吱嘎嘎的响动，像梦里的吞咽声。

现在是上午十一点半，他沉沉地睡了三个小时，做了一个山海经式的怪诞的梦。奇了怪了，怎么会梦见老家如此水深火热呢。干旱从他家门前开始，但他在梦里并没看见父母和祖父母。他记得他还在垂手而立的人群里费力地寻找过，好像并没有看见，所有人都长着一张旧照片里的脸。彭泽不迷信，不拜菩萨不烧香，但这种腻歪兮兮的梦还是让他心里发毛，要是带电脑来就好了，可以上网搜搜周公解梦。他忍住没往家里打电话。

这么多年彭泽养成了好习惯，对家里从来报喜不报忧，只说宽心话：我很好；我们很好；不冷；不热；三餐正常；震感轻微，没有造成任何破坏；北京一切都好，勿念。每次回家，他也很少提前电话通知。祖父心重，老人家提前两天就睡不好觉，盼着他回来。祖父年近九十，头脑清明，一天有大半时间挂念远在北京的唯一的孙子。彭泽从小和祖父祖母一起生活。计划中他到家的那天，祖父一大早就拎个马扎坐到院门口，明知道他傍晚才能到，也坐着，过半小时到巷子头看一遍。谁劝都没用。一年四季，阴晴雨雪，都这样。有一年大雪，到了县城找不到车，他在同学家住了一晚。那时候家里还没装电话，让杂货店老板转告又嫌麻烦，没及时告诉家里。第二天一大早回到家，整个村庄白茫茫一片，他从中心路上就看见几行紧靠在一起的脚印一直通到他家的巷口，到巷口，发现脚印更加繁杂，脚印套在脚印里，来来回回一趟接着一趟。同一双脚在走。进了巷子，他看见祖父背着手正向这边来，火车头棉帽子的一只耳朵耷拉着，像一只早起的鸟在祖父头上飞。父亲说，祖父昨晚一个人走到半夜，拦不住，他举着手电站在巷口把所有的方向都照遍了，天上也照，以为你会从天上掉下来呢。听得他眼泪吧嗒吧嗒往下掉，脚面上的雪嗞嗞地融化。

坐到“汇贤居”的红木椅子上，彭泽想起了梦的来由：这些天西南几十年不遇的大旱，庄稼草木死伤大半，饮水都成了问题。他在去火车站之前看了一本《新闻周刊》，上面印了很多特写照片，田地里干裂的口子纵横交错，仿如大地触目惊心的伤口。还有一个小姑娘穿着短了一截的花裤子站在镜头下，举着半碗混浊的河水，她马上要喝下去。只能说，因为有所闻，因为有所思，所以有所梦。他在梦里把家搬到了西南，或者说，他把西南搬到了老家。

除了老初和朱砂，饭桌上全是陌生人。不过很快就会熟悉，老初介绍：这是中文系张主任，这是新闻系李教授，这是市委宣传部马主任，这是市文联陈主席，这是市作协吴秘书长，这是驻我市部队的崔干事，这是晚报社的唐总编，这是本市最高产的散文家范老师，这是上地房产公司主董事长。这是谁？彭泽的眼神直了一下，老初和董事长同时看见了他的眼风。老初说：“主董事长，房地产大鳄！”主董事长递上名片，“免贵姓主，这姓少了点儿，对不住啦。”岂止少，彭泽头一回听说有这个姓，百家姓里有吗？

最后老初再次隆重介绍彭泽：“彭泽，《中国晚报》的主编，京城一支笔，最俊的才，最才的俊。我的好兄弟。”

彭泽怀疑自己下半身都红了。哪儿跟哪儿呀。他赶紧站起来辟谣，“不敢才也不敢俊，就是个编副刊的。”

“久闻彭主编大名，果然英雄出少年！你是咱们海陵的骄傲！”

所有人的恭维话汇总、简化、重新排列组合之后，表达的都是这个意思。简直要人命，彭泽觉得他完全是撒谎撒到家门口了。什么主编、才俊、一支笔，他就是个副刊编辑，临时负责副刊的编排，顶多也就是个《晚报》的副刊的主编。

“小彭做记者那会儿我也在北京，”老初说，“我们俩没事就在北大承泽园门口喝啤酒、吃烤串和麻辣烫，忆往昔，峥嵘岁月稠啊。那时候小彭已经是京城名记了，相当于传说中的‘天上人间’的那几大头牌，有今天，水到渠成。”

“初老师看着我长大的，”彭泽也只好自嘲地打哈哈，大庭广众之下被人不负责任地恭维，那种难为情基本上等同于不要脸了。他小声问旁边的老初，“困不困？要不你去睡一会儿？”

“以为我铁打的？”老初用筷子点点牡蛎和海参，“隔三岔五没这点儿东西，老哥我站在讲台上也打呼噜了。”接近耳语，“我可跟你说，就是把你吹成一朵花，你也得受着。好——秀！哈哈。”接着声音扬起来，“各位领导，咱们是不是敬一下中央来的首长？”

彭泽喝大了，来者不能拒，以尊敬、仰慕和老乡的名义，这样的酒场彭泽当然经历过不少，但他基本上不喝酒，那些事务性的、场面上的虚假的客套，离了酒桌你就会为肠胃喊冤抱屈，何苦来哉，把自己折腾成那样转眼谁都不认识谁。他当然也听过类似的夸奖和恭维，甚至更多的礼赞，比这些还要肉麻和令人发指，但他礼节性地接受了，他知道这赞叹只到口舌为止，谁都没往心里去，跟说今天天气不错是一回事。可这是在故乡。这些年他在地球上跑来跑去，早觉得即便故乡，也失掉了认同，此心安处是吾乡，但他自认为到哪里心都不安，所到之处自己皆为局外人，可是坐到这一群故乡人中，他还是感到了异样，如果他不能坦诚，不能以一张纸最初的空白样面对所有人，不能从最朴素、最血缘的立场上去理解对方的热情，那他作为一个长养于此地的人就不能自洽。这是籍贯和源头赋予他的与生俱来的责任。所以他为那些宏大的赞词加倍地羞惭和自责，因为羞惭和自责加倍地喝酒，只有杯中之物才能让他稍微原谅自己。

他在醉眼蒙眬之际听见他们说，在北京生活是如何的风光，在北京能混得这样好是如何的不容易，首都，京城，精英荟萃，藏龙卧虎，咱们小地方只能在遥远的地方斜上四十五度去仰视。

他认真地说：“没你们想象的那么好。就是个城市，大得要命，忙得要死，对个人，没任何生活质量可言。我也就是碰巧在那里混口饭吃。没准哪一天我就去了上海。"

"上海也好啊，大都会，十里洋场、外滩、黄浦江、东方明珠和世博会，"他们重复着繁华的常识和符号化的上海，"在中国，除了北京和上海，还有更好的地方吗？"

彭泽说："有，咱们海陵。"

他们矜持地笑了。笑容飘飘忽忽，彭泽感到胃在往上走，捂住嘴，含混地问老初，洗手间在哪里？老初带他拐两个弯，进了洗手间。暴风骤雨式的吐，鼻涕眼泪都出来了。吐完了彭泽觉得没来由的悲伤，这是他吐酒后的习惯性反应，就想顺便大哭一场。

"好点儿了？"老初问。

彭泽扶着盥洗盆站直身，看着镜子里一只大龙虾长了张红彤彤的人脸，还戴着自己的黑框眼镜，"还好，身体空了，头变沉。我都想帮你把午觉睡了。"

老初拍了一下彭泽的肩膀，"兄弟，表现很好。再坚持十分钟，这个场子就圆了。这帮家伙凑一块儿不容易，你得替我长这个脸。"

"老哥，我的明白。相互长脸。"

"他们也就那么一说，轻了重了都别当回事。"

出了洗手间，朱砂等在外面，问："彭老师，没事吧？"

老初说："彭老师年轻体壮，干什么事都不会有事。"

彭泽软绵绵地对老初挥手，"初老师，为人师表啊。"

朱砂不好意思地先歪下头，又笑了。想必她已经习惯了导师的说话方式。喝酒中间她想帮彭泽代酒，拿眼神看老初和彭泽，没被允许。这场合，老初和彭泽都不会同意女孩子顶上去的。一旦朱砂露了真容，这帮如狼似虎的中年男人会集体扑上来，不把她放倒绝不会罢休。

起床三个小时后，彭泽重新回到床上。躺下了反倒睡不着了，清醒着头疼，还有点儿酒后寒，他把被子裹了又裹。想到自己躺在故乡的城市里，感觉还是有点儿怪异。这些年，读书、工作、出差，躺在床上的时候他已经习惯了该地方跟自己没关系。比如这趟出差，他先去安徽，接着到河南，一个行李箱一个双肩包，出门对他来说就是在路上，停下来是为了再动身。很多年里他甚至把回老家也看成出差，因为只能和家人待上一两天，因为衣物和日常用品都来不及从行李箱里拿出来单独摆放，因为他都没时间细细体味他和支撑他睡觉的床的大地之间的关系。现在他是换一种方式逼近故乡，先在故乡的城市里住下，然后再回到自己的乡村。这个前所未有的过渡让他有机会意识到，从下了火车的那一瞬间起，这里所有的人和事和海上吹来的风，都和他息息相关。他从床上弹起来，决定去看海。

三

出租车这次打表了，因为到海边有段距离。彭泽没有麻烦朱砂，出了汇贤居就让她回学校了，一个人在这座城市跑跑也挺好。天放晴，太阳一出来就热起来，司机一路嘴都不闲着，一遍遍说今年夏天有得受了，冬天冷，夏天一定就热，他们家得提前买空调。在往年，根本不需要空调，到晚上海上风来，盖着个夏被还想怀里再抱个暖乎乎的人呢。

"大哥从哪儿来？"

"北京。"

"好地方啊，就是太干，脸上直掉皮。前年我去过，真去过。你不信？什刹海，就是后海，有这个水汪子没有？就你们北京人胆子才敢这么大，那也叫个海！看看咱们的海，浩浩荡荡。"他把两手从方向盘上拿开来，做巨浪滔天状，"别担心，我技术绝对过硬。咱这路宽敞，车少，不像你们那儿，有'鸟巢'的那是几环？对，四环。那哪儿是路啊，就是个停车场，要在那路上开车，我得给尿憋死。不过我跟我儿子说了，将来给你爹到北大读书去！”

“不怕被尿憋？”

“不当司机就行了嘛。北京钱好挣，没见着人人都往首都跑？我跟儿子说，哪天不小心被国家领导人握了一下手，我和你妈后半辈子就不用愁了！”

“你儿子多大？”

“八个月零十二天了。”

这个当爹的真有追求。彭泽用方言说：“师傅，麻烦你把车开到人少的海滩去。”

“人少的地方海滩不好看啊。咦，大哥，你不是北京人？”

“你听呢？”

“早说呀，这普通话说得我舌头都不会拐弯了。就这儿下吧，前面路窄我不好调头。”

没有了对北京的敬畏，司机说话的兴趣都没了。但他把彭泽丢下来的理由很正当，沿路走下去，彭泽发现的确很难调头，奇形怪状的石头太多。他沿沙滩上的泡沫往前走，最大限度地靠近涌上来的波浪但又不被打湿鞋。

二十五年之后，他再次来到故乡的海边，海依然很大，这次大得连艘轮船都看不见，除了碧海就是蓝天，泱泱大水看出去，既是空空荡荡的大有，又是实实在在的大无。这一段沙滩人迹罕至，只有三两个年轻人在几百米外，拎着鞋子追逐在海水里打闹。这地方气温比市区低好几度，穿短袖T恤还有点儿凉，凉爽助长了安宁。海浪虽然喧哗，但鸟鸣山更幽，渺远的海浪仿佛从世界尽头推送过来，它的连绵和缓慢把寂静也放大了，彭泽觉得这里不仅空间和时间辽阔无边，连安静也漫无尽头。在北京，每天他关上靠近马路的双层隔音玻璃窗时，就梦想有朝一日能在抬眼看到天高地远、安静得让人身心放松的地方生活，最好还能转身看到山势起伏、草木葱茏；当然这只能是梦想，他还是得待在北京，要工作、奔波和生活，每天看见多得碰破脸的人群，忍受两千多万人抢银行一样转动着巨大的城市沙盘发出无所不在的噪声，然后每天关上双层玻璃窗；双层玻璃也抵挡不了具有波粒二象性的喧嚣，他在书桌前坐下来，要花半个小时才能进入阅读和写作的状态，半个小时里，他觉得书桌旁挤满了人，整个北京满满当当地塞进了他的书房。彭泽在湿沙里走累了，找一块平整的白石头坐下，一转身，看见了草木葱茏的山。

这个城市有山有水，这是他耳闻已久的常识，真正看见，真正转过脸就在眼前，这是头一次。刚才坐车里竟然没看见。四月底水秀山清，绿色覆盖连绵的几座小山，海拔没一座能过千，但要那么高干什么呢？在彭泽的理解里，适合生活的山不能大，大得爬不上去只能算摆设；他希望的是能够看见绿色、呼吸到好空气和清静的山，爬上去又下来不至于累成残废。他决定往山上走。手机响了。

“彭老师起床了？”朱砂问。

“我在海边。”

“和朋友？”

“一个人。”

“对不起，我失职了。我这就赶过去陪您。”

“没必要，这地方没狼。”

“那，我想请教您一些问题呢。您等着我啊。”就挂了。

彭泽其实不希望她来，这时候一个人转悠很舒服，还可以随时在山水之间回归一下自然，随便弄出点儿怪声，或者撒泡野尿。在朱砂到来之前，彭泽的确在山上的树丛里吼了几嗓子，惊出了各种小鸟。他唱的是大半首变了调的《青藏高原》，最后的高音没爬上去，下山时候撒了一泡尿。

朱砂穿的是双凉鞋，光脚，从出租车上下来就脱了鞋直奔海水，海风吹乱了她头发，裙子裹在小腿上。她招手，彭老师，过来啊。彭泽想，我也就比她大六七岁，怎么觉得人家就那么年轻呢？我在沙滩上走了好几个来回了，愣是没想到光脚到海水里感受一下。他进了沙滩就开始脱鞋。

海水有点儿凉。“初老师说晚上你们还有局，我怕时间不多了。”朱砂说，“对不起，我是说，请教您的时间不多了。”

“我是个闲人，可随时审问。”

“才不呢。您要讲座、见朋友、吃饭，可能初老师还会带您去唱歌。初老师说，您就在这边待两天。”

“你们初老师真把我这一趟弄成公差了。你有问题？”

“嗯。我想去北京。”

“你不是已经定下来留校了吗？”

“我不想一辈子就干那些没意义的杂事。学生处，现在听起来就觉得烦，每天就是开些无关紧要的会、写材料、收发文件、看看有没有学生头脑出了问题。”朱砂的一双白脚在海水里和沙滩上交换着走，“而且，这是行政岗，转教学岗都不行。”

“你可得想清楚了，现在进高校多难哪，盯着你这位子的眼球能装一麻袋，不夸张吧？我听说你们初老师可是花了不小的力气的。”

朱砂噘着嘴低下头，“我知道对不起初老师。我也就是这么一想。可是，您当初不也是这样从大学里辞职的？而且还是教学岗！”

“哈，我那是上了你们初老师的当了。他在北京隔三岔五就给我打电话，说，来吧来吧，一块儿玩儿。我就过去了。”

“您后悔了？”

“那倒没有。”

“那不就是了！北京还是个好地方。”

这个还真没法跟她解释。当初他和这丫头一样，也是头尖着要往外跑的，老初的召唤不过是个药引子。和朱砂还有一处相同，北京到底有什么好，他当初其实一无所知，只知道众口一词的抽象的那个好:好啊,就是好。大都市,机会多,弯腰就能捡到钱,文艺和思想的前沿,理想主义者的大本营,波希米亚啊波希米亚;如果你想当官,那更方便,数不清的衙门,那些部级的单位,端茶送水倒垃圾的都是处级干部。处级是啥概念?相当于中文系主任。老初现在是副主任,照级别,也就是个倒垃圾的候补。当然,像他和老初这样半路往北京跑的,要冲着衙门去,除非是脑残。老初去北京,是没办法,把人家老婆肚子搞大了,不跑路菜刀就落脑门子上了。彭泽去北京,完全是因为在那个地方待腻了,差不多算是年轻人的不耐心吧,想透一口到世界去的理想主义的气。老初那会儿已经扎下了半个根,拍着胸口说:“老弟,有我在!”他就给系里递了辞职信,拎着几大箱书回到老家,从海陵坐火车去了北京。那时候他总觉得浑身有使不完的劲儿。

那年他二十四岁。真是说来话长。

当年他们在另外一座小城市。那座城市有条运河穿城而过,沿街分布废弃的小码头,隋唐以降水就一直流,大大小小的传奇故事肯定不会少,不过这些是彭泽离开了以后才真正意识到的。当时老初就在史志办,任务是搜集整理史实和传说,实在搜集不到就几个人凑一块儿瞎编,反正是传说,再离谱也没人敢有疑问。那一年七月彭泽大学毕业,背着铺盖卷儿来中文系报到。手续办完,系主任说,年轻人要多锻炼,现在就给个任务,帮市史志办编本书。他很听话,顶着大太阳来到史志办,老初正在空调办公室里跟左手隔壁团市委的一个女科长调情。被搞大肚子的不是这个科长,是右边隔两间办公室的文联杂志的女副主编。那几年老初在年轻的副主编身上花了不少精力,回报相当丰厚:杂志发了他不少瞎编的民间故事,这些日后成为他评二级作家的重要参照,不过那时候,已经不叫“民间故事”了,改叫“笔记小说”;人家帮他怀了个儿子,可惜最后做掉了,老初现在想起来就直嘬牙花子,他老婆只给他生了个女儿;第三个回报成为老初一生的转折点，副主编的老公扬言要拿菜刀剁了他，老初被迫远走北京，感谢那把菜刀，成就了眼下的初副教授和初副主任。

当时老初忙着与三个女人同时周旋，腾不出时间管这本书，润色和校对就成了彭泽的事。彭泽对这些半真半假的陈年旧事没什么兴趣，那会儿他还不知道如何把这些材料用在后来的写作中。史志办主任病得半退休，提前在家颐养天年，没人管老初。每天老初来点个卯，晃荡一下就没影了，很有点儿魏晋的范儿，彭泽替他坐了一个暑假的班。史志办清汤寡水，老初拿不出那么多钱付给彭泽，就三天两头掏腰包请他吃饭。好在饭也不贵，学校的大锅饭此时还决定着彭泽的饮食标准，所以随便一个小炒就把他打发得屁颠屁颠的。在饭桌上经常能碰见老初的相好，过去的，现在的，将来的，一概不避讳。老初就这点好，从来不把偷情搞得很难看。如果就他们俩，碰上老初情绪来了，还会向彭泽重温那些陈旧的情史和情事。为了教会彭泽谈恋爱，老初恨不得手把手传授，他当着彭泽的面给科长和副主编之外的一个相好打电话，那个肉麻和腻歪，让彭泽开了眼，情话竟然能说成那样，完全是一套前所未有的修辞。

男人的情谊很奇怪，一旦能够不藏着掖着谈老婆之外的女人，雷打不动的哥们儿关系就确立了。后来老初说，他认定了彭泽是个好兄弟才什么话都往外捅的，第一眼，直觉，对上了。他老初不是嘴大的人。也因为这份信任和吊儿郎当的洒脱劲儿，彭泽把老初当老哥待。

老初刚到北京也是只没头苍蝇，北京真的很大，十年前就很大，老初吃了朋友两个月的救济才活下来。那人在出版社，因为出版老初他们的史志认识的，不管怎么说，能让他过去，又救济他两个月，还整天帮他出谋划策怎样在北京坚持下去，算相当哥们儿了。经朋友的朋友介绍，老初进了一家文学杂志当编辑。杂志不大，连会计加起来也就十个人,可但凡在北京的东西都给别人一个顶着“国字头”大帽子的印象,所以杂志在外省的作者眼里还是座殿堂。偶尔出个差,老初也常常被众星捧月。但杂志社工资不高,要过上每天能喝两瓶啤酒、吃一盘猪头肉的生活,还得弄点儿外快。

老初开始正儿八经写作,小说、散文、传奇故事,甚至论文,比如《论运河文化的衰落》《文学作品中的运河主题考辨》《运河文化的民间性和现代性》。老初完全是被生活逼成了个作家。有一天,经常过老初手发小说的一个省内作家巴结他,以初老师的成就,申报二级作家准上,他还可以帮老初在省作协活动一下。老初把长长短短的东西和一部由过于杜撰的传说故事改头换面而成的专著《大河传》(上下册)报到省作协,过了。当晚他给彭泽打电话,兄弟,过来喝两杯,老哥我副高了。二级作家是副高职称,相当于副教授,彭泽喝完酒才弄明白。那时候彭泽已经在北京好几年了。

彭泽去北京,老初的一句话给他垫了底。老初说:“兄弟,有我一口吃的,就不会让你饿死。”那时候彭泽有点儿烦,莫名其妙的烦,觉得这地方小,没几个说话的人,搞学问的不像搞学问的,教书的不像教书的,写东西的也没几个像样的。有个据说在二十世纪八十年代暴得大名的小说家,牛皮烘烘地在这城市到处充当文学教父,其实也就给他争了脸的那一篇短篇小说还行,即便这个短篇,彭泽也觉得如果是自己写出来的,一定羞于拿出来示人。他还慕名听过该教父在本校的讲座,整个阶梯教室挤满了文学爱好者,他也踮着脚尖在门外听,半小时后气愤地离开了,简直就是个骗子。他在电话里跟老初感叹,在二十世纪八十年代,要在咱们这小城市成名竟然如此容易。他开始明确地看不上小城市。后来到北京,他已经在副刊做编辑,收到那位教父寄来的几篇回忆二十世纪八十年代的小散文,说不上好,但也没差到不能看,挑最好的一篇用了,写了封信客气地将其他几篇退回。写信的时候他在想,难道当年真认为教父不堪入目?

很可能感情用事。他不过是觉得那地方太小,骑辆自行车一天能把所有巷子都跑遍。他只是盲目地想到更大的地方去,恨不能跺跺脚就飞到天上,而他从各种报纸杂志得到的信息中知道:聪明有抱负的年轻人要到北京去,就像二十世纪三四十年代年轻人去延安,就像海明威当年去巴黎。正好老初在电话里说:

“兄弟,有我一口吃的,就不会让你饿死。”

当然,这些都不能跟朱砂讲,如果她要知道,追根溯源老初是因为一把菜刀才成为她尊敬的导师,那老初还怎么混。此外,彭泽对战斗过的地方态度有极大的转变,现在他喜欢小城市。喜欢那座城市里有条悠久的河流,运货的单放和拖船缓慢地行驶在水上,码头残破,青苔爬上路面。生活保持自行车和步行的速度,你可以从容地穿过一条漫长的巷子,可以完整地看完一次日出和日落,可以随便在街头的椅子上坐下来,抽根烟或者打个瞌睡,不会有喇叭齐鸣来追赶你。现在他几乎每年都要回到那座城市,沿运河边走上一圈,和朋友们找一处茶楼和饭馆坐下,好好地说一会儿话。几年以后再回到那里,内心的安宁让他惊异。他不认为自己提前老了,而是,他终于能够沉下来,在这座不那么气急败坏的小城市里,看见时间和生命的流逝以及镜子中的自己。小城市才可以成为一面镜子,北京不行,上海也不行,在那些慌张的都市里,镜子还没来得及置起来就因为压迫和追赶,碎了一地。

朱砂和他当年一样年轻,道理要亲自验证才行。所以彭泽说:“嗯,北京是个好地方。不过我更喜欢这里。”

“那你会和初老师一样回来吗?”

“现在不会。”

他知道此刻朱砂头脑里跳出来的一定会是个成语:叶公好龙。他不认为自己是叶公。但这事的确是个悖论,如果必须拿实际行动来证明你不是叶公。在朱砂看来,因果之间只有这一条最简捷的路径。质疑他的人事实上还有很多。有一次他和报社老总一起出差，在一个沿海小城市，晚上他们俩从酒店出来散步，彭泽就感叹该城市的整洁、安静和祥和，感叹夜空高远星星明亮，像洗过的一样。他说，要是能在这样的小城市生活就好了。老总不以为然：那你这么多年为什么还不从北京搬出来？吃着碗里看锅里的，虚伪！没准你还想打进二环以里呢！

老总用的就是“虚伪”这个词。

“我缺少连根拔起的能力。”彭泽说，“是我个人的问题。”

“初老师不是连根拔起，回来了吗？”

“他的根不在那里。他只是选择了一个很好的时机离开了。”

当时老初的一个大学同学，上下铺的哥们儿，就是现在的大学副校长，当时还是人事处处长，去北京出差，喝酒的时候彭泽也在。开始完全是个玩笑。

处长：老初，行啊，首都都被你拿下了。

老初：上下铺一场，没这么挤对人的啊。

处长：全国人民都仰着脸看你，还穷装。

老初：穷是装不出来的，老兄。你说的那是天安门上的主席像，经过长安街我也仰脸去看。

处长：还装。你往天安门旁边一站，仰脸的时候顺便把你也看了。在我那小地方，圈子里都知道咱们省有个作家在北京，混得人五人六的，我一打听，原来是你这个狗日的，当年一躺下我就盯着上铺看，咋就没看出来你屁股上有啥胎记呢？名作家了都！

老初：再损，这顿饭你用公款埋单。我他妈都快流浪街头了，还刺激我，人道主义点儿行吗？

处长：再装有公款我也不埋单。

老初：行行好吧，埋了单你不嫌弃我跟你混。

处长：跟我混？真的假的？我可把这话当中央精神执行了啊。

老初:看大门都行。

处长:大作家要去看,那咱们大门哪扛得住。起码也得干个教授啥的,不是副高吗? 转个副教授问题不大。

老初:当真?

处长:你以为我千里迢迢来跟你磨牙?

老初:兄弟,这事要成了,我把你照片挂家里,三口人每顿饭前仰脸看一遍。

事情简单得像个传说。送走处长,老初抓着彭泽的胳膊问,这顿饭究竟吃了没有?我这样的倒霉蛋也他妈的会有好事?彭泽说,我也奇怪,可你的确是喝高了,走路都拧麻花了。老初去卫生间洗了把脸,悲观地说,那狗日的一定是高了,要不就头脑坏了。第二天,老初转来一条短信:老同学,我回去就办,勿念。顺理成章,老初成了副教授,一家人的户口和关系从编史志的城市进了彭泽故乡的这座城市。老初的老婆很高兴,长年分居的局面结束了,“流窜犯”还当上了副教授。副教授,听上去挺诱人。

彭泽的情况和老初不同,在北京混了两年,然后考上了研究生,户口带进北京,毕业后进了报社。老婆的户口也在北京。彭泽每天坐一个小时地铁去上班,老初羡慕他,根扎下了。彭泽从不认为这样就是扎下了根,他不觉得自己是个北京人,他和当年老初的区别仅在于他的工作更稳定,可以在体制的游戏规则里按部就班地往前走,还有,他老婆也在这里,估计也不打算随便挪窝。他和老初一样都有漂浮感,无法让自己像一枚钉子揳入北京这块大木头上。老初这一招是为了这个家好,彭泽也得为这个家好,男人嘛。

朱砂说:“如果我执意要去,您会有什么建议?”

彭泽从海水里走出来,看见一群海鸟从远处飞来,一共九只,像从沉稳的浪头里钻出来的。七岁那年看海,记不得是否看见过海鸟。但他记得当年惊叹海之大,比生活的村庄和需要耕种的田地加起来都大，在无穷远处海水就是地平线。他对那个地方充满恐惧和好奇。“如果你决定去，只要做好两件事：一是心无挂碍，把你的理想主义锻造成盔甲，让任何小麻烦小困难都伤不了你；二是平常心，如果最终败了，我是说，结果与预期悬殊，要提醒自己，这一切，值。”

“那最开始的两年，你的问题是什么？”

“很简单，开始就是一个衣食无着的异乡人可能遇到的问题：贫困、焦虑、孤独、住地下室、乡愁。”彭泽抓了抓脑袋，好像要把那些年重新找回来。其实不用，那感觉直到现在还在。对有些人来说，在北京可以获得巨大的成就感，但对彭泽来说，更多的是深重的失败感。失败感也许也不准确，而是某种虚无、厌倦和绝望感。“后来，变成了茫然，有迷失和严重的无力感，深刻的自我怀疑。”他对朱砂笑了笑，希望自己能显得年轻点儿，“所以我不断地给自己打精神鸡血。我说的只是那两年。”

“比如，哪些精神鸡血呢？”

“嗨，就是点儿精神胜利法和矫情的波希米亚。你完全可以想到的：和流浪歌手聊天、去798、看名人传记、和你们初老师喝酒、写不能示人的日记。挺管用。很多人都这么挺下来的。”

四

晚宴市文联做东，彭泽和老初迟到了。学校临时抓了老初去开会，六点了才夹着文件包满头大汗跑进彭泽的房间。不是热的，是一身虚汗，眼袋和腮帮子又往下挂了半厘米，胡子和脸也跟着变长了。洗了个脸，老初坐在沙发上揪着胡子直喘气。老初的胡子在和团市委的女科长调情之前就留起来了，日久年深成了招牌，看着很文艺，很可以唬一下人。这样的胡子如果不写写画画你会觉得糟蹋了；往课堂上一站，你也会觉得此人学问不广大绝不可能。女人喜欢有特点的男人，多年前老初就这样教导彭泽，丑不丑不重要。比如我的胡子，老初说，好几个女人问过，留着有啥用？我跟她们说，给情人擦背。她们就乐。通常她们中的一个会说，她后背痒，事就成了。现在老初胡子和脸都拉长了，看着沉郁顿挫，还有点儿忧世伤生。

"是不是很久没擦后背，胡子痒了？"

"鸟，快一个月不知女人长什么样了。出了点儿事，不过基本上摆平了，刚从副校长办公室出来。"

有点儿荒唐，数学系一个计算机老师竟然是个假博士。举报的材料相当齐全，老底被兜了个底朝天：本科是西南某大学数学系；研究生在南方某大学念了一半，因为参与经营色情网站被学校开除；在外面晃荡六年，造了个假计算机硕士和博士文凭进了老初的大学。这博士还是个洋的，美国佐治亚理工学院，在美国能排前四十位。胆够大，干脆造个麻省理工多拉风。刚收到匿名举报时学校还不相信，到数学系打听一圈，没一个说这家伙好话。学生抱怨水平太次，同事嘀咕做人有问题，隔三岔五向同事借钱，除了系主任，没一个落下。据纪委的粗略统计，他在数学系累计借到二十万，一笔账都没还。校方与佐治亚理工学院联系，档案里根本没这人。校长一口痰没上来，差点儿背过气去，当初那家伙来求职，是他最后拍的板。那会儿他刚挪上正位，整天踅摸着找几把火烧，来了个留美的计算机博士；咱这小城市，能来这号人，只能理解为天上掉下来的馅饼，拿到了就是客观的政绩。校长手一挥，留下，多难都留下。破例给了套三居室房子，从第一个月起就是副教授待遇。校长一激动，人事处和数学系也跟着兴奋，没人腾出来点儿脑子去履行基本的检查程序。

那家伙连国门都没出过，在来这城市之前都没见过大海。校方还以为能靠他撑撑门面，没想到倒是帮人家见了世面；听数学系的老师说，那家伙得空就往海边跑，吃起海鲜来简直不要命；吃海鲜喝啤酒，来了不到一年就得了痛风，痛起来只能在讲台上像鹭鸶一样单腿站立,就这样还见了海鲜就跟见到亲爹一样。如果没那个佐治亚的洋幌子,智商高过三十的人都会发现他在生活、教学和科研等各方面都很可疑,但他就是活生生行骗成功了。他所有反常的行为都被认为是佐治亚时代的后遗症,谁让人家喝过洋墨水呢。假使没这个举报,混到啥时候谁也说不好。不过可能不会太久,借了一堆钱,明摆着一有风吹草动就会拍屁股走人,等于又赚了二十万。

现在露馅了。学校很难看,校长的脸看上去接近面瘫,谁也不许声张。要做的是惩前毖后,学校的几个大头把各系的主任、副主任召集起来,诡秘地碰了个头,责令对这两年新进的年轻教师严查,从根子上往外薅。纪委书记通报完假洋博士的情况后,校长表情僵硬得像花岗岩,只说了一句话,有点儿粗:“从今天开始,谁请来的脏屁股,谁擦!”然后起身出去接电话,再没回来。

这件事情说到底和老初没关系,但校长离席后,接下来的讨论就把他连累了。

领导们的思维都很发散,因为视野很宽。从这两年说到此前的很多年,从新进的年轻教师说到了老同志,有些平常不宜表露的私愤也趁机在这个公开场合发泄出来了。历史系的田副主任说:“这种事就得严查严办,绝不姑息,不能大熊、二猴都混进我们的队伍!高校教师,不是随便拿两篇文章就能进来,也不是乱七八糟的狗屁职称随便转一下就可以成正高、副高;否则,我们小区门口的足疗师傅也能当教授,他捏脚捏到了高级职称!”他的声音铿锵,会议室回音也好,很有历史感,大家全哑巴了。不吭声不是因为都在自我检点,而是很多人在肚子里偷着乐。田副主任的重点在同职称转聘,所以大家都比较安全。这是我们的习惯,只要自己侥幸撇清了,谁的笑话我们都高兴看,脸上还装出一副超然物外的无辜。心绞痛的是老初,呼吸都停了,怕声音大了招人注意;至少在场的诸位中,只有他一个人是从二级作家转成副教授的。姓田的一直看不上老初,他搞运河史，当初听说来了个懂运河的他还挺紧张，着急看了老初的运河研究，看完了用鼻子笑了两声："就几个段子嘛！"但老初还是作家，小说、散文总比干巴巴的论文好看点儿，所以关于运河，老初在学生那里还是抢了他的风头。老田很生气，不同行也成了冤家，把老初恨上了。

不提没人在意，提了大家就开开心心地往那上面想，弄得老初很不爽，总觉得椭圆形的大会议桌底下，所有人的脚尖都指向自己。这次临时的秘密碰头会碰得他脸红脖粗，好像是个审判，假洋博士缺席，他顶了上去。

"小地方就是这毛病，"彭泽安慰他，"别当回事。除了蝇营狗苟，没几个干正事的。所以那假洋博士，才往这地方跑。吃得开啊，谁见了两个洋文都犯晕。"

老初挤出了两个笑，说："那小地方也有小地方的好啊。要不是小地方，我哪儿能顺顺当当做个副教授？"

这也是彭泽喜欢老初的原因之一：不装。老初从来都不避讳自己几斤几两。他很清楚，能混到现在就是因为在小城市，因为他从北京来。北京那边放个屁，到这里有可能变成惊雷，因为那是首都，大城市。北京帮你加了分。全国人民都仰脖往那里看，你只要能挤出一个头，露一下脸，那你就被十三亿人都看见了。登高而招，见者远；顺风而呼，闻者众。北京就是你脚底下的珠穆朗玛峰，给你送来了风。外来的和尚会念经，尤其北京这样的城市来的和尚，大家理所当然地认为念得更好。好像你把北京所有让人高山仰止的好东西都随身带来了。老初有个同事从上海某大学调过来，大家面对他时就很纠结：复旦毕业的博士，在上海都熬成了副教授，为什么还要到咱们这小地方来呢？没品行问题，不乱搞男女关系，那一定是水平有问题。大家暗地里免不了要蔑视一下。但真正讨论起问题，又没几个敢和他硬碰硬，因为心理上又先怯了下来，人家毕竟是复旦的博士，从上海来的。

“好像也不是势利眼那么简单，”彭泽说，“应该叫‘大城市意识形态’。”

“没错，就是这玩意儿。能让你得济，也能让你遭罪。”

现在要说的是另一件事，老初想成立一个写作研究中心。现在他们出了酒店，走在去晚宴的路上。碰头会结束，老初磨磨蹭蹭最后一个出了会议室，站在副校长的门口时，他的老同学，前人事处处长立马心领神会，让他关上门。

“没人动得了你，”副校长说，坐在肥硕的老板椅里转了一圈，“别去管那些文学门外汉的偏见。这么多年，我遭过和你一样的罪，好像所有专业都可以对文学指手画脚；好像文学，尤其现当代文学，没学问好谈，更无价值可言。荒唐。”

老初递给老同学一根烟，帮他点上，坐到他旁边的沙发上。“有你在，我不担心谁敢动我。”老初吐了一串烟圈，这也是当年泡妞时练就的本领，据说很多女人喜欢看男人能把烟圈吐得坚硬饱满。“我只是在想，是否可以争取更好的局面。”

“你只需要做好一件事，局面自会大好。”

“哪一件？”

“写出好东西。学问做不做不要紧。”

“校长大人，我的那点儿货你还不清楚？一把年纪了，想突破谈何容易。”

副校长笑了笑。“关起门说体己话，我又何尝不是。天分如何，学问能做到哪一步，谁心里没个数？但它是个饭碗，是个饭碗总得端着。工作嘛，跟工人生产螺丝帽、清洁工扫马路、大师傅做清蒸鲈鱼，一个样，重要的是干下去。”

“我的意思是，趁这会儿还干得动，做点儿实事。”

“继续说。”

“我想弄个研究中心，跟写作有关的。搞出点儿动静来，学校里好看，我的腰杆挺直了，你也长脸。省得那姓田的逮着空就叽叽歪歪。”

副校长看看他，扔给老初一根烟，自己也点上一根。

“我调查过了，咱们这个层次的城市和大学里，好像还没有。做起来就是独一份。”

“可行？”

“过几天整份报告给你看。”

副校长不置可否，老初觉得他动心了。三赢的事，没理由不答应。现在的问题在于，真要上了虎背，下来就别想了，老初得慎重。他想听彭泽的意见。彭泽觉得不错，大学中文系的学生基本都不读小说了，写诗这种最浪漫的事也没人干了，隆重地把“写作”放在他们面前，是个正本清源的好事。去年报社招新，一道题难倒了好几个中文系研究生，《百年孤独》的作者是谁？最靠谱的一个答案是马克·吐温，难得他还记着了一个“马”字。还有一个学生答：老舍。现在有几个高校已经动起来，成立了创意写作的硕士点或者研究中心。北京和上海需要创意写作，咱们也需要。

“戏台子好搭，钱砸到位就行。”老初对彭泽说，“我要人。”

“我尽力。”

彭泽不善交际，这些年读书、工作和写作，还是认识了一些文学圈的朋友；因为不善交际，能成朋友的多半都真诚，找几个吨位大点儿的作家和批评家，并非不可能。而且此事功德无量，当年做学生，一听来了名作家，大家提前跑教室占位子，可惜去的作家没几个。他会跟他们说，就当做好事了，教育大计，人人有责。

“看，这就是待在北京的好处，找个人都方便。”老初说，他们到了“巨轮海鲜馆”门前，“以后别抱怨北京这不是那不是。说真话，如果能把老婆孩子安置好，你抽筋扒皮我也不会离开那儿。”

“你这是假设。在北京你有这些事需要帮吗？”

老初不吭声了。咱们都是小人物，需要对付的唯一事情就是尽量活得像样一点儿，那些宏大的、闪闪发光的、立竿见影的、众口相传的事情跟你不沾边。两千多万人都在天安门广场上溜达，不出意外，大家都是那两千多万的分母之一，不是分子。这道理说起来谁都明白，但所有往北京跑的人，都是冲着那分子去的。

“妈的，都是人多闹的。”老初踩灭烟头，对着下水道吐了口痰，没头没脑地咕哝了一句，“吃海鲜去！”

五

文联和作协的领导、搞房地产的主总、四个彭泽故乡写作多年的文人，还有一个长得挺漂亮的女的，鬈发披肩，栗色，她的饱满的少妇形象让彭泽感觉不错。但介绍之后，彭泽立马倒了胃口。他隐隐的担心被证实了，果然就是“好受”。老初介绍她，海陵大名鼎鼎的郭总，芳名郭格格，和她交朋友，你会很“舒服”。这次他没用“好秀”。大家都笑，看来这是个相对固定的“腐败”班子，熟悉典故。郭格格也笑，骂老初不着调，伸手和彭泽用力握了握手。“京城来的贵客，久仰，”她说，一张嘴就露了口音，“老初在我们面前至少提过二十次。”

海鲜已经摆了一桌。文联的陈主席致辞，故乡人吃故乡菜，咱不搞华而不实的那套，吃海鲜四脚朝天，怎么方便怎么来；今晚没有绅士也没有淑女，只有兄弟、哥们儿，格格你今晚算男的；好，咱们一起端一杯，算咱们文联和作协给彭老弟洗尘，欢迎常回家看看；干了；好，现在下手！

那四个作家和中午见到的写散文的范老师一样，坐在这里是为了和彭泽建立联系。文联和作协的领导希望能够通过北京的报刊，把我们的文学推出去。彭泽很愿意帮忙，酒香也怕巷子深，故乡的文人大多实在，都凭自由投稿发表作品。彭泽对他们与文学的不离不弃深表敬意，每人敬了一杯酒。包括郭格格在内，余下诸位应该都是老初圈子里的朋友，彭泽也就不客气，在故乡头一回放开来吃海鲜。

他们去过很多次北京，对北京依然表现了一个外地人旺盛的好奇。任何有关方针政策的事情都要向彭泽求证，就跟他是国务院新闻发言人似的。比如房地产政策，主总在本地的房地产业可以翻云覆雨，但他想知道中南海调控房价的决心到底有多大；郭格格是做药材生意的，也想打听一下国家药监局的内部消息；陈主席在文学圈，对下届的茅盾文学奖表现了浓厚的兴趣，他问，真有内幕吗？彭泽只好一遍遍解释，他也就碰巧在北京混口饭吃，知道的不比他们其中任何一个人更多。他们便夸他谦逊，风度和涵养俱佳；不像有些人，在北京待了个把星期，回来就一副太子党的范儿，到了美国转一圈，跟你说话舌头怎么也理不直，非得拐出几个英文字母才行。因为主要在被迫接受，彭泽把海鲜吃得慢慢就没了味道，报答老乡的厚谊也渐渐没了中午的热情。老初见了，在桌子底下碰了他的腿。

"都是平常可以帮衬的朋友，忍忍吧。"他对彭泽小声说，"你来了大家都高兴嘛。"

彭泽点点头，扫兴的事不能干，于是能接上的话头都尽力接上几句。陈主席提到孩子的教育，他就讲了个在麦当劳里听到的即兴教育：父亲拿着香辣鸡腿堡对年幼的儿子说，知道"麦当劳"什么意思吗？就是要吃到麦子就应当付出劳动！一个写诗的抱怨现在用词都不讲究了，他就跟上一个在天桥上听到的母子对话：母亲对儿子说，"虚位以待"就是空下位置等着人家来；儿子就拍着肚子说，妈妈，都十二点多了，我的肚子虚位以待。郭格格叫服务员换面前的骨碟，服务员磨磨蹭蹭半天才过来，她就抱怨现在饭店的服务很差。彭泽跟上：他见过隔壁两家饭店竞争失态，双方员工打了起来，边打边唱《团结就是力量》。

“北京也有这种事？”郭格格问。

她做着好奇的样子让彭泽倒扫兴了，他回答：“北京不过是几个海陵拼在一起而已，干净的不干净的，只会更多，不会更少。”

“那要在北京做药材生意，什么最好卖？”

“壮阳药。”

彭泽的回答把自己都吓着了。不是这种浑蛋话没说过，也不是惊讶第一次和人家见面就说出这种话，而是，在故乡的饭桌上，和故乡的朋友他竟然用了如此不真诚的态度说出如此揶揄的话。他得承认说这话的时候他的心态很不好。

满桌都在笑，海鲜卡在喉咙里。男人的笑里成分复杂，这无须解释。郭格格也在笑，笑得咯咯的。她的笑声里没有乡音，听上去纯粹、干净。彭泽很想问一下，她的原名是不是“郭咯咯”，但想到母鸡才“咯咯”，就把嘴闭上了。郭格格简直是天真地笑了长达三分半钟。

“彭老师，咱俩想到一块儿去了！”郭格格说，右手从老初面前伸过来，“握个手！”

彭泽握她的手时，老初自然地也把手放到她的光胳膊上捏了一把，还想捏第二把，被郭格格打掉了。“讨厌！”她白了老初一眼，“人家跟彭老师说正事呢。你说是不是，彭老师？”

“叫我彭泽就行。”

“那叫彭哥。哥，你从大地方来，对形势和国情看得更清楚。你说，是不是女人之外的所有东西都得吃壮阳药？是不是得实实在在地壮一壮？你看这块料，”她指着老初，“眼袋都快挂到下巴上了。”

老初笑得稍嫌尴尬，他把胳膊搭到郭格格的椅背上，也许是一个搭到她肩上的替代动作？彭泽判断不好，他不敢肯定他们俩是否有一腿。如果有，目前这个颇具意味的场景应当就是两个人真实局面的写照。不管老初之前如何内心复杂而又惟妙惟肖地“好——秀”，彭泽还是陡然对这个女人刮目相看，她有一种肆无忌惮的爆发力，相当聪明，她知道“壮阳药”的弦外音，而且化解于无形，格调还不低。

彭泽把白酒很严肃地倒满了，举起杯，“祝你生意越做越大。”

“好啊，谢谢。一定要做到首都去。”

老初的胳膊缩回来了，人还在刚才“壮阳”的语境里没出来。“谁说女人之外的东西都得吃壮阳药？”他指着主总，“房地产就不用吃。主总，你代表所有房地产老板，向全国人民坦白一下，你们吃不吃药？”

主总说：“彭老弟在，我就透个底：别人吃不吃我不知道，反正我吃。”

“有钱人总是被迫学会谦虚。”陈主席说，“别怕主总，我们都是有窝的人，不会向你伸手。”

“你要伸手我就握住，哥儿俩好。陈主席一句话的事。”

“北京”之外的第二个议题就此开始。彭泽发现所有人谈起房子问题都苦大仇深，一头子劲儿，已然是老百姓最大的政治。没房子的要谈，有房子的更要谈；买房子的声嘶力竭，卖房子的也叫苦连天。座中一个极内向的诗人也以前所未有的热情加入了讨论，在此之前他只说了彭主编好、我姓顾、写诗、我敬你、谢谢等，没超过二十个字。

因为房子，饭局的时间被拉长了。等大家都谈累了，郭格格问彭泽，以“中央彭特派员”的眼光看，咱们这一级城市的房价会降下来吗？

“别的城市可能会降，海陵不会降。”

大家都看他。

“这是个好地方。”

主总隔着陈主席对他抱拳，呵呵地笑，“谢谢啦。到底是中央来的，有远见。”

其实彭泽对房地产一无所知。他的确认为这是个好地方，想啥说啥。如果不上班，他希望自己能到这地方住下来，而不是待在北京。

“可以来老家度假嘛，”老初说，“兄弟们没事聚一聚，多好。”

“呵呵，等我有了房子再说吧。”

“主总，看你的啦，”郭格格挑了挑眉毛，“想多见见咱彭哥吗？”

主总说：“没问题。彭老弟你一句话，当哥的不会打一个磕绊。”

陈主席也说：“彭主编，跟亿万富翁客气个锤子！”

“谢主总和各位美意，北京的房子我还背一屁股债没还完呢。”

饭桌上的话从来都是哪说哪了，要当真是你自己脑子进了水。但大家的热情很高，甚至为彭泽设计了未来的海陵生活，把聚会的馆子都按一三五和二四六日的顺序敲定了下来，大家可以诗文唱和，一块儿爬山、看海，去游泳和出海兜风，仿佛明天彭泽就要乔迁至此。关于彭泽的房子老初一直没吭声，但他在众人规划彭泽未来的生活蓝图时歪着脑袋跟他嘀咕：“能拿就拿。创意写作研究中心还得靠你，你得常来。”他没代彭泽张口，不好张，他现在的房子就是从主总手里拿的，价钱低得你眼珠子都会往下掉。

彭泽笑笑，买一套用来享受的房子对他来说实在太遥远了。这时候手机响了，一个陌生的号。他在包间外面接了电话，是朱砂的男朋友，想和彭泽谈谈，但又不希望别人知道。如果可能，他可以在酒店大堂等彭泽饭局结束。彭泽说好。回到包间，大家决定了要撤，给彭泽一点儿可以支配的时间，回到故乡更需要自由。已经十点一刻了。

本来主总想请大伙儿去唱歌，觉得俗，还是算了，改个时间请客吃饭吧。老初决定回家睡，换了床睡眠质量总是上不去，坐郭格格的顺道车走了。不知道是他的借口还是新有了这么个娇气的毛病，过去经常直接睡到女人家里，也没见他有不良反应。老初临走时提醒，别忘了明天上午的讲座，他直接在教室等了，不想吃酒店的早点就去吃豆腐卷,这么好的东西可是吃一次少一次。

彭泽说:“还真讲啊?”

“你要是能在讲台上站着一声不吭两小时,你可以不讲。具体问题朱砂会和你联系。”

一一握手告别,郭格格坚持来个拥抱。

彭泽一个人往酒店走,十点多的小城安谧祥和,他们可能是今夜最吵闹的一帮人,也散了。这是个新城,发展主要在这二十年里,从设计上就可以看出是冲着现代化去的,马路很宽,横平竖直,航拍会看到整个城市条条框框井然有序。这是他喜欢的,一个现代化的城市不应该搞得像迷宫,除非你有几百岁,古典得像伦敦的老城,道路主要用来步行和跑四轮马车。这个城市有很多高楼,万家灯火在高处点亮。中国的任何一个像点儿样的城市都有很多高楼,高楼已然是现代化的最大指标。当然,我们人多,不得不往高处跑,只能踩在别人头顶上过日子。彭泽不喜欢高楼,他住二十层,经常梦见底下的十九层没来由就消失了,他在北京的半空中做着飘飘荡荡的悬空的梦。

但小城市也有小城市的恶习,他穿过一个小区旁边的巷子,路两边都是饭馆、理发店、水果摊和卖杂货之类的店铺,几乎每个店面门前都泼着一摊油腻腻的污水,蒜皮、葱头、烟蒂、烂菜叶子、蚌壳、塑料袋和煤球灰这一堆那一堆,他得跳着脚走。几条流浪狗在垃圾堆里找食,见到他也只是把尾巴夹得更紧,头都不抬。

朱砂的男朋友站在酒店门口,右手指间的烟头明明灭灭,凭直觉两人试探着相互挥手。“高康健,健康的康健。”他说,踱灭烟,握了握彭泽的手。个头比彭泽稍矮一点儿,蓬松的三七开分头,圆领短袖T恤,牛仔裤。“不好意思彭老师,这么晚还打扰您。我在政治系做辅导员。去茶吧坐坐?”

“如果不介意,走走吧。边走边说。”酒店的客人不多,大堂里茶吧的灯已经暗下来。彭泽也不想带他到房间去，他总觉得房间不是谈事情的地方。沿街走，还可以看一看这个城市的夜景。酒店前是大马路，车辆很少，不多的行人走得放松，如同散步。彭泽喜欢这种散步的状态。

他从朱砂的手机上看到彭泽的号码。晚上他们一起吃饭，中间朱砂去了趟洗手间，他从饭桌上拿起她的手机。这是今天朱砂拨得最多的号码。他在三角地的海报上看到这个名字，彭泽，从北京来。朱砂也和他说过，这两天要接待一个北京来的老师。

“三角地？”

“学校里专门贴海报的地方。有您讲座的海报。”

哦。读研究生的母校也有一个著名的三角地，每天海报栏里贴满了全世界各种可以想到和想不到的消息，领导喜欢听的，领导不喜欢听的，学生们喜欢的和不喜欢的，只要可以形诸文字和纸张，就可以贴到上面，他经常在上面寻租房和卖二手自行车的信息。如今已成为历史，不复存在。他对这个叫高康健的有点儿不高兴，不是他提到了三角地，而是因为他偷看了朱砂的手机。女朋友的也不行。

“如果您不介意的话，”高康健为难地说，“我想知道，我女朋友是不是，向您咨询了去北京的事？”

“什么意思？”

“她突发奇想，要去做‘京漂’。”说到这个问题，他开始理直气壮了，“您可能已经知道，她已经拿到了留校通知。名额来之不易，我和初老师为这事花了不少心思。”

彭泽不知道该如何回答。“你们认识很久了？”

“七年。她入学的时候我们就认识。我是中文系毕业的，研究生毕业后，留校去了政治系。”

“北京不好吗？”

“好，但我觉得，那不是她该去的地方。”

彭泽看看他，递给他一根烟，说："中南海。北京烟。"

"谢谢。"

"那应该是谁去的地方？"

"毕业时我也想过要去，犹豫一下还是算了。北大清华的学生都找不到好工作，何况我们。那么大的城市，我担心她的能力；我也舍不得她离开。"

最后一句话里，彭泽喜欢后半句。"为什么最后你没去？"

"怯了。我看了北京市交通地图，眼晕。我觉得跳进去，和跳进大海没两样。"

"刚去北京，我的感觉和你一样。一模一样。我跳进去了。"

"时代不同了，您那会儿是哪一年？哦，快十年了。现在生活逼着我们不得不现实。"

"任何一个时代都与前面的时代不同。"

"可是我们在这里会很好，"高康健说，比画着手势，"能走到哪一步一目了然，需要的只是时间。您看，生活会越来越好，根本不需要预言，会像计划表一样按部就班地实现。房子，车，孩子，升迁，地位；对不起，这也许俗了，但却是坚硬的事实。到北京绕一圈最终不过也就为了这些，而结果如何，谁也说不好。"

彭泽觉得这小伙子的口才非常好，身体语言也很到位，做个辅导员委屈了，他会成为一个不错的老师；但他不喜欢他，就是因为他讲得太好了，这么年轻就能把这些讲得如此之好，他喜欢不起来。

路边有一溜长椅，他们坐下来。彭泽问："你多大了？"

"二十六。工作一年了。"

"喜欢这城市吗？"

"谈不上喜欢不喜欢，过日子呗。"

彭泽站起来，他还想继续往前走。二十六岁就想到要过安稳的好日子了，可比他成熟多了，二十六岁他还在像焦虑的苍蝇一样乱撞呢。“那你知道朱砂的真实想法吗？”

“从她十八岁到现在，我说看着她长大也不算大错。我还不知道她嘛！女孩子有时候想问题过于感性，头脑一热就分不清东西南北。我得替她把着，免得她以后上蹿下跳去后悔。这么晚打扰您，也是想请您给她灭灭火，起码别鼓励。她一定会征求您的意见。”

彭泽想，都是有主见的年轻人，哪儿轮到我出主意。

手机响了，是朱砂。她说这会儿饭该吃完了，娱乐也差不多该结束了，所以通知一下彭老师，明天的演讲题目是《新闻与新文学》，上午十点在二教一层的阶梯教室，九点半她在酒店大堂接他。彭泽嗯嗯地听，说接就不必了，他直接去学校，总能摸到的。

高康健凑过来。“朱砂？”

夜深人静，朱砂在那边竟然听见了，一下子警觉起来，问谁在说她的名字。彭泽一点儿都不想替他保密，便说：“高康健。你男朋友。”

“他怎么会在？彭老师您等一下，我跟他说句话。”

彭泽站到一边习惯性地点上烟。马路的这一段被他们走到头了，左前方是一大片建筑，霓虹灯闪亮之处看见“海陵大学”的字样，是正门。离酒店的确不远，怪不得老初说酒店是大学的地盘。酒店租给了香港来的有钱人，协约规定，学校的客人入住优惠。高康健在电话里的争辩持续时间不长，原因是不想浪费彭泽的手机费，长途漫游。十分钟后，他们到了高康健的宿舍楼下，朱砂已经等在那里了。

一栋三层老楼，水泥糊的墙体，在晚上也看出风吹日晒的破败，住在里面的都是刚工作的单身汉。楼道里弥漫着散不出去的陈年的油烟味，灯也坏了，他们摸黑上到三楼。推开木板门，开灯，地板和桌子上突突突跑过好几只蟑螂，朱砂叫了一声。

“前两天不是刚灭完吗？”她说，“怎么更多了？”

“你要丢了，家里人不也会出来找吗？”高康健说。

话里有气，但说得挺有水平。看来的确是舍不得。

一居的格局，不大，床、书桌、饭桌和几个书架就满了。彭泽觉得因为自己在，房间已经超载了。他们请他来，是想开诚布公地听听他的意见。他在书桌前的椅子上坐下，随手翻桌上一本砖头厚的考博英语词汇。

“准备考博？”他问。

“有这想法。”高康健说，“如果朱砂决意要走，我只能考过去。不能两个人都漂着。”

事情有点儿难办。彭泽不是个喜欢玩太极的人，有话基本上直说。单听朱砂，他不太赞同她辞职；单听高康健，他又觉得朱砂还是去北京比较好；现在两人都在，他看见了蟑螂和考博资料，反倒没主意了。他只是个初来乍到的第三方，两个人的事情他并没有了解多少，爱情、生活和事业，甘苦自知，外人其实没什么资格插嘴，所以一杯茶刚喝了个头，他想了想还是站了起来，拍着高康健的肩膀说：

“真对不起，这事看来还得你们俩自己决定。”

六

“夜火车上睡不好，昨天上午在酒店里补了一觉。梦见老家大旱，大地裂满伤口，无数人仰脸望天，希望能降下甘霖。很久没做关于故乡的梦了，现在一回来就做，可能是接上了地气。要是只梦见这一段，那这个地气不如不接；我还梦见了后半截，雨没下，黄海里的水来了，一个巨大的弧线，海水从天而降绵延不绝。非常好，这是个惊险而又完满的梦，在故乡的城市里，我睡着的时候有了一次完美的创作。我把它理解为接上了地气。梦是创作，新闻也是创作，文学更是创作，同样需要接上地气。文字和表达的地气是什么，我待会儿慢慢说。我在这个演讲里想说的，就是，只有接上了地气，新闻和文学才可能真诚、切肤，才可能惊险而又完满，才可能力量充沛，才可能新……”

彭泽坐到了讲台上才临时决定如此开场。

老初给的题目是《新闻与新文学》。讲新闻、讲文学都不在话下，干这两行有点儿年头了，心得体会总能扯上两个小时。老初在“文学”前加了个“新”字，不是让他从一九一九年讲起，而是在他们最近的交流中，彭泽对文学屡有新鲜见解；彭泽认为，文学发展到了今天，也许需要一种新的素质出现，突破既有的文学在内容、形式和表达上的积习与惯性，深深地根植于这个时代，不仅仅是现实主义意义上的“根植于”；他屡次和老初说的，是要有“新的文学”，老初为了标题的整齐和隆重，直接给概括成了“新文学”。上台之前他跟老初说，讲完“新文学”这三个字，出门他可能会被板砖拍死——无知小子，也敢讲“新文学”！老初说，怕啥，你的老家，我的地盘，别说扯几句文学的咸淡，重修一下历史又能咋地？言论自由，随便讲！

他把根植于这个独特的时代比作“接地气”，也是顺嘴讲下来的。他觉得无论如何得从那个梦开始。这个梦对他的此次故乡之行如此重要，他甚至觉得这个梦是这次他理解故乡和故乡的城市以及她们与自己的关系的一个切入点。它不仅唤醒了过去的一部分记忆，也提醒他要对将来的生活做些新的安排。

来二教之前，彭泽一个人在校园里瞎逛，走到三角地那里，碰上为西南旱区募捐的学生。两张桌子，三五个同学，路边摆放了十几块宣传板，画面是放大的灾区照片，大部分彭泽都看过。做了多年记者，悲惨的图片看得不能胜数，就是更凄厉的事发现场，每年也都经历几十次。最早他跑的是社会新闻，然后才是文化新闻，由此转向副刊编辑。但是在故乡的校园里，这些图片给了他更大的触动，他想起那个梦，仿佛这些图片是从梦里拍来的，那些陌生的邻居和亲人的脸。他往捐款箱里塞了三百块钱。

干裂的土地和老家的很像，干渴的脸和老家的也很像。彭泽往二教方向走，想起多年前的一个打算，要在县城里买套房子给祖父母和父母住。那时候主要是觉得回家一趟太麻烦，家离县城有一大段距离，要转两趟车，下了车还得步行三公里，大包小包极不方便。而且从北京过来的这趟火车，到县城的时间总在凌晨四点多钟，下了车待的地方都没有，要等两三个小时才能坐上汽车，所以回家几乎要成为一个烦琐的负担。每次回老家，老婆都要提前好多天积蓄勇气，以便到时候能够顺利地面对这些折腾。除此之外，老婆还要准备一大堆日常用品，从洗发水、牙膏、香皂到食品和饮料，家里从村头小店里买的那些多半是假冒伪劣产品，洗发水用完了头发变黏，牙膏里总有一股汽油味，香皂涂多少都不起沫，袋装点心和瓶装饮料看商标就知道是假的，制造商都没有耐心把它们做得逼真一点儿。如果没时间回家，就把这些日用品打包寄回去。

又过了几年，老人年纪大了，身体的毛病越来越多，彭泽越发觉有在县城买房子的必要，遇到点儿棘手的毛病去县医院也方便。但也只是打算，这几年东奔西跑，忙忙叨叨，事情耽搁了；加上老人们也不愿意动，金窝银窝都好不过自己的草窝，离开几十年的街坊邻居他们都觉得日子没法过，也住不惯楼房、闻不惯汽车尾气，就彻底耽搁下来了。

彭泽重新想起买房子的事。在演讲里他也有所涉及，关于当下的新闻和文学在大都市、小城市和乡村的可能，关于人居环境，关于干旱、地震等灾难，关于盛传已久的世界末日“2012年”。天灾从来源于人祸，但很多人的确就是完完全全的受害者，杀鸡取卵与涸泽而渔跟他们无关，吃香喝辣跟他们无关，风光和繁华与他们无关，灾难来了却全交由他们沉默着承受，然后无声地灭亡。因为他们生活在一个无法离开的、最先被忽略最后被记起的地方，因为他们是一群生活在不重要的地方的不重要的人。如果这场干旱果真发生在他老家，他完全可以想象得到，父母和祖父母出现在图片中的姿态。彭泽在演讲中说，他喜欢这座城市，他希望这座城市能出现好的新闻和文学，出现更多优秀的从事新闻和文学的人。说这些时，他想到的是，如果老人们生活在这样的环境里，他也许就不必那么担心了。

阶梯教室里坐满了人，来迟的只能坐在过道的台阶上。这么多人关心新闻和文学让彭泽很有成就感，但演讲结束后回答提问时，他发现也许高兴得有点儿早了，大部分问题跟新闻和文学不沾边。他们中的很多人更希望从彭泽口中得到最可靠的就业信息，尤其是，如果他们这个专业，新闻系和中文系，到北京、上海、广州、南京这样的大城市去找工作，结果会如何；有的同学甚至希望听一听彭泽本人从找工作到换部门到升职的细节，机会从何而来，又是如何每一个都把握住的；假如从事新闻和文学工作，如何能够在最短时间内扬名立万；如果在海陵发展，是否有成就全国声誉的可能；在中国，大都市、小城市和乡村，哪一级才是真正做大事的地方；最后一个问题是一个胖乎乎的男同学问的，他说："我有严重的神经衰弱，记忆力这几年急剧衰退，回忆越来越困难，如果我写小说，会成为一个伟大的作家吗？"

午饭主总请的客。在饭桌上老初和主总都夸彭泽的演讲很精彩，回答也睿智、幽默、得体，但彭泽觉得在回答问题时自己其实无所适从。并非那些问题有多难，而是彼时彼地，它们的功利和直接让他备感唐突，他没能从惊讶和失望中很好地回过神来。很多问题他都没有思考过。他们的焦虑和他当年不同，他不知道用"变质"这个词来形容他们的焦虑是否合适。一个研二的同学说："彭老师，您很难理解身在小地方的焦虑。"彭泽肯定不会从心底里认同这种焦虑，但是时光流逝，一代人有一代人的生活、希望、焦虑和要求，他也不敢肯定自己就真正理解了他们的焦虑。

讲座结束，彭泽在听众里看见主总，坐在最后一排。他没想到这样的生意人也好这口。从阶梯教室出来，主总对彭泽说，他喜欢文学多年,资深爱好者,看看,听听,和搞文学的聊聊,聊以遣怀。还从 LV 包里拿出一沓打印稿请彭泽看,他情绪上来了就写点儿诗歌和散文。实话实说,彭泽瞥了两三行就知道不咋地,不过还是真诚地鼓励了一下。

“老哥我就是喜欢,真喜欢。”主总说,“我不关心自己是不是这块料,一本书拿起来能看进去,看到好东西,我就觉得心里很美。咱附庸风雅总比附庸恶俗要好吧?”

老初说:“主总,你可从来没跟我说过你还有这一好啊。”

“没这一好,我犯得着跟你这样的穷酸耗在一起?”

这话听起来不美,却是实话,大家都是相熟的朋友,当个玩笑了。饭后主总坚持要出个节目,开车带彭泽到他新开发的楼盘看看。彭泽想推辞,回酒店收拾一下就该回家了,路上转车还要折腾一段时间,迟了中巴车老板就收车了。主总说,回家不着急,他公司的车送。几个人就坐上主总大号的奔驰。

水泥马路很宽,两边的绿化带修剪一齐,看着心里头清新敞亮。往海边的方向走,靠近海边的路上沙子开始变多,车轮卷起的粗沙子甩到挡风玻璃上,噼里啪啦像下雨。海腥味从远处飘过来。车在路头拐了个弯,几个人身体倾斜了一下,聊天停顿下来。一路只顾说话,彭泽来不及看风景,趁这个安静的空当看了眼车窗外,觉得这地方有点儿熟,再往远处看,果然看见了昨天的那座山。主总让司机把车停下,放下窗玻璃,问彭泽:

“老弟,听见海声没?”

彭泽歪歪头。“听见了,隐隐的像从脚底下来。”

主总说:“你就应该是咱海边人。地方我带对了。”

车子从相反的方向绕到山的一侧,那里是十几栋六层高的楼群,一律亚光的海蓝色,全是新的。隔一条路,楼群更多,但普遍比较高,行人和车辆也多起来。这地方应该是一片相当成熟的社区,有医院、电影院、菜场、游乐场、大型超市、酒店和一个小公园，绕过山到那一边是大海。这么好的地方只建六层高的楼房，实在是奢侈了。

“我要的就是这奢侈的劲儿，”主总一手抃腰，另一只手挥出去，山河岁月，入我彀中矣，“就因为它环境好，才这么奢侈；就因为奢侈，卖得才最好。”

小区依山听海，叫“山海福邸”。穿过一个装饰华美的高大牌楼，绕过正对着牌楼门和主干道的一个罗马雕塑喷泉，他们进了左手的第一栋楼，楼前有几丛细长的竹子和几个大盆栽。售楼中心的工作小姐迎接出来，一直微笑着带他们参观。都是精装修的两居和三居，要什么有什么，锅碗瓢盆连马桶旁边的卫生纸都考虑到了。躺到床上就是家。售楼小姐介绍，“山海福邸”共有四百八十套房子，现在只剩下十六套，三分之二的房子都被外地人买走了，所以看了一圈会发现入住率不高。老初说，那帮狗日的有钱，往哪个门洞前站一会儿，手上下划拉一圈，这一趟都要了；付钱用现金，咣唧一麻袋砸过来。这样夸张的段子彭泽听过很多，好像暴发户全这么炫富，但得承认，好地方的房子大部分给这帮人买去了。

他们进靠近山边的那一栋楼，606 房间，这栋楼只有这套房子尚未出售。大三居，因为顶层，还送个小阁楼。此处远离市声，环境幽雅，站在窗前可以看山，能看见物业在山脚下建造的鹅卵石小径、六角凉亭和竹林，打开窗户能听见海。把几个房间都走了一遍，几个人在沙发上坐下来。

“如何？”主总问。

“妈的，好！”老初说。

“我问彭兄弟的感觉。”

“真的很好。”彭泽按了按沙发扶手，“我要有这么好的房子，现在就想退休在家待着。”

“老弟喜欢，就是你的了。”彭泽惊得要站起来，主总手掌向下压一压，"我知道白送你不会要，别担心，那事我也不干，生意人怎么都得说生意话。这样，现价是一平方米八千，对半是四千，咱们老乡，为了能经常在一块儿聚聚，再下一千，三千。就这么定了。"

彭泽还是站起来了，这个价钱的确很惊人。他觉得难为情，甚至有被冒犯之感。

"合适！"老初拽着他的裤子直往下拉，"别争了，主总已经定了。老主向来说一不二。"

主总对跟在一边的售楼中心主任说："小赵，一会儿替彭老师办下手续。"吩咐完，他接了个电话，说市里让他去开个会，不能陪他们了。办完手续后，小赵会派车送他们，一直把彭泽送回家。老初代彭泽谢过。

主总离开后，赵主任也离开了，留下一串钥匙给彭泽，让他们继续看看，下楼找他就行。彭泽在房间里又转了几圈，四下里拍拍，的确是个好房子。说不诱人那是瞎扯。他对老初说："哥，我卡上可没几个钱啊。"

老初说："傻瓜，人家可没想挣你的那几个钱。办手续交钱那是给你台阶下。"对彭泽的不安老初都快生气了，黄盖的衣服都自己扒下来了，你这周瑜还下不了手！不就一套房子嘛，不偷不抢不白送，这些年你在北京真是白混了！老初把他教育了一通，从钱包里摸出一张银行卡来，"我就知道会有这一出，所以提前把卡带上了。老哥我就这点儿钱，先帮你应个急。"

到售楼处，赵主任的意思是，随便付个三五千就可以了，主总首肯的事，不付也没关系。老初坚持要付，他希望就此搞定，免得夜长梦多，但他对赵主任说的是，这是对主总情义的尊重和感谢，一定要付。加上老初的钱，一共付了十万，差不多总价的四分之一。彭泽的卡里只剩下一千多块钱，够他买回家的礼品和回北京的火车票的。

赵主任安排了一辆别克车给他们用。去酒店的路上老初继续教育彭泽,脑筋要活络点儿,出门在外别像个傻子。你想想,与其在县城买,不如在这里买,价钱差不多,环境可就天壤之别了,要不是咱俩是兄弟,我才懒得促成这事,没准我还坏你的事。我不平衡啊,这么好的事你捞着我为什么没捞着呢是不是?即使老主以后有什么事求到你头上,那也是以后,将来的事谁知道?而且老主也不是那种人。所以,这是件大好事,你等于捡了套房子,待会儿赶快打电话回家报喜去。正是这一点说动了彭泽,他的确要当机立断为祖父母和父母在城里买套房子了。干旱的梦虽然荒唐,但谁能保证他们不会在其他方面出问题呢。辛苦了一辈子,是该过两天好日子了。既然天上掉了馅饼,再抱怨被砸到了就有点儿矫情和不近人情了。老初说得也没错,这世道,有几个人几件事是按常理出牌?

七

必要的礼品和日常用品采买齐备,已经下午五点一刻。车子出城时,落日半悬,海陵红霞满天。天高地迥又疏朗繁华的景象在北京几乎看不到,天蓝不起来,也许在污浊的大气之上的确蓝天深不可测,但谁都看不见;繁华在北京无与伦比,那繁华几乎要到腻歪的程度,看着让你觉得每顿饭都吃到了嗓子眼,而且顿顿红烧肉,只有荤的没有素的。彭泽扭头从车窗往后看,城市正在后退,他觉得他和这座素朴的城市之间有了一个动感的关系,大地在他们之间越来越辽阔。他的确喜欢故乡的这座城市。在三十二年里,他与这座城市只有两次短暂得可以忽略的关联:牙疼和火车站。现在牙不再疼,他完全不记得那家军医院在哪个位置;去火车站也不再如逃亡,那里重新还原成为一个出发和抵达的地方。他把“山海福邸”的一沓材料拿出来,看见自己作为业主的签名,从现在开始,他将和这座城市发生永久的关系,他终于成了故乡城市的自己人。

还有半小时到家，彭泽决定给家里打电话，他想吃母亲做的烙饼，顺便把买房子的事情说一下。提前半小时的惊喜他们还是能够接受的。接电话的是父亲，哑着嗓子说“喂”。听出是儿子，父亲问：

“差出完了？”

离开北京时他给家里打过电话，只说出差，没说要顺便回趟家。“完了。一会儿到家。”

父亲似乎并没有多少意外，或者说根本没心情意外。因为父亲在电话里停顿三秒钟后，说：“你奶奶摔了，骨折，在医院。”

“现在怎么样了？”

“前天刚查出来，股骨头坏死，要换人造骨头，正打算找你商量，换好的还是一般的。”

“当然换好的！”

父亲又憋了半天，说：“家里钱不够了。”

彭泽也沉默了一下，父母这些年从不伸手向他要钱。他说：“我有。”然后说，“奶奶什么时候摔的？为什么不告诉我？”

“你出差的第二天。你爷爷不让说，怕你在外面担心。”

车子还在往前跑。开车的小伙子从后视镜里看见彭泽的脸沉沉的，随时要哭出来，犹豫着是否要把速度慢下来。见他不吭声，又提速了，他觉得根据说话内容，彭泽应该希望越早回到家越好。故乡的野地和村庄从车边掠过，房屋低矮，大地丰饶，在远处傍晚已经缓慢地降临。

祖母八十六岁，除了支气管炎，没有别的大毛病，但很瘦，皮包骨头的那种瘦，几十年前就这样。小时候彭泽喜欢捏着祖母胳膊上的皮肤玩，奇怪一个人的皮肤竟可以扯得这样长。但有钱难买老来瘦，似乎祖母的瘦也不是问题。彭泽出差的第二天，祖母去捡鸡蛋，被落在地上的鸡网绊了一下，一屁股坐到鸡食槽上，股骨骨折。彭泽喜欢吃草鸡蛋，小而细腻，煮熟后刚剥一半就发出温软的香味，如果祖母知道他要回家，会提前把这些草鸡蛋攒起来，留给他吃。那鸡食槽是个老物件，一块完整的石材雕凿而成，周边饰以牡丹和吉祥的小动物，但这些也不能让祖母坐到上面时免遭伤害。拍了片子，检查过，医生的诊断是，骨折之外，股骨头已然坏死，不换只能卧床不起。

“换过之后能和过去一样走路吗？”

“可能不行。”医生说，“年纪大了，恢复慢，能活动总比躺在床上好。”

“能爬楼梯吗？”

“还爬啥楼梯！能在平地上走稳当就谢天谢地了。回来你帮我把院子里外都平整一遍，高一脚的地方都不能有。手术之后得经常活动才行。”

彭泽又沉默。对手术之后的祖母来说，一块宽阔的平地最重要。他的六层高的“山海福邸”没有任何意义，山没有意义，海也没有意义，城市、环境和空气都没有意义，祖母的需要如此之少，一块平地而已，他们家院子内外的平地才足够大。

现在，祖父和母亲都在医院照顾祖母。父亲回家是为了筹钱，还有，躺在病床上的祖母交代了，一定要把那几只鸡喂好。

“奶奶在县医院？”

“市二院，离你小时候看牙的那个军医院不远。”父亲说，“你在哪儿？”

“去医院的路上。”彭泽说。挂了电话他对司机说，“去市二院。”

接下来他给老初打电话，托他帮忙退掉那套房子，把钱都拿出来，越快越好。如果可能，他还想继续借老初的那些钱。老初气得声音都变了调，这么好的房子不要，你脑子里是不是进了海水了？彭泽没时间跟他细说，只是一个劲儿地道歉。除了道歉也干不了别的。对主总也如此，拨通电话后，他的第一句话是：

“主总，非常对不起——”

夜归

他从拥挤的人群里看见父亲。他们围在出站口的铁栅栏门边，接客的，拉客的，大旅馆的服务员，小旅馆的老板和老板娘，开出租车的，蹬人力三轮的，骑电动摩托的，亲人、朋友和乞丐，父亲踮着脚，脖子越抻越长想从众多人头里冒出来，他的火车头棉帽子在昏暗的灯光下摇晃着十年前的光。这帽子是他硕士毕业后，工作第一年给父亲买的，他带父亲在商场里逛，想买一个时髦洋气的棉帽子，父亲看中的还是火车头栽绒帽，厚，重，戴在头上心里踏实。这个除夕夜，天不好，昏昏沉沉的不太平，随时可能飘下雪花。下车的人很多，他和老婆、孩子从背光的通道里走出来，父亲无论把脚踮得多高都不可能看到他们。

父亲搓着手说："回来了啊。"

"晚了半小时。"他说。

正常这趟车晚上九点到站，因为是普快，其实相当于慢车，遇着像样的车都得让道，晚了半小时才到。父亲的脚踮了至少半小时。他发现三年不见，父亲又变矮了。

老婆叫一声："爸。"

"冻坏了吧，你们？今年冬天冷得邪乎。"父亲说，伸出手要抱一下孙子，"来，牛牛，给爷爷看看冻着了没有。"

孩子被老婆抱着，歪着小脑袋刚醒过来，对这个陌生的开阔世界还没回过神来。车站前的广场很大，寒风浩荡。几天前下了场大雪，一垛垛堆在广场边缘。白天化过雪的地方结了冰，经过的人颤颤巍巍。孩子看见一个陌生的老人向自己伸出手，吓得哇地哭起来。

“牛顿乖，不哭，”老婆颠着哄孩子，“爷爷就是想看看咱们宝贝牛顿。”

“牛——顿，”父亲为了这个转折一口气差点没接上来。“牛顿，爷爷就是看看你，那爷爷回家再抱你。不哭不哭。”

牛牛是当初父亲给孩子取的小名。父亲说，贱名好养，这名字听着身体就好，精神。都定了，临到孩子出生，他老婆不乐意了，牛牛？土死了！心眼歪的人没准会叫咱儿子“小鸡鸡”呢，不能叫。坚决不能叫。他熬了几个通宵终于想出了两全之策，叫“牛顿”。老婆才满意，跟巨人同名，这多敞亮。

他跟父亲说：“邻居有个孩子叫牛牛。就改牛顿了。”

“牛顿好。”父亲笑了笑，说，“这名字好。回家得跟你妈说说，她不知道牛顿是谁。牛顿不哭，爷爷这就带你坐车回家。”

父亲租了邻居的昌河面包车，开车的是邻居的儿子天北，他念大学那年这小子刚出生，小脸皱得像核桃。论辈分天北得叫他“叔”。来之前他跟父亲说，没必要租车，他直接打个车回去就行了，这么空车来再跑回去太折腾。父亲一定要来接，他说这几年变化大，县城变化大村里变化也大，河流填平了田地里建起了房子路也改道重修了，大晚上的，雪重路滑，你回来都摸不着家门。还带着媳妇和宝贝孙子，冻坏了可不行。那就接吧。他对回家的路的确没太大把握，头脑里的路都在太阳底下，不管拐多少个弯，总能明晃晃地从火车站通到家门口；那是三年前的路，乃至三年之前的很多年前的路，比如他在县二中念书的回家的路；现在从北京回老家的火车突然改到白天了，一大早从北京西站出发，晚上九点到县城，下了车他看到的只能是黑路。黑夜里他不敢确定能准确地走上正道。

变化很大,火车站这一带就很大。过去没这么多人在除夕夜回家,谁会赶着在团圆之前才往家赶?也没这么多人堵在出站口,都回家过年了,谁会放着年夜饭不吃跑这里冰天雪地地挣那几块钱?不是不缺钱,是这钱不能挣。大过年的,没钱也得好好过,都这么想。现在变了,鞭炮声已经远远近近地响起来,他们还围在这里想再赚一点儿。他觉得这是件好事,陈旧的脑袋瓜子终于开窍了。天北问父亲:

“爷,原路回?”

“原路。”父亲说,从副驾驶座上转过身,对他和媳妇说,“你们要不要看看县城?都变了。我也几年没来,路都不认识了。”

他看看老婆,牛顿又歪着脑袋睡了。老婆说:“看看你读书的中学吧,你总说有多好多好。”

“二中?”天北说,“叔,二中搬了,盖商场了。叔你想看老二中还是新二中?”

老婆说:“新的老的都想看。”

老婆比他小九岁,且不说年龄上和他基本上是两代人,就是性格,也看不出有多少相似处,很多观念和想法完全是两代人。她从小长在城市,独生子女,分不清麦苗和韭菜,算那种所谓的“八○后”。他第一次见到肯德基和麦当劳时,她已经吃腻了好多年了。乡村对她来说要么是美丽新世界,是陶渊明的桃花源,要么就是万恶的旧社会,看哪里都觉得脏乱差,时刻准备哀民生之多艰。她对他过去的一切事情都感兴趣,那股劲儿和小时候她对她爸的历史满怀好奇大概差不离。他想,那就看看吧,毕业以后再没去过。他经常想起母校,怀念那时候青葱勃发的年轻生活,但他就是没回去过。回到一个经常记忆的地方他总感到难为情,就像碰到一个念念不忘的故人一样让他难为情,说不清为什么。

车在县城的街道上穿行，经过积雪未消的地方车轮咯吱咯吱响。借着路灯看两边，他觉得完全置身于一个陌生的地方，从来没到过的地方。很多楼房、商厦、店铺，仿佛刚刚才拔地而起。他的县城还是高中三年的县城，二十年前的房屋和街道焕然一新，当年街道两边的悬铃木都不见了。天北放慢速度，成了导游，他对这座小城的各个角落如数家珍。他对他们共同的小城里商品房的价格一清二楚，哪个地段多少钱，高一点和低一点的原因是什么，他告诉叔叔、婶婶和爷爷，此处如何彼处如何。他让天北把房价说得详细一点，几年前他就想要在县城给父母买一套房子。家里的房子实在太旧了，三十年前盖的小瓦房，用多少泥灰也弥合不了山墙上越来越多的裂缝。但时间一晃就过去，愿望流于空想与空谈，像抽象的疼痛间歇性发作，某个时候他会想起，哦，房子还悬着。

父亲说："天北，你怎么对这里房子这么熟？"

"爷你不知道？"天北说，"咱村的年轻人有点钱的都要住县城，我陪他们看房子都不知道看多少次了。"

他问："爸，你觉得县城怎么样？"

"没村里好。路太多，楼太高，绕得我眼晕。"

他老婆笑起来，说："老公，你们县城比我想象的要好得多啊。哪天咱们也在这里买套房子，靠水边的，小地方过日子惬意。你母校在哪儿呢？"

他问天北："到了吗？"

天北刹了车，指着一座六层高的建筑说："这地方就是老二中的大门。"

老婆把儿子递给他，她要下车看。他不想那么大动静，在车上瞅瞅就行了。商场的名字用霓虹灯次第亮出来，然后唰的一下全亮了。不管你想象力有多好，你都不可能在这座高大的玻璃墙上看到一所中学的大门，更不会看到近二十年前他的高中生涯。后来车子继续往前开，在二中新址前，他也没下车。校门很气派，宽大，豪华，绝对不比北京任何一所中学的校门差。太新太好了，他觉得自己不可能在这样的中学里念过书。老婆站在路边的一个雪堆上，用脚尖往路面踢雪。她对他的激情疲乏症很是不满，到母校了也不下来看看，最好能带她进去转转。

父亲坐在副驾驶座上，看着车前面一个看不见的点，一声不吭。

“天冷，”他把车窗摇下来，看看天，说，“上车回家，要下雪了。妈包了饺子等着呢。”

他们在双头路灯的照耀下驶出县城的水泥大道。城外是村庄，爆竹和焰火在各个角度的空中绽放。跟着星星点点的小碎东西打在车前玻璃上，下雪了。这条路曾是沙子路，然后是柏油路，三年里，他先后骑一辆破旧的永久牌自行车、坐五毛钱一票的三轮车、一块五毛钱一票的中巴车来回于学校和村庄。现在据说中巴车也换成了带空调的豪华那一款，跑在水泥路上听不到声音。

父亲说：“记得这路不？”

“记不清了。”

他本可以说当然记得，但出了口就变了。三年前他回家时，在白天，这条路尘土飞扬，正由柏油路艰难地转变成水泥路，他在中巴车上颠得差点吐出来。照他过去的打算，每年至少应该回一次家，可事到临头总要生变，不是休假时间太短，就是有别的安排，然后是老婆怀孕他得在身边照顾，接着是孩子太小受不了冬寒夏暑的长途奔波，就一次也没回来。一拖再拖，路变了，世界也变了。就是这一次，也是最后时刻老婆拍板要回来。她这两年因为怀孕和生孩子，浪费了两个春节长假，今年上刀山下火海也得出去转一圈，要不人憋得发霉了。春节几日游的名目很多，国内玩遍了可以去国外，他说，要出去还不如回家过年，就当旅游，爸妈还没看过牛顿。老婆噘了半天嘴，好吧，只要不窝在北京，去你家就去你家吧。冻死了也比被蚊子苍蝇吃了舒服。三年前的夏天他们回老家结婚，苍蝇蚊子闻见生人味儿，隔着几条巷子的也赶过来了，把她弄得不胜其烦，恨不能随身带着苍蝇拍。她跟过来喝喜酒的村长说，给领导提个建议，咱村当务之急不是抓经济促生产，是除四害。

雪大了，星星点点变成松散的一朵朵一片片。车跑得坦荡顺畅，路上只有他们一辆车。村里有好几辆车，在平常都可以拉出来跑，只要价钱合适。可是这大年夜没人愿意往外出。春节联欢晚会再不好看总比没得看要好，酒再不好喝也比没有酒喝好，天气预报说今夜到明天晴，但是大家抬头看天，有彤云从远处往这边走，别指望这个年消停，天气预报经常会和新闻一样不可信，我们不想出车，我们就想待在家里抱着炉子和酒乐一乐，叔，大爷，你找别人吧。父亲只能找天北。天北答应得干脆，接别人我不去，接叔我去，必须的。

天北对他说："叔，只要你和婶儿回来，我准接，必须的。小时候你给我带了那么多好吃的。"

他老婆笑起来，说："老公，天北叫我婶儿时，我咋老觉得是在叫别人呢？"

天北说："婶儿，论辈分我哥家的子午要叫你奶奶。"

"哎呀，那多瘆得慌。"她叫起来，"那你让他千万别叫，我可不想那么老。"

父亲说："不能乱说。该叫什么叫什么，辈分在。"

她蹭蹭他胳膊，在黑暗中对他吐吐舌头，小声说："老公，你说我有那么老吗？"

车拐上一条土路，刚跑上五十来米，耸动一下像人突然咳嗽了一声，停下了。这条路他不熟。

"这是哪儿？"他问。

"前面修路，只能走这里。"天北说了一个地名。这地名他很熟，但这地方他觉得相当陌生，或者说，他无法把那名字和这地方对上号。天北骂了一句方言里的粗话，说，“爷，车又出问题了。”

父亲问：“严重不？”

“不知道。”天北说，“我先倒腾一下看。上回送我二姨，半路上也这样，我把零件快拆完了也没修好，最后还是找辆拖车拖到修车铺的。”

父亲说：“那你快修。”下了车，帮天北打手电照明。

他跟老婆说：“你抱牛顿坐车里，外面冷。我抽根烟。”

他给父亲和天北各点上一根烟。起风了，雪花大起来，也开始变密，只能在灯光附近才看得清楚雪花到底有多大，像撕开了一件优质的羽绒服。雪围着灯光如飞蛾扑火，快落到地上的雪花重新翻卷着往天上飞。这里到家还剩下八里路，他们已经走了五分之四。这条路念书时他经常走，自行车单挑着一个宽阔深奥的车辙里跑，和一个村里的同学比谁能在同一个车辙印里骑得更远。那时候觉得三十二里路很远，骑到这里才觉得家有个盼头了。天北倒腾了三根烟的工夫，最后把抽了一半的第四根烟吐掉，挠额头时涂了一头的机油。他把扳子扔到地上，说：

“爷，叔，我整不了了。”

很远的地方是村庄，只有含混的几点灯光，倒是鞭炮声响亮，提醒那地方人口密集。雪越下越大。北京今年大旱，既无雨也无雪。瑞雪兆丰年啊。

父亲说：“你们在这儿等着，我回去再找辆车。”

他说：“爸，你待着别动，我去。”

天北说：“爷，叔，还是我回去。”

“你们都留下。你陪他们娘俩，”父亲对他说。转身又说，“天北，你把车里的暖气一直开着，别停下。牛顿冻着了我找你算账。”

老婆打开车窗问：“老公，能走了吗？”

父亲说：“快能走了。你先在车里歇会儿。”他碰碰儿子的胳膊，让他安抚一下。然后甩开步子往前走，走几步变成小跑。

他看见父亲臃肿的小个子消失在风雪夜里。八里路，他想，父亲六十三岁的身体，这连走带跑要多久呢？别人家的鞭炮声轮番响起。他跟老婆说，再等等，父亲回来了就能走了。他说，小时候鞭炮声没这么多，舍不得买，只在守岁到零点时才大片大片地燃放。老婆百无聊赖，儿子也醒了，看见雪花飘过车窗兴奋得嗷嗷叫。老婆对牛顿说，冷。打算继续百无聊赖地坐在车里。但他却把车门打开，对牛顿说：

"儿子，出来，看看你爹生活过的大自然。"

小东西很开心，在雪地里又蹦又跳。老婆也看得心痒痒，下了车带着孩子一块玩。天北又捣鼓一阵子，还是使不上劲儿，趴在方向盘上打起了瞌睡。如果有陌生人路过，会发现这是一个古怪的场面：大年夜，半道上，一辆车四个人，车里开着灯，司机正瞌睡，三口人在黑暗的雪地里打闹。半小时后，如果再有人路过，会发现又一个古怪的场面：大年夜，半道上，一辆车四个人，车里开着灯，司机睡着了，母亲抱着孩子在温暖的车里打瞌睡，他们玩了半小时，累了，困倦正在缓慢地淹没他们，还有一个人，站在车外清冷的风雪地里抽烟。当然，没有人在这个时候经过这条路，一个都没有。

他觉得差不多抽了半包烟，嘴都麻了。他在想着自己与这个时间、这个地方产生的古怪关系：故乡，老家，父亲，母亲，走出去又回来，弹指三十七年。他想着因为这些，他把一个陌生的女人和一个陌生的孩子带到这里，被迫停在半路上成了有家难归者。本来扯不上关系的人和事，此时此刻相互建立了严格的逻辑。这就是一个人的出处，你从哪里来，终归要回到哪里去，所以你才是你。

因为等待，老婆显然不高兴了，两岁的孩子也不耐烦了，不过还好，睡眠战胜了他们。今夜真是够冷的，他戴上了羽绒服的帽子，眉毛上还是神出鬼没地落了一层雪。他听到黑暗深处传来一阵急促的吆喝声：

“驾！驾驾！驾！”

父亲的声音，因为着急变了调，有点尖细。父亲赶着一辆牛车从黑暗的风雪里走出来。

“只有这个了，”父亲充满歉意，“能开车的都喝大了。你们坐车里，我赶车拖着你们。”

“谁家的牛车？”他问。

“老栓家的牛，田七家的车。我和你妈跑了大半个村，才把车跟牛凑成对。你老栓叔的车坏了，田七的牛早卖了。现在满村找不到三头牛，牲口都不喂了，耕种收全用机器，再过两年，干活的人也没了，都出去挣钱了。你妈还让带了两床被子，怕车里暖气也坏了。你给他们娘俩抱过去？”

父亲拿下火车头棉帽，擦满头的汗。

他说：“车里暖着呢，用不上。”

“那也拿去。牛车上泥雪屎尿的都不缺，别脏了被子。”

结果如父亲所说：他们坐在车里，天北打方向盘，父亲赶着牛车，车尾上一条绳子拴住昌河面包车。一头牛拉两辆车，一辆木头的，两个轮子，一辆铁的，四个轮子。天北把大灯打开，给父亲和牛照路。道路上积了一层雪，白茫茫地向前伸展。父亲坐在牛车左前方，灯光被他的身体挡住，在路上投下一个狭长巨大的黑影子，影子的脑袋一动不动。牛的影子是一个含含糊糊的庞然大物，看上去就像是挨着父亲的一个起伏的大草垛。

老婆坐过很多车，从来没坐过这样牛车拉着的汽车。她跟儿子说：“牛顿，回到家要谢谢爷爷，爷爷让你坐了一回六个轱辘的牛汽车。”

儿子啥也不懂，但他还是被这怪异的情景弄乐了，像翅膀没长好的小鸟一样甩着胳膊叫：“车！爸，车！”

他不吭声，看着父亲缩着脖子坐在牛车上，在汽车灯光里，仿佛全世界的雪都落到父亲一个人身上。父亲越长越矮，越长越小。老婆看他直愣愣地盯着前面，觉得不对劲儿，就看见他眼睛里聚了一大团光，越聚越大。她让儿子别叫，抽出一张纸巾递给他，说：

“要不，你给咱爸拿床被子过去？我猜他会冷。”

他擦了眼，对老婆笑一下，抱了抱老婆和儿子，夹着一床被子下了车。两辆车都在走，速度不快，他下车几乎悄无声息。他悄无声息地走到牛车的右前方，坐上去，把被子展开披在他和父亲身上。

“你怎么来了？”父亲说，“赶快回车上去。我不冷，你看，这棉袄是新棉花做的，你妈买的最好的棉花。”

“没事，我就陪你说说话，抽根烟。”他给父亲点上烟。

车晃晃悠悠往前走。雪继续下，前面村庄里的鞭炮声越来越响。“你们大老远回来，还遭罪。”父亲依然充满歉意，“牛走得慢，别着急。他们娘儿俩不冷吧？”

“不冷。”他说，“爸，你记不记得，我念高一那年，放寒假时下了大雪，两尺多深，没到膝盖以上？”

“怎么不记得。几十年没见过那么大的雪。又二十年了，也没见过。”

“你赶着牛车去县城接我，吱吱嘎嘎走了一上午。同学都羡慕我，放了假就能回家。别的车都跑不动。”

“那牛我养了十年。再没喂过那么好的水牛了。”

他记得起那头牛的模样，暑假回家他就牵它到野地里吃草，来去都骑在牛背上。他也想得起那年的大雪，像棉花包裹了整个世界，那真叫大。他听说只有东北才会下那么多的雪。工作后，他特地争取了一次冬天去黑龙江的出差机会，就为了亲眼看一看东北的雪有多大。他很失望，即使被当地人称为多年不见的大雪，他也觉得没法跟他十六岁那年的大雪相比。

父亲被烟呛得咳嗽起来。“我知道，”父亲说，“你还记恨我。”

“记恨你什么，爸？”

“你只念了二中。”

“没有，爸。我从来没想过这事。你多心了。”

“记着就记着吧。这事是怨我。那时候我哪里想到咱家老祖坟上还能长出你这棵蒿？也没想到就运一车麦子的时间，人家办事就停了。这些年我也在懊悔，想起来牙就疼。”

父亲说的是他当年报考初中的事。那时候他念五年级，成绩很好，老师忙了他会帮老师给同学们上课。那天他替做副校长的语文老师给同学讲试卷，下了课他去办公室交样卷。副校长正在填一张表格，上面是他某同学的名字。那同学是学校一个老师的女儿。副校长说，他在给那女同学办理跨学区中考手续，办好了她就可以直接往镇上的中学考了。按学区划分要求，如果不办这个跨学区中考手续，只能考本学区的联中，就在村子西边。联中的学生素质和教学质量当然不如镇上的中学，那里既有初中部也有高中部，全镇最好的老师都在那里。他问：

“老师，我能不能申请跨学区中考？”

副校长很喜欢他，说：“可以，我试试，看能不能再拿到一个名额。不过前提是必须家长同意，走完一套程序。今天是最后一天，中午十二点我就得把材料报上去。你现在就让你爸来学校，马上。”

他一口气跑回家，门锁着。邻居说，他父母在麦田里。他马不停蹄又往麦田跑，正赶上他们刚往平板车上装好麦子，准备拉回打谷场。他说老师让父亲去学校，急事，现在就去。

“有多急？”父亲有点烦躁，一趟趟运麦子累得他脚底发软。他们家那会儿没有牛，只能靠人来拉车，父母的肩膀被绳子磨出的红印子要渗出血来。天不好，眼看着一场雨说来就来，他们必须赶在下雨之前把麦子运回去。“还能比天要打雷下雨还急？”

他跟父亲说不清楚。只能一路哭着跟在车后，等麦子运到打谷场上，卸下来，堆好，才一起去学校。进校门时是中午十二点半，打铃的老马说，副校长刚走，临走时还说，等不到了那就是命。迟了半小时，也许只有十分钟不到，他失去了考镇中学的机会。中考他进了村里的联中，成绩全校第一，那成绩放到镇中学也是前三名。再后来，成绩不如他的女同学考上了县中，他在联中成绩最好，也只能考上县二中。二中又不如县中好。他考取的大学离他理想的大学还有不小的距离。

真的是一步出问题，步步出问题？在联中时他怨恨过，到了二中，还真没想过这事。

“爸，刚才她要看二中，我没下车，跟这真没关系。”他说，“我感谢二中还来不及呢，在二中里我才知道跟别人的差距在哪里。”

“那就好，”父亲半天才说。牛车拐了一个弯，又一个村庄的灯火亮起来，鞭炮声连绵不绝。“再给我根烟。”

他给父亲点上烟，掸掉父亲帽子上的雪，牛车就进了村。他听见老婆在车里大声叫：“牛顿牛顿，咱们进村啦！”

牛车下了中心路进巷子，他看见家门口站着个人。邻居的焰火升上天，照亮母亲的脸。父亲对母亲喊：“回来了！”母亲迎过来。更多的鞭炮声响起，谁家聚在电视前看春节联欢晚会，一群人跟着电视里零点倒计时数数：

“六，五，四，三，二——”

砰！盯紧了北京时间的那朵烟花精准地飞上了天，大雪笼罩村庄。

轮子是圆的

这世上的所有事情,咸明亮都可以用一句话打发:轮子是圆的。轮子是圆的,所以别管了。只能那样了,轮子是圆的嘛。好,没问题,就那么来,因为轮子是圆的。随便你们怎么办,反正轮子是圆的。你说那轮子?修好了,轮子总归是圆的。不必再举例了,他言必称"轮子是圆的",已经成了口头禅,就像有些人开口之前要慢悠悠地"呃——"一声一样,不管需要不需要,大多数时候没有实际意义。轮子。轮子。轮子轮子。因为他是个开车的。

我认识咸明亮的时候,他就是个司机。那时候,花街上的男人多半不跑车就跑船,包括倒插门来的。二十四岁那年,他从运河下游的鹤顶倒插门进花街,做船老大黄增宝的上门女婿。老黄的女儿嫁过人,有个两岁的女儿,丈夫跟老黄跑船时死了。死得莫名其妙,就站在船头抽烟,老黄喊他吃饭进舱吃饭,他扭了一下头,就像根木棍似的斜斜地落进水里,捞上来已经没气了。这个丈夫也是倒插门来的,老黄对他很好,准备干不动了就把船交给他。但他命薄,一百七十斤的大块头扭个头就死了,都不商量一下。老黄独女,非得招个上门的传宗接代,他一辈子挣下的那条船也得传下去,给别人他不放心。咸明亮来花街是学车的,整天跟在老司机陈子归屁股后头,跑长途的时候他来开,让陈子归歪到副驾座上打瞌睡。他喜欢一个人操控解放牌大卡车的好感觉。

咸明亮不开车时整个人晃晃荡荡，手插口袋像个害羞的二流子。一年到头穿着同一样式的黑色太子裤，屁股肥大，裤腿到小腿处突然收紧，他又喜欢把裤子吊在胯上，所以我总觉得他的裤子随时可能掉下来，见到了就想帮他提一下。他跟花街上所有人都打招呼，跟每个小孩都问同样的问题："喂，小伙子，知道轮子是圆的吗？"单调的游戏他也能玩得上瘾。如果知道，他就给你一块糖；如果不知道，他也给你一块糖。那天他在花街上和老黄的两岁孙女玩，拿一块糖问那孩子轮子是扁的还是圆的，从东边来了一个算命先生。

那些年常有算命先生走乡串户地挣钱，听说瞎子最灵验，但那天来的不是瞎子，他会算，会摸骨，还会看面相和手相，所以不可能是瞎子。四周立马围了一大圈人，花街上忙人多，闲人更多。为了证明自己灵验，算命先生捏着山羊胡子(好像所有算命先生都留这一款胡子)，随口就点出面前几位的身世。孟弯弯，一脸五谷相，应该是个卖米的。蓝麻子，虽然脸上不太平，那眼神和笑平和软弱，可能是个做豆腐的。冯半夜，那一脸杀气，握拳时候有爆发力，肯定是屠夫。丹凤，他看了看丹凤，措辞半天才说，以后一定能找到靠得住的男人。他已经看出来丹凤是个半夜开门做男人生意的那种女人。

花街上走南闯北的人很多，有人知道不少算命先生其实没半点儿道行，不过是提前通过某种途径打听到此地一些人物关系，然后复述出来做个障眼法而已。取信之后就可以顺嘴瞎蒙，上天入地乱扯，钱就全来了。所以有人就指着咸明亮，让算命先生看上一看。咸明亮家在鹤顶，料想算命的做不了如此周详的功课。

算命先生围着咸明亮和老黄的孙女转了两圈，揪着胡子说："不对啊。这年轻人分明没成家，可这孩子却又是他闺女，而且不是亲生的。这关系我也糊涂了。"

大家调笑着准备散掉，这咸明亮和老黄家，这是哪儿跟哪儿呀。

果然露了马脚。正好老黄女儿出门倒洗衣水，算命先生指着她说：“他们俩是一家！”

大家更笑了，对咸明亮说：“明亮，还不帮你媳妇泼水去？”

咸明亮脸上的红一直蔓延到肚脐眼，但他笑么兮兮、晃晃荡荡地说：“只要她答应做我媳妇，我就泼。就不信轮子不是圆的。”

“你们看着，他们肯定是夫妻。”算命先生把布包甩到后背上，继续往前走，“下次我还来，他们俩不成你挖我两只眼当鹌鹑蛋炒着吃。”

等算命先生三个月后再来，咸明亮已经到黄家入赘十天了。就是因为算命的一句话。老黄从水上回来，听说后招咸明亮见一面，就定了。咸明亮在鹤顶只有一个后爹还在，天大的事情他也可以一个人做主。管它倒插门不倒插门，反正都是做男人，还不费力气赚了个爹当。这一回算命先生的生意好得不行，在石码头上运河饭馆里坐镇两天，花街、东大街、西大街和南大街的人都来了，攥着钱让他算。我爷爷也相了一次面，算命的说我爷爷大福之相，孙辈必出大才。那时候我刚念初中，的确成绩不错。我爷爷问，能考上大学吗？算命先生说，岂止大学！我爷爷高兴坏了，人家要一百五十块钱，他给了两百。

不过几年后我没能如算命先生预言的那样去考大学，而是去了北京。高三那年我十七岁，因为神经衰弱退学了。看不进去书，睡不着觉，整天头脑像被念了紧箍咒，一圈圈木木地疼，如果继续待在学校里我会疯掉。所有同学都在苦读，要去挤那一根独木桥，我只能像个游魂在校园里四处晃荡，完全是个神经兮兮的局外人。有一天我找了个没人的地方大哭了一场，然后回宿舍收拾好行李回家了。我跟家里说，就是去死我也不念了，念不动。父亲不明白看上去好端端的脑袋怎么会出问题，那好，你不是图清闲吗，跟你姑父去北京干杂活儿，挣一个算一个，顺便养养你那古怪的脑袋。我就跟洪三万来到北京，在海淀区西郊的一间平房里住下来。那地方真是西郊了，跟在农村差不了多少，不进城的时候，要看北京我就得爬到屋顶上往东看，北京是一片浩瀚的楼房加霓虹灯的热带雨林。

具体地说，我干的是贴小广告的活儿，替我姑父洪三万干，他是个办假证的，我和宝来负责给他打广告，把他的联系方式最大限度地放到北京城里，想办假证的就可以按照广告上的联系方式找到他。宝来二十出头，来得比我早，我们住在同一间平房里，上下床。这间屋里还有一个上下床，住着行健和米箩，他们俩帮陈兴多贴小广告，都比我大一点。关于他们，我在一个叫《屋顶上》的小说里说得比较详细，可以参见。现在要说的，是上面提到的咸明亮。

“嗯，轮子他妈的只能是圆的。”

几年以后听到这句话，我的耳朵动了几下。当时我和宝来正在平房附近的驴肉火烧店里吃晚饭。没有人能说出这句格言，连声音都这么摇摇晃晃。我转身看见咸明亮和一个两手乌黑油腻的胖男人坐在另一张桌边。咸明亮理了个三七开的小分头，穿的不再是过了气的太子裤，而是牛仔裤。后裤脚被鞋子踩烂了，我断定他的牛仔裤也是一样松松垮垮地吊在胯骨上。咸明亮甩着两只手在讲话，两只眼皮耷啊耷的，嘴角往右边斜着轻轻地笑，啤酒喝多了的样子。他把左腿搭到另一张圆凳子上时看见了我和宝来，说：“呀，你们呀！”站起来就往这边走。

两手油腻的胖子说：“喂，咸明亮，那咱们就说定了。”

咸明亮摆摆手，说：“不说了嘛，轮子就是个圆的。你得把我这两个小兄弟的晚饭请了。”

“没问题。”胖子说，“老板，再给他们加三瓶啤酒、六个火烧，夹肥肠的！”

咸明亮想到胖子的汽车修理铺里干活儿，四瓶啤酒、六个火烧和三盘拍黄瓜事情就谈成了。主要是咸明亮手艺好，要价又低。明天就去上班。在此之前，他刚到北京时，给一个办假证的干活，招揽做假汽车牌照的活儿。他只揽到了十个生意，老板就进去了。干这行总是这样，不定哪天就进去了。幸亏咸明亮跑得快，要不可能也得被捎带进去。他已经饿了两天才找到现在这个胖子修车铺老板。

来北京之前他在监狱里，蹲了四年。出了车祸，他把人轧死了。

倒插进老黄家后，老黄一度想让他改行，学着跑两年船，接下来就可以当船老大了。那时候老黄就可以退休在家抱抱孙女，最好还能有个孙子，这得咸明亮努力。咸明亮拒绝了，除了这件事之外他一概听老黄的。花街上的人都夸咸明亮，就是个亲生的儿子也未必这么言听计从，老黄值了。咸明亮坚决不改行，从小他就想开车，没汽车时他骑自行车、开摩托车，无偿帮别人开手扶拖拉机，后来跟定了陈子归，终于成了司机，可以每天对着车轮子告诉别人，轮子是圆的了。

"我懒得跟他们争，"咸明亮说起他的温顺，笑眯眯地说，"说啥我就干啥。又不是杀人放火，操那份心干吗？能开我的车就行了，轮子是圆的，你说对不对？"

他的婚后生活很幸福，起码看起来如此。他对白赚的两岁女儿很好，跑完长途回来就给她带好吃的，那孩子叫他"爸爸"跟亲爹一样亲。大家都觉得咸明亮已经成了花街人了，他出了事。

这些年他老觉得那车祸不应该是法庭判决的那样，因为受害人在死前的确一再求他："兄弟，求你给我个痛快。我一丝一毫都不想活了。兄弟，来吧，我化成灰也会记得你的。"化成灰也会记得他，咸明亮觉得挺瘆人。于是受害人换了说法："兄弟，你就倒倒车，死了我也要感谢你。"咸明亮想，成人之美，不算大恶吧，就两腿哆嗦着上了车，打了倒退，他听见那人这辈子最后一声欢呼。

这种事只能出在晚上；对他这么好的车技来说，也只能出在岔路口；还得是他喝多了的时候。那天他的确喝高了，安徽天长的黄昏时吹进驾驶室的风他能闻出一股香味，那个黄昏真是漂亮，车跑起来像在飞。暮色从大地上升起来，像掺过水的墨滴到了宣纸上，哗啦全世界就灰黑下来。“没有比这时候开车更舒服的时候了,”咸明亮对那个黄昏依然怀念,“然后就到了那个岔路口。轮子为什么是圆的呢?”他的脸色开始变,嘴唇抖了两下。然后天就黑下来了。从右前方的岔路上冲过来一辆自行车,咣——等他刹住车,车已经从自行车上过去了。

咸明亮从车上下来,听见有人在叫唤,立马明白这就是传说中的车祸。他以为自己这辈子都不会撞上车祸。在卡车后头五米远,一个人和他的自行车躺在一起,都变了形。自行车的后轮子还在艰难地转动。那个人痛苦地跟他说:“兄弟,给个痛快的。”

咸明亮浑身抖起来,说:“我送你去医院。”

“我不想去,你让我死就行了。”

咸明亮怀疑自己听错了,硬着头皮走到他跟前,那是个瘸子,旁边还有一支木拐。很难想象他是如何骑上自行车的。不过现在他已经成了瘫子,车轮子从他的两条大腿上碾过。

“我送你去医院。”

“我不去,你看我都这样了。”他断断续续地说,就算不想死,疼痛他也难以忍受,“我在路口等你很久了。你倒倒车,就当帮帮忙。”然后他开始求咸明亮。

咸明亮当时肯定也吓晕了,竟然同意了。他让我帮帮忙,我只能答应。我倒车是从里到外都在抖,全身每个地方都在出冷汗,手指甲、脚指甲都在出,真的,你们一定要相信我,轮子无论如何也是圆的,车往后退五米、六米、七米,我听到一声大叫,跟欢呼一样。我继续往后倒,让前面的轮子也经历一遍。我不知道他为什么非要死,但他那么想死,我只好照办。然后我把车停下来,浑身水淋淋地坐在路边,等下一辆车过来。十分钟后来了一辆摩托车,我给了那人十块钱,说:

“大哥,帮个忙,找电话报个案,就说我在这里等着他们来。”

该说的都说了,戴大盖帽的就是不信,他们测出咸明亮喝了酒,更不信了。不信他也没办法,该怎么办就怎么办。无论如何的确是他把人给碾死了。在法庭上,他们问,你服不服?咸明亮说,说了你们也不信,那我只能服了。轮子是圆的嘛。

“你说什么?”他们问。

“我说轮子是圆的。不会错的。”

他们说:“神经病。押下去!”

因为表现好,五年的刑期四年就出来了。他也不知道自己表现得好不好,反正让他干什么他就干什么,其他时间他就歪靠着墙打盹,清醒的时候想想车,从整体想到局部,再从局部想回去,把每一个零件都揣摩了无数遍。最后一年他得到一个机会,给监狱里修车,这是他最快活的时光,为了能把时间尽可能多地耗费在车上,他总是修好这里的同时再弄坏那里,这样他就可以像上班一样轮流修监狱里的各种车辆。没汽车可修时,修手推车他也很开心。出来时狱警还夸他,小伙子,修得不错。

回到花街他发现事情起了变化,家里突然多出了个一岁的儿子。如果这小家伙现在三岁多,他基本上还能理解,但是只有一岁,这就很意外。不过轮子说到底是圆的,世界上不存在想不通的事,想不通是因为你不愿仔细去想。咸明亮不愿仔细去想,但显然也想明白了。老黄在另一间屋里和他雇的一个船员在沉默着抽烟。老黄的女儿怀抱一岁的儿子坐在咸明亮对面,她说:

“你要不想认下这个儿子,你也可以离婚。”

咸明亮摸着他的光头说:“你想让我认还是想让我离?”

“随便你。”

“那就是想让我离了。”咸明亮站起来,走到院子中央对另一间屋说,“我这就走,你可以插进来了。”

那个抽烟的船员咳嗽一声,表示由衷的感谢。他把匕首扔到地上,白准备了。

我和宝来在驴肉火烧店里遇到咸明亮。因为出过车祸，又进过号子，咸明亮在我们那里找不到车开，没人雇他。陈子归帮忙说情也不行。这一行有很多忌讳，跑路时不能压着别人衣服，见到死猫死狗得绕着走，不吉利。出车祸粘上了人命乃是不吉利中的尤不吉利者。我看到的新人咸明亮，已经从光头变成了分头，浑身上下唯有头发上了一点心儿。把头发留长，为的是每天早上梳头时，能对着镜子看自己几眼。这是一个狱友跟他说的，一定要每天看看自己，想想自己需要什么，稀里糊涂混日子不好。

宝来问："明亮哥，那你知道你需要啥？"

"我要知道就不照镜子了，我就剃回光头去。"

我说："你需要轮子是圆的。"

"屁，"咸明亮说，"你不知道轮子是圆的？"

我也不知道我知不知道。我会说"轮子是圆的"并不意味着我就知道轮子是圆的。

咸明亮晚上没地方住，希望能跟我们凑合一下。我没问题，可以把床腾出来给他，我跟宝来挤一挤。宝来胖，但我瘦。加上衣服和鞋子我也不会超过九十斤。

喝多了啤酒，天快亮时咸明亮被尿憋醒了，去厕所时看见我和宝来在上铺像神仙一样坐着。不仅我们俩，行健和米箩也睁着眼躺在床上。"你们在干吗？"咸明亮问，"集体练气功？"

"睡不着。"我说。

"有人在放炮！"行健翻了个身。

"放炮？个小鳖羔子！嫌我打呼噜叫醒我就是了，轮子是圆的嘛。"咸明亮穿上衣服说，"反正天也要亮了，我出去转转，你们继续睡吧。"

宝来说："反正天也要亮了，不睡了。"

"随你们。别说我耽误你们做美梦啊。"

对我们来说,这会儿睡不睡觉的确无所谓,打小广告主要在夜里。我们通常都是天快亮时才上床,因为咸明亮来我们昨晚才早早收工。咸明亮从厕所回来,建议我们几个要练出一套打呼噜的本事,声音越大越好。他就是在号子里学会的。你要学不会,那你夜里就不要睡觉了,一个个呼噜打得简直像比赛,没有最响只有更响。照咸明亮那样身板,跟呼噜声完全不成比例,得再胖五十斤才行。咸明亮说,你们看着办。

说是这么说,第二天晚上他还是搬到屋顶上睡了。幕天席地,把自己放在四把椅子上,第二天早上一头露水地醒来。本来他想直接在修车铺住,那地方太小,汽油味又重,敞开门胖老板怕被人抢,关门只能被熏死。咸明亮喜欢车,但不打算被车油熏死。但是露天不能常住,一阵风从北边吹过来,北京就凉了,屋顶上风又大。关于屋顶的用途,在《屋顶上》那篇小说里我也说了很多,我们四个人喜欢在屋顶上打一种名叫"捉黑 A"的牌,谁抓到黑桃 A 谁就是另外三家的敌人,你得藏严实了,一旦露馅三个人就联合起来把你灭掉。被灭掉之后就要请其他三个人喝啤酒吃肉串。咸明亮来了以后,如果修车铺里不忙,也会爬到屋顶上跟我们一起"捉黑 A"。过去总是宝来是"黑 A",现在咸明亮屡屡抓到黑桃 A,也就屡屡被我们四个痛打。请我们喝过的啤酒瓶子在墙角摆了一大排。屋顶上还有一个巨大的用途,我在那篇小说里也说了,就是供我们登高望远,看北京。

半个月以后,咸明亮预支了第一个月的工资,在我们左边的巷子里租了一间平房。第一天没来得及买到席子,在光板床上躺了一夜。他的生活很简单,在修车铺干得欢实,他还有个爱好,把废弃不用的汽车零件收集起来,他说早晚用这些废物拼出一辆车来。平常这些废弃的零件都卖了废铁,再小也是一笔钱。胖老板有点儿心疼,说,拿走可以,以后来修车的,你得给他们用最好的零件,你得给我翻倍地赚回来。咸明亮说,只要他们听我的。

跑步的时候我常经过他的小屋。医生说，治疗神经衰弱最好的办法就是跑步，跑起来，让松弛掉的神经慢慢恢复弹性，哪天它像刚出厂的松紧带一样伸缩自如，毛病就没了。我每天跑，想象大脑里有很多圈松紧带，随着我在街巷里越跑越远它们就越来越劲道。经过他的小屋，只要咸明亮在，我就停下。墙角处堆的那些废铁，的确是废铁，一个个黑灯瞎火的，以我神经衰弱的脑袋，缺少足够的想象力把它们和一辆光鲜体面的小车联系在一起。但是他的脑袋里有幅精确的图纸，他清楚每一块废铜烂铁该在的位置。

"同志们，放眼看，我们伟大的首都！"捉完黑 A，米箩总要伟人一样挥手向东南，你会感觉他那只抒情的右手越伸越长，最后变成一只鸟飞过北京城。我们，四个年轻人，如果把我这个没毕业的高中生也算上，对繁华巨大的都市充满了无限希望。全国人民都知道这地方有钱，弯个腰就能捡到；全国人民也都知道，这地方机会像鸟屎一样，一不小心就会从天上掉下来，砸你头上你就发了。但据我的观察，北京的鸟越来越少，过去麻雀和乌鸦最多，现在也很难看见了，据说是因为高楼上的玻璃太多，反光晃眼，很多鸟花了眼纷纷撞死了。鹦鹉、画眉和八哥还有一些，不过都待在笼子里，你别指望它们能飞到天上去拉屎。最后很可能只剩下一只鸟飞过天空，就是米箩那只抒情的右手，无论如何也拉不出来屎。但这不妨碍所有冲进北京的年轻人都有一个美好的梦想。

我们登高望远。夕阳渐落，暮色在城市里是从楼群之间峡谷一样的大马路上升起来的，混合着数不胜数的汽车的尾气和下班时所有人疲惫的口臭。我们一起看北京。

行健说："我要挣足钱，买套大房子，娶个比我大九岁的老婆，天天赖床上！二十八岁，听着我都激动。耶！"

米箩说："我要有钱，房子、老婆当然都得有。还有，出门就打车，上厕所都打车。然后找一帮人，像你们，半夜三更给我打广告去。我他妈要比陈兴多还有钱！舍不得自己买一辆车？不是说了嘛，我转向，上三环就晕，去房山我能开到平谷去。”

宝来说：“我要开个酒吧，贴最好看的壁纸，让所有来喝酒的人在上面写下他们最想说的话。”

我其实不知道我想要什么，也许我应该把头发留起来每天早上照照镜子。

“假设，你有五十万，小东西。”

他们的理想、问法和在《屋顶上》一模一样。

我的回答必然也和《屋顶上》一模一样。我确信五十万就是传说中的天文数字。我真不知道怎么花。我会给六十岁的爷爷奶奶盖个新房子，让他们颐养天年？给我爸买一车皮中南海点8的烟？把我妈的龋齿换成最好的烤瓷假牙，然后把每一根提前白了的头发都染黑？至于我自己，如果谁能把我的神经衰弱治好，剩下的所有钱都归他。

“×丫的，没劲！”行健和米箩说，“明亮哥，该你了。”

我们一起看咸明亮。他提了提牛仔裤（太好了，我总算见他提了一次裤子），抹了一下嘴，说出伟大的理想让他难为情。也许此刻他需要一面镜子，但他看着远方重峦叠嶂的北京城，目光和米箩的右手一样飞出去，然后滑翔、下降，落到城市另一边的高速公路上。

“我就想有辆车，”他说，一屁股坐到椅子上，二郎腿跷起来抖啊抖，“到没人的路上随便跑。一直跑。轮子是圆的嘛。”

这个理想让我们相当失望。一辆破车跑啊跑，有什么好跑的。

有一个傍晚咸明亮来到我们屋里，请我们帮他搬东西。他说话鼻音很重，声音好像来自遥远的北京东郊，清水鼻涕滴滴拉拉往下掉，两眼发红。他把床搬到门口睡了两夜，患了重感冒，因为屋子里被他拼凑汽车的破烂占满了。我们不能想象这凉飕飕的夜晚，他一个人顶着满天的星星如何睡得着。我摸了一把他的被子，使点劲儿我担心捏出水来。一共五个人,我们必须从缝隙里才能挤进六平方米的小房间。那真是废铜烂铁,虽然被他组装得像模像样(其实我们也不懂,可是一堆零碎能拼到一块儿,大小算个成就),黑乎乎脏兮兮的还是很难让人有信心。我们花了很大的力气才把这堆东西搬到屋檐底下,然后再帮他把床和一张破桌子搬进去。两件事干完了,贴着屋檐又给汽车的内脏搭了个简易棚子,咸明亮舍不得它被风吹、日晒和雨打。对这个我们看不懂的东西,咸明亮胸有成竹,就等着吧,他说,整好了带你们兜风,我就不信轮子它能不圆。

过了一周,他又招呼我们,得把那个逐渐长大的车内脏搬到修车铺去,等着和车身、轮子装到一起。我们借了隔壁卖菜老头的三轮车,哼哧哼哧跑了两趟。胖老板对这么多闲人跑到他铺子里很不高兴,咸明亮递上烟说好话,都是一条街上的小兄弟,手脚绝对干净。好像我们是去偷东西。行健说,×丫,啥玩意儿!

在修车铺里,我看见一个用上了锈的铁皮焊成的一半的车帮子,焊接处鼓起来很多铁质的小瘤。还有轮子,四个放在一起我总觉得不一样大。咸明亮说,废弃的轮子里找不到四个一样的,两个两个一样大就已经谢天谢地了。他曾想过,实在找不到配套的,就先弄出辆三轮汽车。三轮汽车也是汽车,轮子也是圆的。我想象不出三轮汽车跑到北京的大马路上会是什么效果,会不会像原始人进了咱们花街?

此后每次咸明亮到我们屋顶上捉黑 A 都报告好消息, 快了快了。我们等着他把车开过来。一个周末,那天咸明亮轮休,真的就开过来了,吓我们一跳,我敢肯定在此之前世界上看过这种汽车的人不会超过十个:简直是个怪物。车帮还是生锈的铁皮,我是说一点儿漆都没上,没钱喷漆;这还不算,因为铁皮不够,他只好因陋就简做成了敞篷车。锈迹斑斑的敞篷车,身上长满了明亮的斑点,那是因为他把焊接处的小瘤给打磨掉了。只有打磨过的地方才能在太阳底下闪一闪光。座椅不咋地就不说了,全是淘汰的破东西;关键是它的前面两个轮子小，后面两个轮子大，整个车在生气地撅着大屁股。

“上来！”咸明亮说，“咱的轮子绝对是圆的！”

我们坐上去，在几条巷子里转了几圈，因为没有牌照，上了马路怕被警察逮。没什么大感觉，和坐别的车差不多，除了身体总要往前倾，我得脚蹬住了前面的椅腿才能保证不滑下去。这好办，抬高椅座就行。牌照也好办，我跟洪三万说一声，搞个假的，几瓶啤酒钱的事。两天后，万事俱全，我们决定在夜里上路试车。

正如咸明亮所说，马力强劲。虽然噪声比较大，跑起来实在是快，前低后高给我的感觉就是这车迫不及待要往前跑，刹都刹不住。他把垃圾中最好的材料用在这辆车里。夜晚郊区之外的乡村车辆本就不多，每辆车速度都很快，但每辆车最后都被我们超过了。超一辆车，我们就嗷嗷叫唤一阵。冷风吹进敞篷车，我们必须靠着这点儿兴奋才能抵御寒冷。后面的车只能绝望地照亮我们的假牌照。我也搞不清究竟跑到门头沟的哪个地方，车子突然熄火，我们停在了野地里。

行健他们三个坐下来，喝剩下的最后两瓶啤酒；我给咸明亮拿着打火机，让他检修车头。先是啤酒瓶冷下来，接着我们身上开始冰凉，咸明亮想到的地方都捣鼓了一遍，它还是一堆比我们还凉的铁。现在首要的问题是取暖，咸明亮停下了，让我们去路边找枯草、树枝和砖头块来。他从油箱里放出来一点儿汽油，点着草和树枝，我们烤火，他烤砖头和石块。等人、砖头和石块都热了，他拍拍脑门儿站起来，在“本田”车上淘汰下来的方向盘前摸索了一下，车发动起来了。

“他妈妈的，”他大叫一声，“轮子是圆的！”

他教我们用报纸把滚烫的砖头和石块包好，抱在怀里取暖。这是他跑长途学来的生存技能之一。车重新剽悍起来，跑在夜路上简直像拼命。

宝来说：“给它取个名字吧。”

行健说：“悍马！”

米箩说："陆虎！"

我说："野马！"

"好，就'野马'！"咸明亮说，"轮子是圆的！"

"野马"影响之大，超出我们的预料，十天工夫就成了胖子修车铺的店标。它停在那地方一声不吭就是个活广告，哪里是车，分明是件粗野的艺术品。用废弃的零件拼出一辆性能强劲的车，如此奇形怪状，这铺子和师傅的手艺该有多好。开始胖老板很开心，接着就不高兴，咸明亮经常把车停在自己的巷子里，前来参观顺便修车和买零件的客人一看门前光秃秃的，油门一踩走了。

"你要把车停在店门口。"胖老板说。

"可以倒是可以，"咸明亮说，"我怕被人捣鼓坏了。还有，假牌照会露馅。"

"那也得停。"

"好吧，停。谁让轮子是圆的呢。"

修车铺离咸明亮的住处步行二十分钟，过去没车倒无所谓，有了"野马"咸明亮就觉得路远了。这问题也不大，要命的是一旦刮风下雨他得临时往铺子那边跑，给车子穿雨衣。一走就得一个来回。他建议给"野马"买个车罩，下班后就给它罩上，钱可以从他工资里扣；胖老板眼一翻，罩上了跟车没停在这里有何区别？要罩也只能罩上方向盘和仪表盘那一块。这就很气人，可是咸明亮没办法，"野马"的任何一个地方他都不希望被风吹着被雨打着，还得来回跑去苫车屁股。

到此还不算完，不知道哪个倒头鬼头脑出了问题，找到胖老板要买下这辆车。他觉得这玩意儿酷，有个性，是实用与艺术的完美结合。"别说它糙，"那家伙说，"不糙我还没兴趣。我出这个数。"他把若干个手指头伸出来晃了晃。胖老板立马被晃晕了，他没把那个数告诉任何人，但它足够买一辆新款的丰田车。那家伙还说，废铁不值钱,废铁变成这样就值钱了。

胖老板把咸明亮弄到驴肉火烧店里,四瓶啤酒、四个火烧外加一盘五香驴杂碎,咱俩商量个事。咸明亮喝酒、吃肉,说:“有话你说。轮子总归是圆的。”

“车就放店门外,我补你工钱。”

“不用补,都是下班后干的。”

“补三倍,”胖老板把第四瓶酒打开,“车算店里的。”

“算你的?”

“也不能这么说吧。算店里的,店是大家的。”

“已经算店里的了。”

“那你签个字。”胖老板从裤兜里摸出张纸,眉头写着:自愿转让合同。他已经提前在店主处签了名字。

咸明亮说他这辈子头一次干拔腿就走的事,站起来喊结账,留下三十块钱就走。剩下半顿饭他到我们屋顶上吃,运气很差,他当黑A被抓住,请了四瓶啤酒。我们当时根本不知道“野马”有价了,想的就是他妈的凭什么,咱们明亮哥每天撅着屁股干到半夜,一个个螺丝拧上去,说拿走就拿走,你以为你是谁啊?行健说,哥你听我的,轮子是圆的嘛。

咸明亮说:“嗯,轮子就是圆的。我就想有辆车,破成这样为啥还这么难呢?”

第二天咸明亮来了,说:“他说我用的是他的家伙、他的电。”

我们问:“你怎么说?”

“我可以付他钱。”

第三天咸明亮又来,说:“他说我用假牌照,犯了法。”

我们问:“你怎么说?”

“我可以办个真牌照。”

“然后呢?”

“他说我用过假的了，已经犯过法。我还有前科，再进去这辈子别想出来了。妈的，轮子是圆的。”

第四天咸明亮再来，说：“今天有个警察到店门口围着‘野马’转了三圈，问我哪里人，家里还有谁，在北京过得好不好。”

“你怎么说？”

“我说我后爹也死了，没有家。我说我每天能看着门口的车，我就觉得我在北京过得还不错。”

那天他和我们在屋顶上捉黑A捉到看不见手里的牌，他请我们喝了啤酒，吃了驴肉火烧和五香驴杂碎。因为天慢慢黑下来，我们看不清他的表情，也没工夫去看，我们手里一把好牌，摩拳擦掌都准备活捉黑A。五香驴杂碎非常好吃，包括驴心、驴肝、驴肺、驴肠、驴肚子，等等。

又过两天，我们就听说咸明亮出事了。出事的还有胖老板，他给香山脚下的老丈人家送酒，咸明亮主动要求开“野马”送他。车子开得很快，“野马”嘛，左拐弯的时候左前轮子突然掉下来，坐在“野马”的副驾座上的胖老板先飞出去，跟着车子也翻了个个儿，剩下三个不一样大的轮子对着傍晚的天空转。胖老板一头撞到一棵大树上，半截脑袋顿进了胸腔里，医生费了半天劲儿才拔出来。

我们四个一起去医院看望了折断了四根肋骨的咸明亮，他的头上缠着一大圈绷带，左胳膊骨折。这辈子不打算开车的米箩小声问了一个我们都关心的问题：胖老板为什么不系安全带呢？

“副驾座上有安全带吗？”咸明亮艰难地说，“我可没装过。”

米箩想，难道记错了？上次他坐在副驾座上，咸明亮再三嘱咐他系上的难道不是安全带？

“他们找到那个轮子没？”咸明亮一张嘴四根肋骨就疼。

“找到了，”我们说，“滚到旁边的枯草里。放心，一点儿都没变形，还是圆的。”

如果大雪封门

宝来被打成傻子回了花街，北京的冬天就来了。冷风扒住门框往屋里吹，门后挡风的塑料布裂开细长的口子，像只冻僵的口哨，屁大的风都能把它吹响。行健缩在被窝里说，让它响，我就不信首都的冬天能他妈的冻死人。我就把图钉和马夹袋放下，爬上床。风进屋里吹小口哨，风在屋外吹大口哨，我在被窝里闭上眼，看见黑色的西北风如同洪水卷过屋顶，宝来的小木凳被风拉倒，从屋顶的这头拖到那头，就算在大风里，我也能听见木凳拖地的声音，像一个胖子穿着四十一码的硬跟皮鞋从屋顶上走过。宝来被送回花街那天，我把那双万里牌皮鞋递给他爸，他爸拎着鞋对着行李袋比画一下，准确地扔进门旁的垃圾桶里：都破成了这样。那只小木凳也是宝来的，他走后就一直留在屋顶上，被风从那头刮到这头，再刮回去。

第二天一早，我爬上屋顶想把凳子拿下来。一夜北风掘地三尺，屋顶上比水洗得还干净。经年的尘土和杂物都不见了，沥青浇过的地面露出来。凳子卡在屋顶东南角，我费力地拽出来，吹掉上面看不见的尘灰坐上去。天也被吹干净了，像安静的湖面。我的脑袋突然开始疼，果然，一群鸽子从南边兜着圈子飞过来，鸽哨声如十一面铜锣在远处敲响。我在屋顶上喊：

“它们来了！”

他们俩一边伸着棉袄袖子一边往屋顶上爬，嘴里各叼一把弹弓。他们觉得大冬天最快活的莫过于抱着炉子煲鸡吃,比鸡味道更好的是鸽子。“大补,”米箩说,“滋阴壮阳,要怀孕的娘儿们只要吃够九十九只鸽子,一准生儿子。男人吃够了九十九只,就是钻进女人堆里,出来也还是一条好汉。”不知道他从哪里搞来的理论。不到一个月,他们俩已经打下五只鸽子。

我不讨厌鸽子,讨厌的是鸽哨。那种陈旧的变成昏黄色的明晃晃的声音,一圈一圈地绕着我脑袋转,越转越快,越转越紧,像紧箍咒直往我脑仁里扎。神经衰弱也像紧箍咒,转着圈子勒紧我的头。它们有相似的频率和振幅，听见鸽哨我立马感到神经衰弱加重了,头疼得想撞墙。如果我是一只鸽子,不幸跟它们一起转圈飞,我肯定要疯掉。

“你当不成鸽子。”行健说,“你就管掐指一算,看它们什么时候飞过来。我和米箩负责把它们弄下来。”

那不是算,是感觉。像书上讲的蝙蝠接收的超声波一样,鸽哨大老远就能跟我的神经衰弱合上拍。那天早上鸽子们的头脑肯定也坏了,围着我们屋顶翻来覆去地转圈飞。飞又不靠近飞,绕大圈子,都在弹弓射程之外,让行健和米箩气得跳脚。他们光着脚只穿条秋裤,嘴唇冻得乌青。他们把所有石子都打光了,骂骂咧咧下了屋顶,钻回热被窝。我在屋顶上来回跑,骂那些浑蛋鸽子。没用,人家根本不听你的,该怎么绕圈子还怎么绕。以我丰富的神经衰弱经验,这时候能止住头疼的最好办法,除了吃药就是跑步。我决定跑步。难得北京的空气如此之好,不跑浪费了。

到了地上,发现和鸽子们的关系发生了变化。它们其实并非绕着我们的屋顶转圈,而是围着附近的几条巷子飞。狗日的,我要把你们彻底赶走。这个场景一定相当怪诞:一个人在北京西郊的巷子里奔跑,嘴里冒着白气,头顶上是鸽群;他边跑边对着天空大喊大叫。

我跑了至少一刻钟，一只鸽子也没能赶走。它们起起落落，依然在那个巨大的圆形轨道上。它们并非不怕我，我在地上张牙舞爪地比画，它们就飞得更快更高。所以，这个场景也可以被看成是一群鸽子被我追着跑。然后我身后出现了一个晨跑者。

那个白净瘦小的年轻人像个初中生，起码比我要小。他低着头跟在我身后，头发支棱着，简直就是图画里的雷震子的弟弟。此人和我同一步调，我快他快，我慢他也慢，我们之间保持着一个恒定不变的距离，八米左右。他的路线和我也高度一致。在第三个人看来，我们俩是在一块儿追鸽子。如果在跑道上，即使身后有三五十人跟着你也不会在意，但在这冷飕飕的巷子里，就这么一个人跟在你屁股后头，你也会觉得不爽，比三五十人捆在一起还让你不爽。那感觉很怪异，如同你在被追赶、被模仿、被威胁，甚至被取笑，你有一种莫名其妙的不洁感。反正我不喜欢，但他呼哧呼哧的喘气声让我觉得，这家伙也不容易，不跟他一般见识了。如果我猜得不错，他那小身板也就够跑两千米，多五十米都得倒下。他要执意像个影子粘在我身后，我完全可以拖垮他。但我停了下来。跑一阵子脑袋就舒服了。过一阵子脑袋又不舒服了。所以我自己也摸不透什么时候就会突然撒腿就跑。

第二天，我从屋顶上下来。那群鸽子从南边飞过来了，我得提前把它们赶走。行健和米箩嫌冷，不愿意从热被窝里出来。我迎着它们跑，一路嗷嗷地叫。它们调头往回飞，然后我觉得大脑皮层上出现了另一个人的脚步声。如果你得过神经衰弱，你一定明白我的意思：我们的神经如此脆弱，头疼的时候任何一点小动静都像发生在我们的脑门儿上。我扭回头又看见昨天的那个初中生。他穿着滑雪衫，头发变得像张雨生那样柔软，在风里颠动飘拂。我把鸽子赶到七条巷子以南，停下来，看着他从我身边跑过。他跟着鸽群一路往南跑。

行健和米箩又打下两只鸽子。它们像失事的三叉戟一头栽下来，在冰凉的水泥路面上撞歪了嘴。煮熟的鸽子味道的确很好，在大冬天玻璃一样清冽的空气里，香味也可以飘到五十米开外；我从吃到的细细的鸽子脖还有喝到的鸽子汤里得出结论，胜过鸡汤起码两倍。天冷了，鸽子身上聚满了脂肪和肉。

如果我是鸽子，牺牲了那么多同胞以后，我绝对不会再往那个屋顶附近凑；可是鸽子不是我，每天总要飞过来那么一两回。我把赶鸽子当成了锻炼，跑啊跑，正好治神经衰弱。反正我白天没事。第三次见到那个初中生，他不是跟在我后头，而是堵在我眼前；我拐进驴肉火烧店的那条巷子，一个小个子攥着拳头，最大限度地贴到我跟前。

“你看见我的鸽子了吗？”他说南方人咬着舌头的普通话。看得出来，他很想把自己弄得凶狠一点。

“你的鸽子？”我明白了。我往天上指，那群鸽子快把我吵死了。

“我的鸽子又少了两只！”

“要是我的头疼好不了，我把它们追到越南去！”

“我的鸽子又少了两只。”

“所以你就跟着我？”

“我见过你。”他看着我，突然有些难为情，“在花川广场门口，我看见那胖子被人打了。”

他说的胖子是宝来。宝来为了一个不认识的女孩，在酒吧门口被几个混混儿打坏了脑袋，成了傻子，被他爸带回了老家。他说的花川广场是个酒吧，这辈子我也不打算再进去。

“我帮不了你们，”他又说，“自行车腿坏了，车笼子里装满鸽子。我只能帮你们喊人。我对过路的人喊，打架了，要出人命啦，快来救人啊。”

我一点想不起听过这样咬着舌头的普通话。不过我记得当时好像是闻到过一股热烘烘的鸡屎味，原来是鸽子。他这小身板的确帮不了我们。

“你养鸽子？”

“我放鸽子。”他说，“你要没看见——那我先走了。”

走了好，要不我还真不知道怎么跟他说少了的七只鸽子。七只，我想象我们三个人又吃又喝打着饱嗝，的确不是个小数目。

接下来的几天，在屋顶上看见鸽群飞来，我不再叫醒行健和米箩；我追着鸽群跑步时，身后也不再有人尾随。我知道我辜负了他的信任，我不知道他是不是也明白这一点。因为不安，反倒不那么反感鸽哨的声音了。走在大街上，对所有长羽毛的、能飞的东西都敏感起来，电线上挂了个塑料袋我也会盯着看上半天。

有天中午我去洪三万那里拿墨水，经过中关村大街，看见一群鸽子在当代商城门前的人行道上蹦来蹦去，那鸽子看着眼熟。已经天寒地冻，年轻的父母带着孩子还在和鸽子玩，还有一对对情侣，露着通红的腮帮子跟鸽子合影。这个我懂，你买一袋鸽粮喂它们，你就可以和每一只鸽子照一张相。我在欢快的人和鸽子群里看见一个人冰锅冷灶地坐着，缩着脑袋，脖子几乎完全顿进了大衣领子里。这个冬天的确很冷，阳光像害了病一样虚弱。他的头发柔顺，他的个头小，脸白净，鼻尖上挂着一滴清水鼻涕。我走到他面前，说：

“一袋鸽粮。”

“是你呀！”他站起来，大衣扣子挂掉了四袋鸽粮。

很小的透明塑料袋，装着八十到一百粒左右的麦粒，一块五一袋。我帮他捡起来。旁边是他的自行车和两个鸽子笼，落满鸽子粪的飞鸽牌旧自行车靠花墙倚着，果然没腿。他放的是广场鸽。我给每一只鸽子免费喂了两粒粮食。他把马扎让给我，自己铺了张报纸坐在钢筋焊成的鸽子笼上。

“鸽子越来越少了。”他说，又把脖子往大衣里顿了顿。

“你冷？”

“鸽子也冷。”

这个叫林慧聪的南方人，竟然比我还大两岁，家快远到了中国的最南端。去年结束高考，作文写走了题，连专科也没考上。当然在他们那里，能考上专科已经很好了。考的是材料加半命题作文。材料是，一人一年栽三棵树，一座山需要十万棵树，一个春天至少需要十三亿棵树，云云。挺诗意。题目是《如果……》。他不管三七二十一，上来就写《如果大雪封门》。说实话，他们那里的阅卷老师很多人一辈子都没看见过雪长什么样，更想象不出什么是大雪封门。他洋洋洒洒地将种树和大雪写到了一起，不知道从哪里找来的逻辑。在阅卷老师看来，走题走大了。一百五十分的卷子，他对半都没考到。

父亲问他：“怎么说？”

他说：“我去北京。”

在中国，你如果问别人想去哪里，半数以上会告诉你，北京。林慧聪也想去，他去北京不是想看天安门，而是想看到了冬天下大雪是什么样子。他想去北京也是因为他叔叔在北京。很多年前林家老二用刀捅了人，以为出了人命，吓得当夜扒火车来了北京。他是个养殖员，因为跟别人斗鸡斗红了眼，顺手把刀子拔出来了。来了就没回去，偶尔寄点钱回去，让家里人都以为他发大了。林慧聪他爹自豪地说，那好，投奔你二叔，你也能过上北京的好日子。他就买了张火车站票到了北京，下车脱掉鞋，看见脚肿得像两条难看的大面包。

二叔没有想象中那样西装革履地来接他，穿得甚至比老家人还随意，衣服上有星星点点可疑的灰白点子。林慧聪出溜两下鼻子，问：“还是鸡屎？”

“不，鸽屎！”二叔吐口唾沫到手指上，细心地擦掉老头衫上的一粒鸽子屎，“这玩意儿干净！”

林家老二在北京干过不少杂活，发现还是老本行最可靠，由养鸡变成了养鸽子的。不知道他走了什么狗屎运，弄到了放广场鸽的差事。他负责养鸽子，定时定点往北京的各个公共场所和景点送，供市民和游客赏玩。这事看上去不起眼，其实挺有赚头，公益事业，上面要给他钱的。此外你可以创收，一袋鸽粮一块五，卖多少都是你的。鸽子太多他忙不过来，侄儿来了正好，他给他两笼，别的不管，他只拿鸽粮的提成，一袋他拿五毛，剩下都归慧聪。吃喝拉撒衣食住行慧聪自己管。

“管得了吗？”我问他。我知道在北京自己管自己的人绝大部分都管不好。

“凑合。”他说，“就是有点冷。”

冬天的太阳下得快，光线一软人就开始往家跑。的确是冷，人越来越少，显得鸽子就越来越多。慧聪决定收摊，对着鸽子吹了一曲别扭的口哨，鸽子踱着方步往笼子前靠，它们的脖子也缩起来。

慧聪住七条巷子以南。那房子说凑合是抬举它了，暖气不行。也是平房，房东是个抠门的老太太，自己房间里生了个煤球炉，一天到晚抱着炉子过日子。她暖和了就不管房客，想起来才往暖气炉子加块煤，想不起来拉倒。慧聪经常半夜迷迷糊糊摸到暖气片，冰得人突然就清醒了。他提过意见，老太太说，知足吧你，鸽子的房租我一分没要！慧聪说，鸽子不住屋里啊。院子也是我家的，老太太说，要按人头算，每个月你都欠我上万块钱。慧聪立马不敢吭声了。这一群鸽子，每只鸽子每晚咕哝两声，一夜下来，也像一群人说了通宵的悄悄话，吵也吵死了。老太太不找碴儿算不错了。

“我就是怕冷。”慧聪为自己是个怕冷的南方人难为情，“但我却盼着能下一场大雪。”

大雪总会下的。天气预报说了，最近一股西伯利亚寒流将要进京。不过天气预报也不一定准，大部分时候你也搞不清他们究竟在说哪个地方。但我还是坚定地告诉他，大雪总要下的。不下雪的冬天叫什么冬天。

完全是出于同情，回到住处我和行健、米箩说起慧聪，问他们，是不是可以让他和我们一起住。我们屋里的暖气好，房东是个修自行车的，好几口烧酒，我们就隔三岔五送瓶"小二"给他，弄得他把我们当成亲戚，暖气烧得不遗余力。有时候我们懒得出去吃饭，他还会把自己的煤球炉借给我们，七只鸽子都是在他的炉子上煮熟的。

"好是好，"米箩说，"他要知道我们吃了他七只鸽子怎么办？"

"管他！"行健说，"让他来，房租交上来咱们买酒喝。还有，总得给两只鸽子啥的做见面礼吧？"

我屁颠屁颠到七条巷子以南。慧聪很想和我们一起住，但他无论如何舍不得鸽子，他情愿送我们一只老母鸡。我告诉他，我们三个都是打小广告的。小广告你知道吗？就是在纸上、墙上、马路牙子上和电线杆子上印上一个电话，如果你需要假毕业证、驾驶证、记者证、停车证、身份证、结婚证、护照以及这世上可能存在的所有证件，拨打这个电话，洪三万可以满足你的一切要求。电话号码是洪三万的。洪三万是我姑父，办假证的，我把他的电话号码刻在一块山芋上或者萝卜上，一手拿着山芋或者萝卜，一手拿着浸了墨水的海绵，印一下墨水往纸上、墙上、马路牙子上和电线杆上盖一个戳。有事找洪三万去。宝来被打坏头脑之前，和我一样都是给我姑父打广告的。行健和米箩也干这个，老板是陈兴多。

"我知道你们干这个，昼伏夜出。"慧聪不觉得这职业有什么不妥，"我还知道你们经常爬到屋顶上打牌。"

没错，我们晚上出去打广告，因为安全；白天睡大觉，无聊得只好打牌。我帮着慧聪把被褥往我们屋里搬，他睡宝来那张床。随行李他还带来一只褪了毛的鸡。那天中午，行健和米箩围着炉子，看着滚沸的鸡汤吞咽口水，我和慧聪在门外重新给鸽子们搭窝。很简单，一排铺了枯草和棉花的木盒子，门打开，它们进去，关上，它们老老实实地睡觉。鸽子们像我们一样住集体宿舍，三四只鸽子一间屋。我们找了一些石棉瓦、硬纸箱和布头把鸽子房包挡起来，防风又保暖。要是四面透风，鸽子房等于冰箱。

那只鸡是我们的牙祭，配上我在杂货店买的两瓶二锅头，汤汤水水下去后我有点晕，行健和米箩有点燥，慧聪有点热。我想睡觉，行健和米箩想找女人，慧聪要到屋顶上吹一吹。他很多次看过我们在屋顶上打牌。

风把屋顶上的天吹得很大，烧暖气的几根烟囱在远处冒烟，被风扯开来像几把巨大的扫帚。行健和米箩对屋顶上挥挥手，诡异地出了门。他们俩肯定会把省下的那点钱用在某个肥白的身子上。

“我一直想到你们的屋顶上，”慧聪踩着宝来的凳子让自己站得更高，悠远地四处张望，“你们扔掉一张牌，抬个头就能看见北京。”

我跟他说，其实这地方没什么好看的，除了高楼就是大厦，跟咱们屁关系没有。我还跟他说，穿行在远处那些楼群丛林里时，我感觉像走在老家的运河里，一个猛子扎下去，不露头，踩着水晕晕乎乎往前走。

“我想看见大雪把整座城市覆盖住。你能想象那会有多壮观吗？”说话时慧聪辅以宏伟的手势，基本上能够观古今于须臾、抚四海于一瞬了。

他又回到他的“大雪封门”了。让我动用一下想象力，如果大雪包裹了北京，此刻站在屋顶上我能看见什么呢？那将是白茫茫一片大地真干净，将是银装素裹无始无终，将是均贫富等贵贱，将是高楼不再高、平房不再低，高和低只表示雪堆积得厚薄不同而已——北京就会像我读过的童话里的世界，清洁、安宁、饱满、祥和，每一个穿着鼓鼓囊囊的棉衣走出来的人都是对方的亲戚。

“下了大雪你想干什么？”他问。

不知道。我见过雪，也见过大雪，在过去很多个大雪天里我都无所事事，不知道自己想干什么。

“我要踩着厚厚的大雪，咯吱咯吱把北京城走遍。”

几只鸽子从院子里起飞，跟着哗啦啦一片都飞起来。超声波一般的声音又来了。“能把鸽哨摘了吗？”我抱着脑袋问。

“这就摘。”慧聪准备从屋顶上下去，“戴鸽哨是为了防止小鸽子出门找不到家。”

训练鸽子习惯新家，花了慧聪好几天时间。他就用他不成调的口哨把一切顺利搞定了。没了鸽哨我还是很喜欢鸽子的，每天看它们起起落落觉得挺喜庆，好像身边多了一群朋友。但是鸽子隔三岔五在少。我弄不清原因，附近没有鸽群，不存在被拐跑的可能。我也没看见行健和米箩明目张胆地射杀过，他们的弹弓放在哪儿我很清楚。不过这事也说不好。我和他们俩替不同的老板干活，时间总会岔开，背后他们干了什么我没法知道；而且，上次他们俩诡秘地出门找了一趟女人之后，就结成了更加牢靠的联盟，说话时习惯了你唱我和。慧聪说他懂，一起扛过枪的，一起同过窗的，还有一起嫖过娼的，会成铁哥们儿。好吧，那他们搞到鸽子到哪里煮了吃呢？

慧聪不主张瞎猜，一间屋里住的，乱猜疑伤和气。行健和米箩也一本正经地跟我保证，除了那七只，他们绝对没有对第八只下过手。

我和慧聪又追着鸽子跑。锻炼身体又保护小动物，完全是两个环保实践者。我们俩把北京西郊的大街小巷都跑遍了，鸽子还在少，雪还没有下。白天他去各个广场和景点放鸽子，晚上我去马路边和小区里打小广告，出门之前和回来之后都要清点一遍鸽子。数目对上了，很高兴，仿佛逃过了劫难；少了一只，我们就闷不吭声，如同给那只失踪的鸽子致哀。致过哀，慧聪会冷不丁冒出一句：

“都怪鸽子营养价值高。我刚接手叔叔就说，总有人惦记鸽子。”

可是我们没办法,被惦记上了就防不胜防。你不能晚上抱着鸽子睡。

西伯利亚寒流来的那天晚上,风刮到了七级。我和行健、米箩都没法出门干活,决定在屋里摆一桌小酒乐呵一下。石头剪刀布,买酒的买酒,买菜的买菜,买驴肉火烧的买驴肉火烧;我们在炉子上炖了一大锅牛肉白菜,四个人围炉一直喝到凌晨一点。我们根据风吹门后的哨响来判断外面的寒冷程度。门外的北京一夜风声雷动,夹杂着无数东西碰撞的声音。我们喝多了,觉得世界真乱。

第二天一早慧聪先起,出了屋很快进来,拎着四只鸽子到我们床前,苦着一张小脸都快哭了。四只鸽子,硬邦邦地死在它们的小房间前。不知道它们是怎么出来的,也不知道它们出来以后木盒子的门是如何关上的。喝酒之前我们仔细地检查了每一个鸽子房,确信即使把这些鸽子房原封不动地端到西伯利亚,鸽子也会暖和和地活下来的。但现在它们的确冻死了,死前啄过很多次木板小门,临死时把嘴插进了翅膀的羽毛里。

"你听见他们起夜没?"我问慧聪。

"我喝多了。睡得跟死了一样。"

我也是。我担保行健和米箩也睡死了,他们俩的酒量在那儿。那只能说这四只鸽子命短。扔了可惜,米箩建议卖给我们煮了吃。我赶紧摆手,那几只鸽子我都认识,如果它们有名字,我一定能随口叫出来,哪儿吃得下。慧聪更吃不下,他把鸽子递给行健和米箩,说随你们,别让我看见。然后走到院子里,蹲在鸽子房前,伸头看看,再抬头望望天。

拖拖拉拉吃完了早饭,已经十点半,慧聪驮着他的两笼鸽子去西直门。行健对米箩斜了一下眼,两人把死鸽子装进塑料袋,拎着出了门。我远远地跟上去。我知道西郊很大,我自以为跑过了很多街巷,但跟着他们俩,我才知道我所知道的西郊只是西郊极小的一部分。北京有多大，北京的西郊就有多大。

拐了很多弯，在一条陌生的巷子里，行健敲响了一扇临街的小门。这是破旧的四合院正门边上的一个小门，一个年轻的女人侧着半个身子探出门来，头发蓬乱，垂下来的鬈发遮住了半张白脸。她那件太阳红的贴身毛衣把两个乳房鼓鼓囊囊地举在胸前。她接过塑料袋放到地上，左胳膊揽着行健，右胳膊揽着米箩，把他们摁到自己的胸前，摁完了，拍拍他们的脸，冷得搓了两下胳膊，关上了门。我躲到公共厕所的墙后面，等行健和米箩走过去才出来。他们俩在争论，然后相互对击了一下掌。

我对他们俩送鸽子的地方的印象是，墙高，门窄小，墙后的平房露出一部分房顶，黑色的瓦楞里两丛枯草抱着身子在风里摇摆。听不见自然界之外的任何声音。就这些。

谁也不知道鸽子是怎么少的。早上出门前过数，晚上睡觉前也过数，在两次过数之间，鸽子一只接一只地失踪了。我挑不出行健和米箩什么毛病，鸽子的失踪看上去与他们没有丝毫关系，他们甚至把弹弓摆在谁都看得见的地方。宝来在的时候他们就不爱带我们俩玩，现在基本上也这样，他们俩一起出门，一起谈理想、发财、女人等宏大的话题。我在屋顶上偶尔会看见他们俩从一条巷子拐到另外一条巷子，曲曲折折地走到很远的地方。当然，他们是否敲响那扇小门，我看不见。看不见的事不能乱猜。

鸽子的失踪慧聪无计可施。“要是能揣进口袋里就好了，”他坐在屋顶上跟我说，“走到哪儿我都知道它们在。”不怕贼偷就怕贼惦记，越来越少是必然的，这让他满怀焦虑。他二叔已经知道了这情况，拉下一张公事公办的脸，警告他就算把鸽子交回去，也得有个差不多的数。什么叫“差不多的数”呢？就眼下的鸽子数量，慧聪觉得已经相当接近那个危险而又精确的概数了。“我的要求不高，”慧聪说，

“能让我来得及看见一场大雪就行。”当时我们头顶上天是蓝的，云是白的，西伯利亚的寒流把所有脏东西都带走了，新的污染还没来得及重新布满天空。

天气预报为什么就不能说说大雪的事呢？一次说不准，多说几次总可以吧。

可是鸽子继续丢，大雪迟迟不来。这在北京的历史上比较稀罕，至今一场像样的雪都没下。慧聪为了保护鸽子几近寝食难安，白天鸽子放出去，常邀我一起跟着跑，一直跟到它们飞回来。夜间他通常醒两次，凌晨一点半一次，五点一次，到院子看鸽子们是否安全。就算这样，鸽子还是在丢。与危险的数目如此接近，行健和米箩都看不下去了，夜里起来撒尿也会帮他留一下心。他们劝慧聪想开点，不就几只鸽子嘛，让你二叔收回去吧，没路走跟我们混，哪里黄土不埋人。只要在北京，机会迟早会撞到你怀里。

慧聪说：“你们不是我，我也不是你们；我从南方以南来。”

终于，一月将尽的某个上午，我跑完步刚进屋，行健戴着收音机的耳塞对我大声说：“告诉那个林慧聪，要来大雪，傍晚就到。”

“真的假的，气象台这么说的？”

“国家气象台、北京气象台还有一堆气象专家，都这么说。”

我出门立马觉得天阴下来，铅灰色的云在发酵。看什么都觉得是大雪的前兆。我在当代商城门前找到慧聪时，他二叔也在。林家老二挺着啤酒肚，大衣的领子上围着一圈动物的毛。“不能干就回家！”林家老二两手插在大衣兜里，说话像个乡镇干部，“首都跟咱老家不一样，这里讲究适者生存、优胜劣汰。”慧聪低着脑袋，因为早上起来没来得及梳理头发，又像雷震子一样头发一丛丛地站着。他都快哭了。

“专家说了，有大雪。”我凑到他跟前，“绝对可靠。两袋鸽粮。”

慧聪看看天，对他二叔说：“再给我两天。就两天。”

回去的路上我买了二锅头和鸭脖子。一定要坐着看雪如何从北京的天空上落下来。我们喝到十二点，慧聪跑出去五趟，一粒雪星子都没看见。夜空看上去极度的忧伤和沉郁，然后我们就睡了。醒来已经上午十点，什么东西抓门的声音把我们惊醒。我推了一下门，没推动，再推，还不行，猛用了一下劲儿，天地全白，门前的积雪到了膝盖。我对他们三个喊：

“快，快，大雪封门！”

慧聪穿着裤衩从被窝里跳出来，赤脚踏入积雪。他用变了调的方言嗷嗷乱叫。鸽子在院子里和屋顶上翻飞。这样的天，麻雀和鸽子都该待在窝里哪也不去的。这群鸽子不，一刻也不闲着，能落的地方都落，能挠的地方都挠，就是它们把我们的房门抓得嗤嗤啦啦直响。

两只鸽子歪着脑袋靠在窝边，大雪盖住了木盒子。它们俩死了，不像冻死，也不像饿死，更不像窒息死。行健说，这两只鸽子归他，晚上的酒菜也归他。我们要庆祝一下北京三十年来最大的一场雪。收音机里就这么说的，这一夜飘飘洒洒、纷纷扬扬，落下了三十年来最大的一场雪。

简单地垫了肚子，我和慧聪爬到屋顶上。大雪之后的北京和我想象的有不小的差距，因为雪没法将所有东西都盖住。高楼上的玻璃依然闪着含混的光。但慧聪对此十分满意，他觉得积雪覆盖的北京更加庄严，有一种黑白分明的肃穆，这让他想起黑色的石头和海边连绵的雪浪花。他团起一颗雪球一点点咬，一边吃一边说：

“这就是雪。这就是雪。”

行健和米箩从院子里出来，在积雪中曲折地往远处走。鸽子在我们头顶上转着圈子飞，我替慧聪数过了，现在还勉强可以交给他叔叔，再少就说不过去了。我们俩在屋顶上走来走去，脚下的新雪蓬松温暖。我告诉慧聪，宝来一直说要在屋顶上打牌打到雪落满一地。

他没等到下雪，不知道他以后是否还有机会打牌。

我也搞不清在屋顶上待了多久，反正肚子饿得咕噜咕噜叫。那会儿行健和米箩刚走进院子。我们从屋顶上下来，看见行健拎着那个装着死鸽子的塑料袋。

“妈的她回老家了。”他说，脚对着墙根一阵猛踹，塑料袋哗啦啦直响，“他妈的回老家等死了！”

米箩从他手里接过塑料袋，摸出根烟点上，说：“我找个地方把鸽子埋了。”

六耳猕猴

我观“假悟空”乃六耳猕猴也。此猴若立一处，能知千里外之事；凡人说话，亦能知之；故此善聆音，能察理，知前后，万物皆明。与真悟空同象同音者，六耳猕猴也。

——如来

二十三条街巷里，一大早穿西装打领带跑步的只有一个人，我老乡冯年。这段时间他睡眠不好，半夜总做噩梦，醒了眼得睁两三个小时才能闭上，早上起来头脑就不好使，昏昏沉沉地过来敲我门，问该怎么办。作为一个资深的神经衰弱患者，这点症状对我来说是小儿科：一个字，跑；两个字，跑步。治噩梦和失眠我不在行，治头昏脑涨我绝对拿手。跑步健脑。他就隔三岔五跟我一起在北京西郊的巷子里跑。因为赶时间上班，他必须出门前就得武装整齐，跑完了挤上公交车就往公司跑。请想象一下歪歪扭扭的窄巷子，一个西装革履的晨跑者，反正我觉得挺诡异。但是没办法，冯年不停地松领带、摸着喉结跟我说：“老弟，哪儿睡得着。醒了我还觉得链子在脖子上，喘不过气。”

他的梦也诡异，老是梦见自己变成一只六耳猕猴，穿西装打领带被耍猴人牵着去表演。要做的项目很多：翻跟斗、骑自行车、钻火圈、踩高跷，同时接抛三只绿色网球，还有骑马等等；尽管每一样都很累，但这些他都无所谓，要命的是表演结束了，他被耍猴的往脊梁上一甩，背着就走了。在梦里他是一只清楚地知道自己名叫冯年的六耳猕猴，他的脖子上一年到头缠着一根雪亮的银白色链子，可能是不锈钢的；他的整个体重都悬在那根链子上，整个人像个褡裢被吊在耍猴人身上，链子往毛里勒、往皮里勒、往肉里勒，他觉得自己的喉管被越勒越细，几乎要窒息。实际上已经在窒息，他觉得喘不过来气，脸憋得和屁股一样红。

冯年做同样的梦，区别之一在于，如果这次骑自行车，下次就接抛三只绿色网球，或者一次把两三样活儿一块儿干了；另一个区别是，梦醒之前他越来越感到呼吸困难。也就是说，窒息的程度与夜俱增。他觉得耍猴人抓着链子像甩包袱或者口袋一样将他甩到身后时，火气越来越大，力道越来越足，根据重力原理，链子勒得就越来越紧。冯年觉得，如果不是他及时从梦里醒来，肯定就断气了。

有两个疑问我弄不懂，冯年也不明白。一个是，为什么会重复地做一个梦呢？如果仔细推敲，会发现，他的梦其实有个递进关系，或者说，他在把同一个梦延续地做下去。得过神经衰弱的人一定知道，我们这号人多梦，偶尔做同一个梦，换个时间把某个梦再续下去，都不是什么新鲜事，但如此高频率、近乎刻板地重复和发展，我猜就是神经衰到不能再弱的人也没有能力做到。冯年做到了。第二个疑惑是六耳猕猴。我到海淀图书城查阅了有关书籍，六耳猕猴这个物种不存在。即使基因突变，人类也尚未发现有长了六只耳朵的猕猴。所谓的六耳猕猴只是《西游记》里的说法。这个我知道，《西游记》里说，孙悟空遇到了另一个孙悟空，里外和他都像，身手也无二致，搞得他也收拾不了对方。齐天大圣对另一个齐天大圣一筹莫展。最后还是如来老人家帮忙，才把假大圣收拾了。我佛说，那家伙是只六耳猕猴。六耳猕猴只有两只耳朵，冯年梦里的六耳猕猴也只有两只耳朵。

但叫冯年的猴子的确就是六耳猕猴，他很清楚。

梦见自己既是冯年又是猴子，已经够扯淡的了，还是一只根本不存在的六耳猕猴，就是梦也不能做得这么不靠谱吧。所以开始几次他说起这怪梦，我们根本不当回事。他到我们屋里来找人解梦，我们懂个屁啊，顺嘴跟他瞎说。

行健说："再明显没有了，想女人。"

米箩的解释是："嫌赚钱少，要自己当老板。"

"屁，老子忙得哪有时间想女人！"冯年说，"从领第一份工资起，就没够花过。当老板？我拿光屁股给人踹？"

宝来的答案相对别致一点："冯哥，我看你是想家了。"

这话招来行健和米箩的嘲讽，也就宝来这样的傻蛋才整天把"想家"挂嘴上。想家就别出来混，待在花街上混吃等死干脆。

轮到我。我说："冯哥脑子出了问题。"

冯年急了："小东西，有你这么说话的吗？"

可我说的是事实啊，老做这种古怪的梦，和神经衰弱相当接近了，不是脑子出问题是什么？冯年一挥手，来正经的。我撇撇嘴。说到神经衰弱，我从来都无比正经。不信拉倒。

住在西郊的老乡里，冯年是最人模狗样的一个，谁都不会像他那样整天西装革履。我家和他家隔十二个院子，我是说在我们故乡；所以我对他熟得不能再熟了，据我所知，他在花街从来不穿西装。有一年花街莫名其妙起了一阵风，男男女女大人小孩都开始穿西装，从石码头拐上青石板路，迎面碰上那些穿西装的花街人，你会有时空错乱的无助感。当时我住校，放了假走进巷子，以为外星人占领了我家乡。冯年是外星人中屈指可数的土著之一。但现在，在他租房的衣柜里，廉价的西装起码有四套，领带若干。他在中关村的一家电子产品店上班，老板要求员工要从内到外尊重顾客，男的穿西装，女的穿套装，大冬天也得把漂亮的小腿肚子露出来。

中秋节我和宝来到北大玩儿，顺道去海龙电子城看冯年。海龙里乌泱泱的人群挤出我一身汗。冯年身着西装，双手交叉站在公司的店面门口，鼻尖上全是汗，逢人就说里面请，看看哪一款相机最适合您。嗓子都哑了。对我和宝来也这么说，说完了才发现是我们俩。我在店里遛了一圈，果然都是西装、套装，一群新郎新娘。那时候接近下班时间，宝来打算等冯哥一块儿回。

“别，”冯年说，“今天假期促销，下班推迟了。”

“那总得有个点儿吧？”

“你们快走，别让主管看见。”他急了，“上班时间不许闲聊。”

“那你就继续站着吧。”我说。

“除了午饭和撒尿，我他妈都站一天了。”

就我这不懂行的看，他的西装也差不多是全店里最差的，白衬衫被汗泡软了。所以，他得更端庄地站着，更热情周到地把上帝们伺候好。老板说了，硬件不够软件补。他站在门口，不停地紧“一拉得”廉价领带。这个动作跟他一大早不断地松领带正好相反。

我问过他，像电视里的那些心理专家似的，是不是因为领带过紧留下了心理疾病，导致做梦时总要被吊死？他想了想，领带这东西的确挺烦人，领导没事也喜欢盯着员工的脖子看，抽查领带结是否饱满，可要说这就整出了心理创伤和阴影，也夸张了。

“那你为什么老松领带？”

“那是因为我还在想着夜里的噩梦。一恍惚就觉得这玩意儿是根铁链子。”

意思是，这是两个不同的因果。是因为噩梦才松领带，而不是因为打领带才做噩梦。那好吧，我的心理分析技止此耳。

他的公司我还去过一次，那天纯属闲得蛋疼。我从我姑父洪三万那里拿了点生活费，觉得自己是个有钱人了，经过中关村买了两块烤山芋，拐个弯进了海龙。把他给吓坏了，坚决不要。别说上班时间不能吃东西，就是来个亲戚朋友也不行。我有点生气，老子满肚子好心过来看你，成罪过了。他还是轰我赶快走。

“你就不能把我当普通顾客？”

“就你？”冯年说，“老弟，先照照镜子再说。”

我站到店里的镜子前，模样是不太像大款，可是你也不能肯定有钱人就一定都得穿金戴银吧。我摆弄了两下我的夹克衫给他的女同事看，说：“姐，还算体面吧？”

他的女同事就笑了。“相当体面。”她用铁岭味的普通话回答我。我就把烤山芋送给她了。这也把冯年吓着了，他的老乡留下罪证了。“哥请你吃十块烤山芋行不？”他的眉毛痛苦地拧到一起，苦瓜脸耷拉下来了。后来他几次提出请我吃烤山芋，我坚决不给他面子。

要是我，这辈子不再去了。这是行健跟我说的，咱得有点志气。那就不去。但后来还是去了，我站在店门口对冯年喊：“冯姨让你现在、立马、赶紧、立即、务必打电话回家。”

那天下午，我跑步经过花川广场那条街，在报刊亭前顺便给家里打个电话。我爸对打不打电话无所谓，只要我还活着就行。但我妈规定，半个月必须至少报一次平安。就那点破事，每次电话也就那么几句，我都说烦了。正要挂电话了，我妈突然说，你冯姨来了，要跟你说几句。

冯姨显然刚进我家的门，扯着嗓子喊：“大侄子，你年哥啥时候回来？”

“他啥时候回去我怎么知道？”

“你不知道？”冯姨这回抓着电话了，声音还像在门口那么大，“回来看对象啊！让他现在、立马、赶紧、立即、务必给我和他爸打电话。人老郑家等回话呢！”

等我妈接过电话，我问：“哪个老郑家？”

“还有哪个？你小时候跟人家屁股后头跑了几十里的郑马贺，耍猴的。”

“年哥上班呢。”

“上班不耽误打个电话。”

好吧，现在是下午三点十二分，得破戒了。等到他下班，没准郑马猴的闺女喜欢上别人了。反正也是跑步，直接往中关村跑得了。我气喘吁吁跑到海龙，在他公司店门口喊：

“冯姨让你现在、立马、赶紧、立即、务必打电话回家。”

然后转身就走。喊我也不理，叫你转。跑回去的路上我回过神来，其实没必要风尘仆仆地来通知冯年，他肯定对郑马猴的女儿不满意，要不早跟我们显摆了。在一群光棍儿里，最值得显摆的就是女人，有人恨不得见了头母猪都要通报一下大家。还有，这家伙还跟我绕，说搞不懂为什么一到梦里就变成被人吊在身后的六耳猕猴；他太明白了，显然是被郑马猴吓的。可是，有一点我想不通，郑马猴是糙了点，一张脸不管从哪个角度看都让人倒胃口，所以花街上习惯叫他“郑马猴”而不是“郑马贺”，你可以怕他；他女儿郑晓禾随她妈，低眉顺眼，胖嘟嘟白净净的，算不上大美人，但配冯年我觉得只用半个身子也绰绰有余。要我说，冯年是高兴过头才会持续做噩梦的，这叫乐极生悲。

“屁！”冯年坐在我们的屋顶上，看我们四个打捉黑A，“在知道这事之前，我他妈已经在夜里当了很长时间的猴子了！”

那我们只能认为他有特异功能，像花街上的算命瞎子胡半仙，可以预知两年内的大事。天上将要掉馅饼，冯年这算提前兴奋。

“怎么跟你们这帮人成了老乡，真是祖宗瞎了眼。没一个正经说话的。”

“年哥，你可不能这么说。”行健放下牌，“我们都是正经人。说真话，那郑晓禾如果不是你要搞的对象，我做两次梦就能把她肚子搞大。就两次。你想想，白白净净，胖胖嘟嘟，圆圆溜溜，那手感——”

冯年一挥手，截断行健的白日梦。“先停下。”他说，“我不是看不上郑晓禾，是他妈的郑马猴要求我必须回花街。”

“你得叫郑马贺。”我提醒他。

“好，就郑马贺。我回去能干什么？跟他一块儿要猴戏？”

“那就让郑晓禾来北京。”宝来提议，“夫妻识字，兄妹开荒。”

“人家不来。”冯年站起来，在我们的平房顶上走来走去，掸着自己的西装说，“她说，过去给你穿西装打领带？我没吭声，我哪儿养得起。她又说，过去了我也穿西装打领带？”

“你咋回的？”米箩问。

“我一个屁没放。这话没法回。混六年了，我他妈不就这副龟孙样？”

知道就好。我们四个跟着心情也坏掉了，一想到“混”这件事，还是挺伤自尊的。都想混出个人样，最后混出来的却是个龟孙样。

郑晓禾在花街有个不错的工作。她爹要了一辈子的猴，走南闯北几十年，跑不动了，正打算抱着猴子养老，政府突然要贴着运河开发一个沿河风光带，郑马猴就由一个江湖把式变成了民间艺人，牵着屁股磨黑了的老猴子进驻了风光带，每天定时定点给游人表演一番。作为升格成“民间艺人”的条件，景区给郑晓禾安排了一个游船卖票的工作。以花街的消费水平，工资的含金量不比冯年在北京的小。所以，人家不愿来。也不是一点心没动，而是到谈婚论嫁生孩子的年龄，女人耗不起，来了早晚得回去；花街上的工作不好找，过了这个村就没这个店，别弄得两头不着地。

对郑晓禾的决定，我们都表示深刻的理解。问题是郑马猴，他比女儿态度强硬，冯年必须回来。漂了一辈子江湖了，到头来认为男人窝在家里最好，冯年觉得莫名其妙。

“我知道了，”米箩说，“是怕咱们年哥在外面学坏了。”

“屁！”冯年说，“老子想坏都没时间学。要赌没钱，想嫖，就算有钱，我他娘的也没时间啊。一天站下来，口干舌燥，躺到床上我都忘了自己是个男人。半夜三更我还得对付那根银光闪闪的链子，我朝哪儿坏呀我？”

我说：“郑马猴又不知道你苦大仇深。”

“我想起来了，郑马猴年轻时整出了不少花花事。”行健把最后一张牌亮出来，是张黑A，又让他给逃了，“别看他长得寒碜，就是有本事走到哪儿睡到哪儿。听说还得过花柳病，天天晚上得坐澡盆子里用药洗上半小时。他是怕年哥跟他争澡盆子哈。”

“放你娘的屁！”冯年骂他，“老子三十年了，一套原装的男科！”

我们都笑起来。是啊，我们的冯年哥哥已经三十了。要在花街，早已经是打酱油的孩子的爹了。

冯年三十，所以冯伯伯和冯姨着急。谈婚论嫁，年龄从来都是大问题，都一把年纪了你还怎么拖？越拖越没市场了。关于市场，冯年肯定比我们懂。这也是他焦虑的原因之一。生活说是摸着石头过河，其实对大多数人来说，一辈子是清清楚楚地看得见的：我们在重复上一辈乃至上上、上上上一辈人的生活。前前后后的人基本上都这样过，都得这样过，不是什么人都可以撞上奇迹的。冯年不可能永久地留在北京，他明白以他的才华、能力和运气，自己必定和百分之九十五以上的人一样，只是赶紧埋头吃两口青春饭，然后推饭碗走人。他还赖在北京，都是给年轻闹的，年轻似乎意味着一切皆有可能。骗骗自己也好。但是现在，婚姻大事临头，不厌其烦地提醒他，三十岁也不算年轻了。但他不甘心。一看见他每天把自己弄得西装革履、人模狗样我就知道，他不想就这么放弃，虽然眼下也看不见转机和希望。

“除了老总和副总，”冯年在我们的屋顶上悲哀地说，“全公司我年龄最大。”他很纠结。

郑马猴的猴耍得好，花街上的孩子都喜欢看。我们经常跟着他走乡串户地跑，他要到哪儿我们跟到哪儿。他能让猴子数数、分辨红豆和绿豆，甚至能让猴子围着一个女人转上三圈判断出她结没结过婚。他让猴子在不同季节穿不同的花衣服，那衣服妖娆冶艳，穿上后猴子显得十分淫荡。普通的骑车、倒立、敬礼、作揖更不在话下，据说他还曾训练猴子当众手淫，当时男人给他鼓掌，女人向他吐唾沫。耍猴的情况就是这样。我记起来了，郑马猴的猴戏结束后，也是把猴子随手往身后一甩，猴子就挂在了他的后背上。不同的是，他系在猴脖子上的是一根五颜六色的花布条搓成的套；此外，这还是他猴戏的一个重要环节。小猴子会在他后背上一个鲤鱼打挺翻上主人的肩膀，然后手搭凉棚，像齐天大圣那样向观众们敬礼。到此，猴戏才在掌声中圆满结束。

冯年看的猴戏比我多，他比我们都大。但他一点都想不起在噩梦之前，起码来北京的六年里，他曾在什么时候回忆过郑马猴的猴戏。从来没有。

“那你最近看过猴子没有？”行健问。

“两年前去动物园，见过几只猴子。”

“这就对了！”行健说，从床底下的纸箱子里摸出一本书，《梦的解析》，一个叫弗洛伊德的洋人写的，已经被他翻烂了。他抖着那本书用教授的宏大口气说：“年哥，你压抑了。要不是那事儿上压抑了，就是那几只猴子勾引起你的某些说不清楚的回忆。”

“别张嘴闭嘴那点事儿，成不？那都是两年前的猴子！”

“这个弗什么德的说，吃奶时候的事都有影响，何况你才两年。年哥你绝对压抑了。那点事儿多重要啊。”

行健攥着那本书当然离不了那点事儿，他不知道从哪儿弄来的，当黄书看的。如果不是隔三岔五能看到几句刺激的，谁有兴致看一个外国人唠唠叨叨地解梦。

这事最终也没弄明白，冯年照样做噩梦。为了避免噩梦，他想了很多招，比如熬夜，熬到走路都能睡着的时候再睡。没用，只要睡着了，连个过渡都没有，跺跺脚就变成西装革履的猴子。我说过没有，六耳猕猴也穿皮鞋？鞋面用金鸡牌鞋油擦得溜光水滑，苍蝇站上去都得趺跤。他还试过喝酒，醉得一个劲儿地说自己是宝来，但是一躺下来，梦里的六耳猕猴还叫冯年。第二天一早找我跑步时说，他被链子勒得酒都吐不出来了，只好咕嘟咕嘟再往回咽，胃装不下，他被活活胀醒了。他还想过用别的梦把六耳猕猴挤走，夜就那么长，做了这个梦肯定就没时间做那个了。白天他就反复地想一桩稀奇古怪的事，希望夜里能换个内容；周公说，日有所思、夜有所梦嘛。但要盯着一件事往死里想，时间和强度都得跟上，比上班还累，而且也只是偶尔才奏效，他觉得太划不来，苦成这样不如死了算。只能放弃了。

冯姨又在电话里催我了，她找不到冯年，干脆守在我家等我电话。上次冯年打了个电话回去，留的活话，“先处处看”。挂了电话就没跟人家联系过。冯姨在电话里说：“屁话，还处处看！一条街上长大的，谁头上有几根毛都一清二楚，处个屁处！你让那狗东西现在就给我回话！现在、立马、赶紧、立即、务必！”我拿了鸡毛当令箭，又屁颠屁颠地跑到海龙，在他公司门口喊：

“冯年，现在、立马、赶紧、立即、务必！”

这一嗓子坏了事。当时冯年正在向一个客户推销佳能相机，说得有鼻子有眼的，那家伙马上就要动心，我来了。等我传达完冯姨的指示，那人已经向另一个店员咨询了，然后冯年眼睁睁看他从同事的手里买走两部单反相机。下了班他直接奔我住处，劈头盖脸一顿骂：

“让你别去公司你非要去！到手的两部单反没了！”

我没理他。至于嘛，不就两部破相机，我还一肚子牢骚没地儿发呢。虽说我跑哪儿都是跑，可那中关村车那么多，空气质量多差啊，肺被污染了我找谁去？再说，冯姨跟黄鼠狼似的，见天就坐我家等电话，我妈都急了；她一来就得陪着，除了纳鞋垫别的活儿都干不了，我们家就三口人用得了那么多鞋垫吗？冯年的火气让宝来都看不下去了。以我对宝来的了解，凡是宝来说不好的，肯定有问题；凡是说宝来有问题的，那人一定有问题。宝来说：

“年哥，我们都是为你好。”

冯年翻两个白眼，长叹一声，像气球被扎了个洞。“算了，跟你们也说不明白。”

把相亲弄得像受难，我们没能力明白。后来他在屋顶上跟我们玩儿捉黑A，输了喝酒，酒至半酣才结结巴巴道出实情。其一是，他真有点喜欢郑晓禾。他高她三届，念高三时没事就往初三教室门口跑，装作偶然路过，慌里慌张地朝郑晓禾脸上看几眼。现在想起来还脸红耳热，要不早打电话回绝了。其二是，他们公司要在朝阳区开分店，准备挑一名经验丰富、性格稳重、业绩突出的员工去做分店长，这两个月的销售业绩作为重点参照。冯年前两条都没问题，只要眼前能够立竿见影，就成了。偏偏这是多事之秋。据说那两部相机加配件，销售额近五万，一个月也难得抓一两条这样的大鱼。

“哦。”我说，“真是不好意思。”

“这是我最后的机会了，”冯年抱着酒瓶子像唱卡拉OK，“下个月就三十一了。来的时候我跟自己说，三十岁还没头绪就回家，妈的结婚、生孩子！来，兄弟们，干了！”

第二天早上他没跑步，睡过头了，洗漱完就往公司跑。夜里依然梦见被甩到耍猴人的后背上，银白的链子勒进了肉里，要把他血管和气管割断。

接下来他跑步时断时续，状态也不是很好。我能理解他的难过，夜里没睡好还得花体力去跑步，搁谁也受不了。我甚至还做过一个和他相同的梦，梦见自己也成了一只六耳猕猴，身上穿的是夹克、牛仔裤和运动鞋，被人吊在身后。我想我要憋死了，我想我的脸一定肿胀得像只大红南瓜。醒来后我为冯年哥流了两行眼泪。但我只梦见过一次，而冯年每周至少三次，一次比一次暴烈。

我们决定为冯年出点力，四个人家底子全端出来才凑到三千块钱。宝来说，有总比没有好。托行健的一个朋友去海龙，单找冯年，买什么都行，只要能把三千块钱花掉。那哥们儿去了，问哪位是冯年。一个同事说，冯年生病，已经两天没来上班了。那哥们儿回到我们住处，很生气，逗我玩儿哪你们？让我屁颠屁颠地去放空枪！

行健说："生病了你怎么不吭一声？"

"我哪知道他生病？"我说，"最近他又不是每天都跑。"

米箩瞪大眼，说："会不会那啥了？"

"那啥？"

米箩摆摆手："没啥。瞎说着玩儿。"

我和宝来相互看看，站起来一起往外走。

隔两条巷子，推开院门，冯年的房门敞开着。这是傍晚，天从上面往下暗，房间里昏沉沉的，没开灯。我被烟味呛得咳嗽起来，冯年坐在破藤椅里抽烟，烟头像细小的鬼火在闪。我打开灯，看见他头发支棱着，眼窝深陷，胡子疯长，一看就是个资深失眠者。他只穿着贴身的秋衣秋裤，西装和领带扔在床上。床上一片狼藉，刚搬完家似的。

"我正打算找你们，"冯年说，用夹着香烟的手在房间里漫无边际地划拉一圈，"我今晚的火车回家，你们看看这屋里有什么用得着的，随便拿。"

"年哥，你这是哪一出？"我尽量让声音放松下来。

“没什么,就回去看看。”他说,“我坚持了两夜,一个梦都没做。夜里我就想事。我想清楚了,该找个好女人、生个孩子了。”他开始咳嗽,一连串的动静,眼泪都带出来了。他用床上的白衬衫擦眼。他把一个信封递给我,让我有空的时候去一趟海龙,把信交给他公司的经理,让同事转交也行。

我和宝来在他对面的凳子上坐下来,从他的烟盒里抽出中南海烟点上。抽烟有害健康,它让我们继续咳嗽。宝来觉得灯光刺冯年的眼,把灯摁灭了。我们都不说话。

临走的时候冯年指了指衣橱,犹疑地说:“西装,你们谁想要?”

我们俩一起摇头。

第二天我去了海龙。副总在,他拆开信,刚看完,又一个西装革履的中年男人走进来。副总说:“黎总,没必要找冯年谈了。他辞职了。”

“刚刚?”黎总拍拍后脑勺儿笑了,“他妈的这个小冯,真会挑时间,那换人。命苦不能怨别人啊。”

出门的时候遇上铁岭来的那个女店员,她说:“呀,这不是冯哥的小老乡嘛?你咋来了呢?冯哥呢?呀,那烤地瓜老好吃了。谢谢啊。”

我对她笑笑,问:“你做过穿西装的噩梦吗?”

“你说什么?”

我知道我问得很古怪,语法上也有毛病。她是一个每夜睡得香甜的人。

我说:“没什么。”

看不见的城市

一

天岫死在中秋夜。我们赶到的时候，他还躺在地上，身体弯曲，五指张开，血流过瞪大的两只眼，他看见的月亮是红的。贵州人早没影了，现场都是天岫的工友，一个抱着脑袋蹲在马路牙子上，剩下的两个和我们一起站在尸体旁，摩拳擦掌咒骂下狠手的贵州人。除非你们长翅膀飞了，狗日的等着，见一个杀一个，见两个灭一双。谁也没伸手碰一下天岫，一个有经验的工友提醒，保护现场，留待公安取证。但我们都知道他死了。一砖头拍脑门儿上，倒下以后，肚子又被穿大头皮鞋的贵州人踹了几脚。天岫像只大虾，抱着肚子、膝盖和脑袋硬往一块儿凑，然后绷住的弦突然断了，他的头歪到一边，仰面朝天，月亮变成红色的瞬间，身体不动了。来找我的老六摸过他的脑门儿，像烤山芋一样软。

老六跑进院子时，我们正在屋顶上吃月饼。洪三万和陈兴多发了善心，中秋节放我们一天假，晚上不必去市区打广告，每人再发三十块钱，算过节费。我们把钱凑一块儿，买了月饼、鸭脖子、猪头肉、驴肉火烧和啤酒，在屋顶上一边看月亮一边吃。十五的月亮就是好，

明晃晃地把天底下照得像大白天。老六从巷子里呼哧呼哧地钻出来,进门就喊:

"天岫死了,你们还吃!"

我站在屋顶上听他说,腿开始发软,啤酒瓶也拎不动了。老六说,千真万确。他摊开手掌,做了一个劈头盖脸的动作。宝来、行健和米箩费了好大的劲儿才把我从屋顶上弄下来。站到地上,我才觉得腿脚硬实了。我们一起往东跑。北京正从那个方向往这边蔓延。

已经报了警,戴大盖帽的在路上。通知老板的工友还没回来。闻讯到来的工人说,老板和几个工头下饭店过节了,不知在哪家馆子,正一家家找。

"都是那破电话!"老六指着立在路边的公用电话,不锈钢听筒绝望地吊着,快垂到了地上。"天岫在等他老婆电话,那贵州杂种一分钟都等不了,上来就抢。"

第一遍打过去,老婆说,儿子前天会叫爸爸了,一兴奋,见谁都叫爸爸。天岫激动坏了。儿子一岁半,妈妈、爷爷、奶奶都会叫,就是不叫爸爸。大家都说贵人语迟,那是安慰别人的,事情没出在自己身上。天岫想听儿子叫一声,老婆让他等一下,两分钟后回过来,她到公婆那边抱孩子。已经过去了一分钟,天岫几乎看见了老婆正抱着儿子往电话前跑,等在后面打电话的贵州人烦了,越过天岫肩膀抓住了电话。

天岫说:"就一分钟。"

"一分钟能把人等死你知不知道?"

天岫再次竖起右手的食指,"一分钟。我儿子会叫爸爸了!"

"关我屁事,"贵州人一把推开他,"又不是给老子叫爸爸!"

老六说,很可能天岫并不是要去抢听筒,只是下意识地去找个依靠。他被贵州人推得失去平衡,找不到东西靠一靠肯定要摔得四脚朝天。他抓到了电话。贵州人认为他在挑衅,两人扭到一起,但很快就被别人拉开。双方都有三五个人，过节了，喝完酒，吃了月饼，三五成群到大街上走走，看圆满的月亮。他们也是建筑工，在与天岫和老六隔一条马路的工地上盖楼。那样的口音隔三岔五能碰见，他们算是陌生的熟人。如果拉开后各自散去，事情也就到此为止，偏那贵州人是话痨，在众人推搡下嘟嘟囔囔地说：

“想听叫爸爸就别出来卖苦力。还爸爸，屁！你也配！”

“我儿子，我怎么不配？”天岫奇怪了。

“你就不配！”

“我怎么不配？”

“你就不配！”

两个大男人把车轱辘话说了一遍又一遍，火气跟着都往上蹿。差不多同时，两人从同伴的拉扯下挣脱出来，斗鸡似的又扭在一起。双方工友因为劝架也发生摩擦，场面眼看失控变成群殴。贵州人从行人道上抠出一块地砖，迎着天岫的脑门儿拍过去。天岫倒下时特别像电影里的慢镜头，他的血在月光下黑得发亮，大家都傻了。等他们反应过来，贵州人的大头皮鞋已经踹过了。另外五个贵州人拖着他就跑。

剩下老六他们围着天岫站成一圈，叫他的名字。血已经流满了天岫的眼。我老乡天岫，终年三十七岁。

二

在北京西郊，和天岫关系最近的人就是我。我们两家前后院。在他来北京之前，我还念书的时候，一有数学题不会做就去敲他家的后窗户。天岫理科好，照我小姑的说法，不是一般的好。他是我小姑同学，那一届最有前途的就是天岫，但他就是没考上大学，连着复读四年依然没有考上。他们那一届同学，和他一起复读四次的，最差的也念了我们市的电视大学。这事不诡异。等他彻底放弃高考，戴一副深度近视镜回到花街后，我们才知道，他的心太大，非要到大城市，念中国最好的大学。那只能说死得其所。没有人因此责难他，就凭那副厚如瓶底的眼镜，他在花街上也是英雄，各家教育孩子都以天岫为榜样：看看人家天岫！

戴眼镜的都是知识分子，镜片厚的是大知识分子。花街上，除了老花镜和装模作样挡太阳的蛤蟆镜，近视镜就天岫有一副。小时候我数过天岫的镜片上有多少个圈，每一次数目都不同，换个角度圈就变了。天岫理科的确好，我把在课堂上没听懂的题目从窗户外递过去，三下五除二，他就把算式从音乐声中递出来，比老师的方法简单易懂多了。他在家听歌。

有几年，他买了一台二手录音机，整天往里放花花绿绿的磁带。我爸妈不喜欢那些歌，唱的啥呀，嗷啊乱叫，披头散发的。那些歌我也听不出好来，但我喜欢那股热闹劲儿，一个人唱歌弄得像几百号人一起喊，是门艺术。所以问完了题目，我就从家里溜出来，磨磨叽叽转到天岫家，坐在他门口的太阳地里听一个人唱很多人的歌。他家的院子很大，特别适合冬天的上午坐在墙根下晒太阳。天岫基本上是个喜欢在冬天晒太阳的人。他趿拉一双黑条绒千层底手工棉鞋，鞋带早不知道丢哪儿去了，露出穿尼龙袜子的脚面；棉袄随便扣几个纽子，有时干脆一个不扣，随手把一边的对襟裹到另一边对襟上，双手插进袖笼里。一看见他这样，我就很想给他递一根草绳。天岫很少梳头，整个冬天都有两撮头发支棱着，不是前额上的就是后脑勺儿上的。他把一本印满高楼大厦的书翻上几页，放到门前的石级上，然后摘下眼镜放到书上，两只手蒙住脸，对着太阳揉两只眼。能揉半个小时不吭声，我总觉得他在手后面哭。他没哭，歌一直在唱，嗷嗷啊啊，他把手拿下来，刚睡醒似的，一脸新鲜的表情，他会对我说：

“哦，你还没走啊。”

天岫大我十九岁，在他看来我肯定就是小屁孩儿，不搭理我也正常。搭理也没用，大人过日子我们经常看不懂。那些年他的生活很逍遥，但我后来觉得，其实是充满悲壮的孤独感。每天都能睡懒觉，起床后，如果不是拿着本书坐在太阳底下，就是斜着身子走在各种路上。花街、东大街、西大街、南大街，都是一个人走，影子更瘦更长。他长了一张书生的脸，所以斜着身子走看起来也很体面。他在各条街上的台球桌前打球，很少说话，不用球杆比画方向，只是右眼稍微眯一点儿，一杆子出去，球折射、反弹，拐多少个弯最后都得进洞。他几何学得好，知道怎样在桌面上画出最科学的路线，所以打台球能赢不少钱。拿到钱，他就骑上他爸在山东临沂买的旧金鹿牌自行车，以花街为中心，往四面八方骑。有时候一出去两三天，骑到几百里地外的一座城市再骑回来。

在念高中之前，我从没离开花街超过五十里地，所以没法知道他究竟去了哪里，在那些地方都看见了什么。反正是城市，这一点不会有错。天岫他妈经常跟我妈隔着窗户说话，说，又去哪儿哪儿了，整天游尸。她对天岫的现状显然不满意。我妈就劝她，带着对知识和知识分子最朴素的崇拜，说：

“让他去。他有他的想法。”

“他有什么想法？”天岫他妈说，“吃饱了倒头就睡。没见他笑，我也没见他哭啊。再说，这都多久了，又不是他一个。”

倒也是，距最后一次高考已经好几年了，就算憋屈，那劲儿也早过了。何况，五次落榜的人全天下也不独他一人，西大街的繁仓也五次，现在老老实实在家干活儿，种出来的胡萝卜每年都能卖出好价钱。

天岫他妈叹口气，说：“都是惯的。”

我妈说：“可是——”

这个漫长的破折号基本上也是整条花街的态度:戴了眼镜就算游手好闲,肯定也有游手好闲的理由。

有一天半夜,我爸从外面气喘吁吁地回来,进门就抚着胸口说:“乖乖,差点儿没跑掉。”他在米店的孟弯弯家看人赌钱,派出所偷偷摸摸过来抓赌,他眼疾脚快跳了窗户。“就我和天岫跑掉了,一屋子人都被堵上了。”那时候我才知道,天岫赌上了。“那是高手,”我爸说,“天岫算牌,脑子像计算器一样好使。”我爸转着圈看各人手里的麻将,都理不出来个头绪。天岫就盯着自己的牌,一算一个准。天岫能夜以继日地赌,不吃不喝,一泡尿憋十几个钟头。他赢多输少,赢了要走,大家也很少拦着,输给天岫他们都认:人家四只眼,咱们只有俩。猛赌一阵,赢了一把钱,过两天他妈就会隔着窗户跟我妈说:

“又走了。”

“这次去哪儿?”

“谁知道。背个大包,说要十天半个月。”

我到北京以后,天岫来看我,我又问起那几年他跑了哪些地方。他笑笑说:

“跟着腿走,瞎跑呗。”

“都看了些啥?”

“早忘了。老皇历了。”

那个时候天岫过着一种与花街男人相反的生活:别人是跟着船出门,挣了钱回家花;他是攒足钱就背个包出门,花完了再回来继续赌。

二十九岁那一年,天岫突然让我们不习惯了,不再出远门,整天背着手在八条路的庄稼地里转来转去;此外还一个巨大变化,他把眼镜摘了。摘了眼镜的天岫让我们觉得陌生,多年近视让他的眼球深陷进眼窝,看上去像他身上还住着另外一个人。他必须眯着眼才能看清别人。一个秋天的傍晚,天岫他妈端着饭碗在窗户后面叫我妈。

“天岫要当生产队队长了，”她说，“农民就农民，祖祖辈辈都这么过来的。他心定了，我跟他爸也踏实了。他婶儿，有合适的对象给咱家天岫说一个呗。”

三

好长时间我都转不过来这个弯：落榜生、游手好闲、赌钱鬼、游魂，然后是拿掉了眼镜的生产队队长，现在成了在北京西郊盖楼的建筑工，他是如何做到的呢？我到了北京，天岫带着工友老六来看我，我们一起坐在屋顶上聊天。远处的北京城正以高楼大厦的方式向这边推进。“城市是台巨大的推土机，”山东人老六重复着天岫的话，“也是瘟疫，战无不胜。”我不关心这个。我问天岫，你怎么就成了个盖楼的？

“生产队队长我能当，为什么就不能盖楼？”

“是啊，你怎么就当了生产队队长了呢？”

“路上人多，”天岫说，“太挤。跑累了。”

“那还不是又跑出来了？”

“这还不简单，”老六用他舌根发沉的普通话插上一嘴，“歇过来了呗。是吧天岫？哈哈。”

“那几年往城里跑的人真多，遇到一个是，遇到两个还是。”天岫捻着一根“中南海”转着圈看，“都去找钱。那天我在武汉的江边，突然觉得很累，就地坐下来。江水涌上来脖子都打湿了，我懒得动一下，由它湿。天黑了凉风一吹，我开始哆嗦，不想动，就叫了辆三轮车拉我去旅馆。车夫是宜昌人，家里的地给别人种，自己出来蹬三轮，钱比种地多，就是觉得人浮着，夜里总梦见自己在半空中一圈圈踩脚踏板，怎么踩车都跑不快。他只顾说话，路拐了急弯他才看清楚是个陡坡，猛一刹车，车停了，他从车把前一头栽出去，上嘴唇豁了，磕掉了半颗门牙。我让他去医院，他说没事，从车篮里捡来的报纸上撕下一块，裹到嘴唇上，要先送我到旅馆再说。”

“送到没？”老六问。他们在一起干活儿两年了，从没听天岫说起这事。

“当然不能让他送。我把身上的钱都给他，全被江水湿透了。走回到旅馆，就感冒了。回家的火车上一路高烧。突然就不想再跑了，我就想，在花街上过一辈子会死人吗？我爷爷是个农民，我爸是个农民，我为什么就不能是农民？正好需要个生产队队长，我说我看过几本种庄稼的书，想试试。就当了，其实队长就是个召集人，遇事喊一嗓子就行。”

那时往城里跑的人多，现在更多，在以后的若干年里可能会越来越多。天岫还是又来了。

两年前天岫跟着山东的一支建筑队到北京，我已经念了高中，住校。放假回家，遇到不会做的数学题，习惯性地又去敲天岫家的后窗户。他老婆打开窗户告诉我，天岫去北京盖楼了。她把“北京”和“盖楼”两个词咬得很重，好像天岫是在另建一座天安门。

“队长不当了？”

“土坷垃里能长出大钱来？”他老婆说，“你看，都到城里去了。”

其实他老婆不赞同他来北京，尤其有了孩子以后。她比他小十岁，身边有个爹一样的大男人疼着多好。但是天岫还是想出来，待不住了。好吧，他老婆看着男人一天到晚板着张不高兴的棺材脸，家里的确也需要钱，就咬牙跺脚让他走了。周围的男人都出去了，自己男人去的还是北京，挺好。

“不单是挣钱的事。”天岫把那根“中南海”点上，“土里长不出黄金，地种得大家越来越穷。我也腻了。也不知道是不是腻。搞建筑也很好啊，浇完钢筋水泥混凝土，把砖一块块往上垒，看它一点点长高。城市？我在脚手架间忙活时，从来不想什么城市，我就是在盖楼。就像你做数学题，你不是在考试——呵呵，忘了，你现在给洪三万打小广告了。反正就是那么回事。垒砖时我如果想到是在建这座城市，我就觉得自己在开着一台大推土机，正把跟高楼大厦不一样的东西全抹平了，像用橡皮擦一张写满字的纸。跟你做数学题一样，你要老想着这是试卷，心就乱了。"

说实话，这段话在我听来有点绕，没怎么听懂。我就是个打小广告的，我姑父洪三万办假证，他让我把他的联系方式用各种可能的方式散播出去，想办各类假证件的人看见了，就会去找他。二一添作五，他们做生意。我已经不考试了。

窗户后面的天岫老婆说："不挣钱，生了孩子拿什么养？"

"呵呵，女人就不喜欢说实话。"天岫说，"谁会整天想着钱啊，来时见着我儿子没？"

"我天天逗他玩儿。"我说，"你咋给他取个名字叫玉楼？像唱戏的。"

"他爹盖楼嘛。"天岫说。

四

出事后第三天，天岫家人来到北京。

我和老六他们带天岫老婆、儿子和爸妈去看那个公用电话。电话和过去一样。地上缺了一块砖。天岫躺倒的地方还能看见警察用白灰画出的一个弯曲的人的形状，流到水泥路上的血变成黑色。天岫老婆哭出了声。宝来和老六搀着天岫爸妈，我把玉楼接过来抱着，小家伙不知道怎么回事，京城的郊区对他来说已经是个西洋景了。他端详着我的脸，一本正经地说：

"爸爸！"

“玉楼,”我小声说,“叫哥。哥哥。”

小家伙看着妈妈哭了,疑惑地看着我,大声地重复了一遍:“爸爸! ”

玉楼提醒了妈妈和爷爷奶奶,他的爸爸以后再也不会有了。三个人一起放声哭,身子慢慢往下沉,跪倒在人形的白灰线边。他们把它当成丈夫和儿子,指甲抠着水泥路面,想把天岫从地上拉起来。死一个人很容易;死也可以很抽象。这是他们看的最后一眼天岫。之前他们看了火化前的天岫,切开的身体被重新缝合,所有伤口都隐蔽好了。天岫双眼紧闭,眼窝里的血早被清理干净,他好像正在深度睡眠,整个人仿佛不曾受到过任何伤害。尸检的结果是:头部的伤足以致命,肚子里的伤也足以致命,肝和胆都被大头皮鞋踢破了。

抓那贵州人没费什么事,公安局追到火车站时,他正在候车大厅的厕所里抽烟。见到警察,他说,还有两口让我抽完。抽烟的动作夸张狂躁,最后几口吸得太深,呛得自己直咳嗽。他不太相信天岫真的死了,确认后,他对警察说:“这么不禁活啊。”接着又说,“死就死了吧,我抵命。”一点都没打算抵赖。

他被五个老乡工友拖走以后,还有点烦,不就打个架拍一砖头嘛?工友们都劝他赶紧跑路,工地上的头头儿也让他跑。他说跑什么跑,又没死人。工地上打架的事很多,打群架的也很多,都习惯了。很快,工头派出去刺探消息的工友回来说,好像死了,躺地上这么久都没动,听说报警了。他不当回事都不行,工头命令他必须走,马上,铺盖卷儿都别收拾。别给公司添麻烦。工头从自己的钱包临时给他数了两个月的工资。他打车去的火车站,也是他这辈子头一次如此奢侈地坐出租车。从工地到车站很远,他没打过这么远的出租车。照工友们的建议,他可以去任何地方,就是别回贵州老家,他答应了,但买票时他改了主意。警察问他为什么决定回贵州,他说:

“我总得回去看一眼爹妈和我儿子。万一那人真死了,我在外逃来逃去,谁知道啥子时候能看上他们一眼?”

警察问:“你就没想过会被抓住?”

“抓就抓。杀人偿命,有什么办法?”

我从老六那里陆陆续续得到消息，那个贵州人就这么浑不吝。说他不怕死那是假的,他也抖,被铐着的两只手总哆嗦,但就是嘴硬,张嘴就有火药味,跟所有人都有仇。他认罪,但拒不悔过。“我不痛快,我生气,我就打了。”他说,“他也打我,只不过最后死的是他,不是我。”

警察问:“就为那一分钟?”

“一分钟还不够吗?我都说过多少遍了,一分钟也能把人等死。”

“你认为他不配当爸爸的理由是什么?”

“就不配!”

“怎么不配了?”

“你要我重复多少遍?”

“警告你态度端正一点!让你说你就说!”

“那我再重复最后一遍:要当爸爸就别出来挣这份血汗钱!”

贵州人的古怪逻辑把所有人都搞糊涂了，警察只好一遍遍审。结果相同,表述的方式都没差别。他就是这么诡异地想问题的。

打架斗殴的案子太多了,受伤出人命的案子也不少,只要方法得当,当事双方或亲属私下沟通也不是不可能。不愿对簿公堂的可以庭外和解,就是私了。私了通常就是谈钱。天岫爸妈和天岫老婆根本不答应,听法律的,他们相信恶有恶报,他们不打算拿天岫的命换钱。让人想不通的是,那贵州人也不愿私了,他没钱,就算他腰缠万贯,就算他最终得吃枪子,也绝不私了。老六说,狗日的疯了。

接下来的一系列事情相当琐碎,想急也急不起来,建筑公司内部的处理也进展缓慢。我和宝来只好在附近帮天岫一家租了两间价钱合适的民房。一家人大眼瞪小眼,难过得要撞墙。但公婆在儿媳妇面前、儿媳妇在公婆面前，还都得稳住情绪，以免带动对方更大的悲伤。他们三个一有空就会去天岫被打死的公用电话旁，在马路牙子上一坐就是大半个小时。白灰线条已经没了，他们还是盯着那块地方看；相互都知道对方去了，却都不说破，怕说出来就得抱头痛哭。没心没肺的是玉楼，没事的时候我就把他带到我的住处玩儿，小家伙出了门就只知道高兴，见什么都咯咯笑，见到身高超过一米五的男人就喊爸爸。他一叫爸爸我就难受，眼泪哗哗往下掉。

先扛不住的是天岫老婆，因为悲痛过度，吃不下饭睡不好觉，老做噩梦，醒来就一身虚汗，走路两腿都发飘。我带她去诊所看医生，那老太太兼治中医，摸了一下脉，说："赶紧回家，再待下去你的命也得搭进去。没了只能没了，闺女，节哀顺变吧。"天岫老婆又哭了，抓着医生的手说：

"都怪我，当初我要不让他来就好了。"

老太太拍拍她的手，"想走的留不住，想留的走不了。顺其自然。"

五

回老家的前一天，天岫老婆背着公婆，要求见一见那个贵州人。公安局的人备感疑惑，也很为难，这个时候的嫌疑犯谁也不能见。天岫老婆不懂这个，只眼泪汪汪地说：

"一个二十五岁的寡妇，想看看到底是谁打死了她的丈夫，不行吗？"

戴大盖帽的也被这话镇住了："一定要见？"

"看不到他，我这辈子都不会心安。"

好吧。二十五岁的寡妇，听着都心凉。他们决定违规帮一回。

我陪她到了拘留所，一路帮她抱孩子。我因肩负照顾这娘儿俩的重任，也被允许进那间屋；进门前她接过玉楼，坚持要自己抱。屋里凉飕飕的，可能是心理作用，我的确觉得满屋子肃杀之气。贵州人已经坐在铁栅栏后面，胡子没刮，脸上的皮肉都挂下来了，两眼布满疲惫的血丝，眼神里的不屑大过绝望，冷冷地看着我们。在这种环境和氛围里，谁坐到铁栅栏后面大概看上去都不像善茬儿，但他的确没有想象中的凶手那般凶神恶煞。让我难以忍受的是他的挑衅般的轻蔑。

我们坐在他对面，看守人员担心天岫老婆情绪激动，站在她背后，两只手抬高到她肩膀的高度，随时准备按到她的双肩上。她不说话，我也没有理由说话。玉楼看看妈妈看看我，也本能地不吭声了。贵州人也一声不吭。空气充满了韧性，被越拉越紧。因为神经衰弱，我听见了空气被扯动抻紧的声音，也听见了一只看不见的秒表在疾速运转。我觉得过去了很长时间，在我们仅有的三分钟快结束的时候，天岫老婆突然说话了。她说：

"你打死了我丈夫。"

贵州人看看她，低下头又抬起来，沙哑着嗓子说："我偿命。"

玉楼把脸转过来看看我，又转向铁栅栏对面的贵州人，尖叫一声："爸爸！"

贵州人差点就站起来了。他把脑袋往前探，撞到铁栅栏上。

玉楼又尖叫一声："爸爸！"

贵州人的嘴唇慢慢开始无节奏地哆嗦起来。"儿子，"他说梦话似的，眼神突然迷离了，哆嗦殃及整个身体。他忽地站起来，"我要我儿子！"

时间到。看守人员赶紧让我们离开，贵州人也被铁栅栏那边的看守带走了。他往外走的时候一直说儿子……

当天晚上，两个中年男人来找天岫一家，一个贵州口音，另一个普通话说得好点的是律师，转达了贵州人的忏悔和请求。他对不起天岫一家，对不起天岫老婆和孩子；如果可能，他会尽全力筹到理想中的款额，就算能少坐一天牢，能多活一天，他也会在那一天里对天岫一家感激不尽，给菩萨烧香悔过，告慰天岫的在天之灵。他希望接下来的起诉和审判能有余地。贵州人的转变很突然，但天岫一家依旧断然否决，对两个说客说：

"滚！"

第二天下午他们又来了，一块儿来的还有天岫建筑公司的领导。他们想和天岫父母单独谈，天岫老婆去了隔壁房间收拾行李。天岫的领导建议考虑一下赔款方案。人死不能复生，但活人还得继续活下去，就算你们老两口可以凑合着过完一辈子，儿媳妇和孙子怎么办？他们的生活才刚刚开始，谁也无法最终代替他们解决可能面临的所有困难。孤儿寡母的，我们有责任，也必须冷静地、现实地为他们考虑。请两位老人家三思。天岫爸妈很清楚公司的领导在借别人的大腿搓绳子，借此减轻公司的负担。但他们不能不承认，人家在理。把贵州人枪毙十万次又如何，天岫已经被烧成了灰。他们老了，无能为力。那个下午，天岫爸爸有生以来头一回发现，他的确没有能力向孙子保证什么。老两口老泪纵横，天岫爸爸还是跟他们说：

"天岫是儿子，更是丈夫和父亲。我们没资格做这个主。"

说客们很失望。天岫老婆站在门外问："我想知道，他怎么突然又想起这一出？"

高个子的贵州人说："妹子你这话问着了。我是他堂哥。我堂弟昨天见到你家的娃娃，想法全变了。他真心实意地觉得对不住你们，他让这么小的娃娃没了爹。他也是个爹，儿子没了，被老婆带到了别人家。"

"他也配当爹？"天岫老婆说，眼泪又下来了，"他是个当爹的还不能耐心一分钟让我们家天岫听玉楼叫一声爸爸？"

"妹子你进来坐。"那个老实巴交的贵州汉子站起来，让出凳子，

"妹子你又说着了,我都没来得及跟你们解释。我堂弟他其实是个好人。"

高个子贵州人的意思是,他堂弟人不错,就是不出趟子,不爱离家。村里像样的男人都往大城市跑,大城市有钱嘛,就他赖家里不走。窝在家里哪儿能来钱?他老婆就很生气,和他闹。他们没领结婚证,没领证也算老婆,有了个娃娃嘛。他老婆带着娃娃在镇上做点小生意,说只要他不出去,她就不回家。时间久了,镇上有个男人看上她,那男的手里有钱。她把电话打到邻居家,对他说:给你一分钟,是出去还是继续待在家里?他没吭声,一分钟后,电话挂了。他想说也说不了了。过两天传来消息,他老婆跟别人拿了结婚证。

天岫公司的领导也被这故事吸引了,伸着脑袋问:"那孩子呢?"

"当然是被他婆娘带走了。"高个子贵州人说,"我堂弟没奶,也没钱,拿什么养?"

打死天岫的贵州人在他女朋友跟别人结婚的那天,去县城买了来北京的车票。他经常做噩梦,一分钟在他梦里有了形状,是一块不断变幻的巨大陨石,从天外飞入他的院子,轰的一声,砸烂了他的房子,儿子像石子一样不知道被溅到哪里去了。他在北京西郊的工地上夜半醒来,披着衣服到工棚外独自抽烟,对每一个出来撒尿的工友都说一样的话:

"我真的不配当爹。"

六

结果是:贵州人赔偿天岫家十八万元,被判有期徒刑二十年。他对天岫爸妈千恩万谢,他希望天岫的儿子能好好成长。

还有个素描本要说一下。

我和天岫爸妈去工地整理了天岫的遗物。除了必要的衣物和生活用品，就剩下一堆书和杂志，装在一个纸箱子里。书太重，老人带回花街不方便，睹物思人更伤心，决定先存放到我这里。尘埃落定，把他们送上火车，我回到住处慢慢翻看那些书，在两本杂志之间发现一个旧作业本，是很多年前学生用的那种。每张纸上都画了图，有楼房、街道、行人、汽车、大学的校门、公园里的树，等等，建筑居多。从对那些建筑的简单勾勒中，很容易判断出天岫在平面几何与立体几何上的功力，有的建筑旁边还标上了相关数据。每一张纸的眉头都注明了时间和地点。我按时间顺序列了一张表，一目了然：过去的那些年里，天岫分别于某月某日去了某座城市，又于某月某日去了另一座城市。

祁家庄

父亲是个浑蛋，好在他已经死了。我把他的骨灰装进棺材，埋到地下；他给我留下一屁股债。两万三千零二十四块三毛，这个赌棍。我也是个浑蛋，父亲在电话里就这样骂我，因为我没有及时给他寄钱，他也不认为我现在有多大出息。自我打号子里出来，整个人像只瘟鸡头低毛耷开始，他就骂我是浑蛋。

但是我带了钱回来，办完父亲的丧事我还有钱。我是决定替父亲还债的。父债子还，我是亲儿子。父亲死在九月底，天刚刚开始有点凉意。他和一群人躲在一间烟雾弥漫的小屋里打麻将，他用左手摸牌。自摸，那一局赢得相当漂亮。当他动用最后的智力，在最快的时间里算出这一次他能把半个月里输的钱都赢回来时，全身的血液都蹿到了他脑门上，心脏的反应有点跟不上。这时候有人喊了一声，警察！除了我父亲，其他的人抓了自己的钱就跑。父亲没跑，毫无内容地大叫两声，趴在了麻将上。他们说父亲一定是被吓死的，因为警察的确出现了。我觉得他是高兴死的，至少八个月他没赢得这么利索了。他的最后一赢没人认账。但他认的账我得替他还。

村里人只加了一件小外套，我却穿了一件休闲西装式的黑皮夹克，里面是白衬衫。热是热了点，这让父亲的葬礼显得相当体面。我把葬礼弄得很简单，不请鼓乐班子，不大宴宾客，这让父亲也与众不同。

我借了一台音响,一天到晚用两台大音箱播放哀乐。哀乐播放时,我把父亲弄上车,拉到火葬场,然后抱着一个木质的骨灰盒回来。我把骨灰盒放在父亲的遗像下面,一个人守了一天。到晚上,我觉得应该有个人为父亲哭几声,就听从堂兄的建议,花一百六十块钱请鼓乐班子里的一个女孩在父亲灵前唱了一曲《哭灵》。那姑娘唱得泪流满面,让我好几次都以为死的是她父亲。她的悲恸让我也掉了眼泪。

棺材很小。又不是胳膊腿完整的一个人,我跟木匠说,你就做一口你这辈子见过的最小的棺材,两三个骨灰盒大就行。我抱着棺材去了墓地,白衬衫,黑皮西装夹克,因为这两种颜色,我的孝衣也省了。培完坟上的最后一锨土,我把铁锹扔掉,掏出手机给祁顺风打电话。我说顺风哥,我爸的债可以还了。祁顺风声音里充满了中华烟的味道。

"一小时后到村委会找我。"祁顺风说,"别空着手就行。"

我左肩上扛着铁锹往村委会走。一路上有人围观。外地嫁来的年轻媳妇和十岁以下的小孩,都在向别人打听我是谁。他们知道我是祁老三的儿子,但不知道我是谁。你肯定明白我的意思。十二年前我出门,中间回来的时间加起来也不超过半个月。

"这一路你肯定走得风光。"我进了村委会的小会议室,祁顺风贴着我的耳朵说。当然,从明成祖时建村以来,祁家庄没人敢像我这样办丧事。"有能耐有身份的人就是不一样。"祁顺风对围坐在桌边的十来个人说,"要不先欢迎一下我的兄弟祁进步?"大家心不在焉地鼓起掌。

"我是替我爸还债的。"我左手往兜里插。

祁顺风按住我的手,"自家兄弟,不急。开完会再说。"

狗日的真能装。借父亲高利贷时他可没这么轻描淡写,一次次催父亲还债时他也没这么亲热。"我借你还不放心?哪有什么高利贷?"他对我父亲说,"我是副村长。你是我三叔。"父亲觉得有道理,胳膊肘哪能往外拐呢,人家还是村副。贤侄,借我八千就行。多?三叔还得喝点酒哩。

输输赢赢，经父亲手上的钱基本上保持了动态平衡，但八千块钱不知怎么就变成了两万三千零二十四块三毛。父亲找来借款合同认真研究了一遍，曲曲折折的条款里面竟有那么多小机关。签字画押摁过手印的。

“我只表一个态，我本人对咱们祁家庄的建设很有信心，”祁顺风说，拆开一包新的软盒中华烟，用左手撒出一排子，“我十分希望更好地为乡亲们服务。能不能选上这个村长倒不是最重要。当然了，为了给老少爷儿们谋到更大的福利，我得有这么个平台。”

那群人相互看，然后相互借火点烟。

“进步兄弟是支持我的，”祁顺风说，“我兄弟大家肯定都知道。我三叔的好儿子。现在外面都叫他祈总。固定资产上千万，做海产品加工有限公司，是吧进步老弟？看我兄弟这身行头！爷儿们肯定记得进步兄弟小时候很白，小鸡鸡都是白的；现在这皮肤，古铜色。电视里的有钱人才去晒成这色儿，叫日光浴。男的穿着三角裤衩，女的兜着两把大奶子，往沙滩上那么一躺，黄金海岸，晒太阳。接受紫外线照射。光合作用。就是这样的。进步兄弟，你来了就是支持我。”

我慢慢地把左手往口袋里插。“我来替我爸还债的。”我等着他再次摁住我的手。

狗日的没摁。我心里又没底了。我的钱不够。即便只办了一个无比简陋的丧事，我剩下的钱也很不够了。祁顺风是个狠角色，不是一天两天。他知道我爸是个浑蛋，所以主动借给他钱；他知道我爸是个浑蛋，所以弯弯绕绕地把利息弄得那么高。你别从本家的角度来看这家伙，他对自己亲爹亲妈也下狠手。但他就是有一帮势力，打小就是孩子王，五年级没念完，就开始带一群小喽啰去村东头的松树林边打劫，每人手里握一把小斧头。他说我小鸡鸡白，真事，不过现在黑了。他带着一帮小恶棍拦住我，非脱下裤子让他们瞅瞅不可，要不他会挥起斧头，咔擦，管他黑白，把我裆里的东西去了。那时候我都十二岁了。想想看，过路的还有好几个是我的女同学。问题是，我当时真他妈的脱了。他们笑得要趴到地上啃狗屎。他让我一辈子都认为长一个很白的小鸡鸡是个耻辱。这个狗日的祁顺风，这些年发了，带着当年跟在屁股后头拎着小斧头的那群走狗，把周围几个村里的粮食买卖全拿下了。他到你家，不跟你讨价还价，他只负责告诉你一个价，然后站他身后的某个狗腿子的咽炎及时发作了，咳嗽两声。就两声。你就得说，这个价，公道，成交。现在种地的人少了，年轻人都出门找钱，他开始买地。反正你们也种不了那么多，卖几亩给我，我看就这个价吧。他把左手伸出来，晃几根手指头要看他当时的心情。他用这些地种粮食、栽水果、养鸡，更多的高价转手给做大棚培育的外地人。他一声不吭就成了镇上有名的致富带头人。据说镇长开会时点了他的名，在咱们祁家庄，祁顺风同志是致富带头人。你站在祁家庄的任何角落往天上看，最高的那幢小楼就是祁顺风家。这他妈个浑蛋。

我也是个浑蛋。从号子里出来我的确萎靡不振。尽管只在里面待了两年。两年不是人过的日子。我其实就干了三趟，加起来不过六辆现代轿车，还是个副手。渔船离韩国和日本近了，你心里也会痒痒，走私一辆车就能拿到好几万。结拜的兄弟问我："老二，咱俩来两手？"我说好。他是船老大，我听大哥的。那段时间我真的挺有钱，大哥没亏待我。从我在那个渔港第一次见到他开始，他就没亏待过我。那时候到渔船上谋生，我学会了开船。第三个雇主是我大哥。然后我们一起进去了。第六辆现代车从船舱里往外出的时候，一伙警察围上来，就跟说好了来迎接我们似的。"进去过"是个忌讳，相当于"翻船"，一般人不愿雇。我只能重新从普通水手干起，出苦力的那种。海风把我彻底吹黑了，连同小鸡鸡。

我把钱掏出来，说："这是五千。"我还想到另一个兜里去掏，祁顺风用左手摁住我。他像香港赌片里亚洲赌王一样哗的把五十张人民币摊成一个红色的扇面，然后一抄手，又把它们合到一块儿。整齐得和我刚给他时一模一样。他把钱捏起来，用钱的侧面对着会议桌剁两下，推到他右手边的祝千万面前。“叔，耽误你和各位老少爷儿们的时间了，顺风很是过意不去。”他说，“饭点儿也到了，大家拿去买瓶酒喝吧，想吃荤的买半斤猪头肉。先散了吧，靠各位爷儿们啦。”

他不看他们装模作样的推让，带我出了会议室。

我把左手伸进另一个兜里，祁顺风摁住我。

“还有。”我说。

“我的钱我还不清楚？”他说，“你坐这儿抽根烟。十五分钟后给我电话。”

祁顺风一路向西走，拐个弯往南不见了。十五分钟后我拨通了他手机。

“杜胜利家。”他在电话里说，一股中华烟的味儿，“杜胜利。来吧。”

杜胜利家新建了大房子，如果不是他下地干活都要探头探脑的老婆站在门楼前，我真想不到杜胜利这辈子能住上大房子。他和我爸一样，天生是个赌棍。九个人占据了床沿、椅子和三条腿的板凳，就这样也显出堂屋十分空旷。别的家具都被杜胜利输了。五十年来，他从来就没把自家的屋子里赢满过。

我向街坊邻居们点头致意。

“找我有事，进步老弟？”祁顺风递给我一根烟。

“替我爸还钱。”

“三叔借的钱呀，嗨，我都忘了这码事。”他说，“多少来着？算了，多少钱也不管了，还一半就行。那一半当我孝敬三叔了。”他用防风打火机给自己点上一根烟，打火机从右手换到左手。“在座的多少都欠了我一点钱。钱这东西，生不带来死不带走。我祁顺风其实不打算坐地要价，就是想在各位手头紧时帮上一把。不兜圈子了，进步兄弟就是榜样，凡支持我祁顺风的，一概减半。”

“顺风哥雅量，”我及时地把手伸向剩下的四千块钱，临掏出之前，手指头松了松，七八张钱留在了兜里。我把三十多张票子递过去。“代我爸谢谢你了。”

祁顺风用鼻子笑了两声，说：“应该的。”

杜胜利说：“我欠九千二。”

一个说：“我欠六千七。”

一个说：“我欠一万三。”

祁顺风摆摆手，“明天投过票再报数。进步兄弟回来一趟不容易，咱哥俩得好好整两杯。祝各位发财啊。”

出了杜胜利家，我问：“还有几个会？反正我明天才走。”

“两个。”

“可我只有这么多钱了。”

祁顺风停下来看着我，一个嘴角吊起来笑，“进步你狗日的脑子好使了，敲诈到我头上了？”

“帮着哥哥做事嘛。”我说，从口袋外面感受那剩下来的几张钞票。我不能连坐车离开祁家庄的钱都没有。这些钱我打算给父亲办个像样的葬礼的，进了村看见祁顺风我就知道，这钱无论如何得还，还多少都得还。他跟我说，从古至今的故事里，和尚死了都不能把庙带走。这话有深意，他电话通知我父亲死了时没忘叮嘱我，欠的钱一块儿带过来。我继续往家里走，在房前左右看看。我爷爷没能生出一个好儿子，但他有个好眼力，他把房子建在了村庄中央，没有比这更好的位置了。父亲骂我浑蛋的时候，顺便安慰了自己：“幸好我还有两间好房子，要不养了你这么个儿子还有什么指望。”你用膝盖都能想到，这房子，其实是这位置，会越来越值钱。但你要让祁顺风不高兴了，房子可能会从一天少一块砖一片瓦开始，直到变成一块平地，最后可能连平地都不见了。我临时决定办一个谁都没见过的葬礼。父亲是个浑蛋，我也得说，爸，只能委屈您了。

“要不是弄清楚了一个月你只有两三天能把脚踩在岸上，还真给你这人模狗样的唬住了。三叔整天颠三倒四地跟人磨叨，你混得多么风光，我就是不信。他那点小胆量，你给他点钱，他敢不还我？”

狗日的说着了。有时候海上饭不好吃，比如我现在这情况。但我还是坚信日子会好起来的。我还相信，那个一听说我得在里面蹲两年，立马把我的存折和银行卡卷走的臭婊子，早晚有一天会回来给我系鞋带的。我只要她系，别的女人再好，也靠一边站。我就不信这个邪了。这也是父亲骂我的理由之一，被个女人给玩了。从号子里出来我剁了右手小拇指的最后一节，为了要记住这一点。就像当初被迫脱下裤子露出小鸡鸡后，我立志离开祁家庄一样。因为缺了半截手指，我慢慢习惯了用左手，活生生把自己弄成了一个左撇子。父亲也是个左撇子，他迷信左手摸牌才会有好运气。

现在，口袋里的几百块钱、地处村庄中央的房子，还有后天养成的左撇子，是我全部家当。

“真可以对半还？”

“兄弟我扶正后，一切都好说。”

我决定陪着祁顺风把戏演下去。我们去祁家庄西北角的一户人家，那里聚了一屋子准备听取候选村长施政纲领的正经村民。我穿着西装式皮夹克和白衬衫，我有被海风吹黑的时髦肤色，我还有一场空前的葬礼。没几个人知道这些年我都干了什么。我可以是祁总，就可以是打算造福桑梓的祁总。进门之前，祁顺风把那三千多块钱塞回我口袋。

“为了表示我为祁家庄服务的诚意和建设祁家庄的能力，我真诚地邀来了我兄弟祁进步。望三叔在天之灵安息。”祁顺风说，“进步兄弟是大老板、总经理、董事长，正在筹划为村里建一座康乐中心。进步兄弟只愿意跟我合作，打虎亲兄弟，上阵父子兵，老少爷儿们都懂得，进步兄弟，你来说几句？”

“我支持顺风哥。我们需要顺风哥这样有激情、有想法的实干家。这次回来太过仓促,家乡变化很大,好。康乐中心也只是个初步想法,还需要与顺风哥进一步磋商。”我在口袋里摸索,手指头又松了松,这次顶多三十张钞票被我放到了那户人家的饭桌上。“抱歉,随身没带那么多现金,只表示一下诚意。给康乐中心征集个好名字,谁取出大家喜闻乐见的好名字,这钱归谁。”

房间里骚动起来。没什么比钱更好使。对这一屋子人来说,谁能给村子里找来钱,谁能让大家过上好日子,谁就是在为人民服务。这效果祁顺风很满意。

接下来我又陪着祁顺风跑了两场。其实是三场,晚上那顿饭是最重大的一场。前两场,一场扮演代表死去的父亲接受借款减免仪式的孝子,一场装作哭着喊着要跟祁副村长合作的有钱人,这世界除了祁顺风,谁我都信不过。第三场是我争取来的,跑了大半天,天都跑黑了,饿得不行。剩下的那四千块钱在我兜里进进出出好几趟,让祁顺风这狗日的看出了门道。他没事就用左手朝我口袋上蹭。可我饿得不行。我想喝两杯。应得的。祁顺风一拍脑瓜,没问题,一会儿有场酒,你再辛苦一下。

在酒桌上,我把先前的所有身份都用上了。不用祁顺风引导。照祁顺风的意思,明天的选举是无记名投票,今晚必须让那几棵重要的墙头草吃上定心丸。我的表演相当成功。即便我少说几句话,这身行头和特立独行的葬礼已经说明了问题。重量级人物做事都极端,比如葬礼,可以铺张到大俗,也可以至简到大雅。我说:

“为了表示对顺风哥的鼎力支持,我决定推迟行程,明天作为祁家庄的一个村民,亲自为顺风哥投上庄严的一票。这些年,叔叔大爷兄弟姐妹和顺风哥对我爹多有关照,为了表示感谢,我要多敬大家几杯,一醉方休。”

真就喝醉了。回家的路上摔了三跤。有两次躺在地上,感受着身底下尖利的石头,满天的星星像刚洗过一样,让人难过,我哭了。接到父亲死亡的消息,同船的兄弟说:“穿上你最好的衣服。装也装得体面点。”

过日子不容易,他们是对的。回到家我躺到床上就睡着了,空荡荡的家,我连鞋子都没脱。第二天我被喇叭声吵醒,村委会的广播在宣布投票仪式即将开始。我洗了把脸,把头发梳理整齐,掸了掸裤脚和鞋面上的灰尘去了村委会。今天比昨天凉快。

十八岁以上的村民零散地站在村前的空地上。主席台上铺着红布,镇长亲自到场监督。祁顺风人五人六地坐在台上,跟过两分钟就嘬一次牙花子的谢顶镇长隔一个位置。镇长微笑着对我点头,那是因为祁顺风正指手画脚地向他介绍我。衣锦还乡的兄弟祁进步。有了镇长对我的远距离青睐,村民们在我身后指指点点。我向镇长和祁顺风沉着地挥挥手。

投票开始,每个人把打过钩的纸片往镇长面前的投票箱里塞。我投票的时候,听见镇长笑出了声。镇长笑了,主席台上的人就笑了;主席台上的人笑了,下面的村民也跟着笑了。不知道他们为什么笑。我看看祁顺风,狗日的铁青着脸,没笑。

当场唱票。有人拿麦克风念名字,有人往一块大黑板上写“正”字,唱票员和计票员每人左右都站一个监票员。祁家庄是个大村,计票是个漫长的过程。镇长去村委会休息了。祁顺风板着一脸的横肉走到我跟前,拖着我就往没人的地方去。站住后,他先给了我一拳,“你狗日的来拆我台是不是?”

“天地良心,我投的是你。”

“看你这身狗皮!”他抓着我肩膀,扳了一下,我原地转了两圈。我揪住衣服下摆,尽最大努力往身后看,娘的,衣服啥时候被划破了,皮衣张开一张大嘴,旁边有很多没擦干净的泥点子。人造革就是赶不上真的皮草。

祁顺风把手伸到我装钱的口袋,我立马用手摁住。我们先是盯住对方的手,然后看对方的眼。重叠在一起的是两只左手。

“狗日的,”我说,“你也是左撇子。”

摩洛哥王子

要不是碰上个卖唱的,这辈子我都不会关心摩洛哥在哪里。那家伙唱得真不错,嗓子一会儿像刘欢一会儿像张雨生。模仿田震《自由自在》的时候我跟上他的,那种狭窄、茫然又激越的声音,可以乱真。当然,跟上之前我给了他十块钱。给钱的时候我脸是红的。我心疼,十块钱不是小数目。但已经掏出来了,哪儿好意思再塞回兜里呢?我明明记得兜里有张一块的,掏出来才发现三张都是十块,要命,硬着头皮也得给人一张。他以为我脸红是因为慷慨,他就对我招手:喜欢就跟着听。他看出来我喜欢田震的歌,接下来他唱的都是田震的,《执着》《干杯朋友》《月牙泉》《未了情》。从地铁的这头唱到那头。地铁在西直门站停下,我得下车了。

他停下弹奏和歌唱,扭着身子指自己后背。他的夹克上印着五个字:摩洛哥王子。

回到平房,我跟行健说:"见着摩洛哥王子了。摩洛哥在哪儿啊?"

行健"哼"了一声:"我还见着西班牙王妃了呢。"

米箩已经从他的百宝箱里翻出了世界地图,旧书摊上花两块钱买的,"北非。在北非。头顶上就是西班牙。老大你太牛了,摩洛哥跟西班牙前后脚你都知道。"

"知道个屁!"行健完全是顺嘴瞎说,但误打误撞也让他的虚荣心有了点小满足，“老子看看，这摩洛哥到底在哪旮旯。”

他把地图摊在我们的小饭桌上，我把脑袋也伸过去。摩洛哥头顶上不仅有西班牙，还有葡萄牙。左边是浩瀚的大西洋，右边是阿尔及利亚。边境之南是我只在地理课本上见过的毛里塔尼亚。

我们漫无边际地谈论了一通摩洛哥。除了国名我们对这个国家一无所知，所以谈得更加充分。我们给这片抽象的国土想象出了名山大川、亭台楼阁和大得难以想象的客流量。关于摩洛哥王子，我跟行健和米箩说，真不知道他长得像不像摩洛哥人，不过鼻子倒是挺高。

聊完就洗洗睡了。很快我们就把摩洛哥和卖唱的小伙子忘到了脑后。不是记不住，是所有激动人心的事情最终跟我们都没关系。我们的生活里永远不可能出现奇迹。我们还住在北京西郊的一间平房里，过着以昼伏夜出为主的日常生活。我依然隔三岔五地出没在地铁 2 号线沿线，逢人不备的时候，鬼鬼祟祟地帮我办假证的姑父洪三万打小广告。行健和米箩也是，他们帮陈兴多打小广告，偶尔我们会在同一条街或者同一条地铁线上碰头。有一天傍晚，我在西直门站地铁口的背风处吃烤红薯，行健从身后拍了我的肩膀，说：

“看见你那个‘摩洛哥王子’了。”

“那家伙是不是只有一件衣服？”米箩说。他们看见的也是那件印有“摩洛哥王子”的夹克。“他还带着个头发乱得像草窝的小女孩。他妹妹？”他们看见他的时候，他正从保温杯里倒水给一个脏兮兮的小姑娘喝。

我哪儿知道。

“我跟他说起你，”行健说，“他竟然记得。”

我继续吃烤红薯。行健的话你听一半就够了。

“不信？”米箩说，“我们真说起了你。说你给了他十块钱，他没想起来；说你跟着他听田震的歌，从车头听到车尾，他就一下子想起来了。他说，那个哥们儿啊，背个军用黄书包。”

看来是真的,那天我的确背着一个军用黄书包。其实那几年我背的都是这个包,就一个包。打小广告的一套家伙都装在里面:刻着洪三万电话号码的一个大印章、墨水瓶、涂墨水的板刷、印有我姑父电话和假证业务范围的名片,当然还有纸和笔,以备不时之需。能撒名片的时候撒名片,可以直接盖上个大戳的时候就盖戳,实在不行,用笔在一切可以写字的地方写上我姑父的名字和他的电话号码。

"那是他妹妹吗?"米箩又问,"穿得可不如他啊。"

我真不知道。我也只见过那家伙一次。

吃完红薯,我陪他俩在路边抽了一根烟。秋风乍起,纸片和几片树叶被吹进了地铁口。一群人走出来,像这个秋天的黄昏,有种虚弱的单薄。最后出来的是一串饱满的歌声,"海面倒映着美丽的白塔,四周环绕着绿树红墙。小船儿轻轻漂荡在水中,迎面吹来了凉爽的风。"没有吉他声,但我知道"摩洛哥王子"来了。果然,摩洛哥王子和一个扎着两个蓬乱小辫的女孩从地铁站走出来。他在教那女孩唱《让我们荡起双桨》。小女孩六七岁的样子,鼻梁不高,脸有点脏,褂子还是用北方乡村里当被面的花布做的。摩洛哥王子该有二十岁出头,看上去比行健和米箩大。

"你们呀——"摩洛哥王子说。

"来一根不?"行健挥挥右手夹着的中南海香烟。

摩洛哥王子笑笑,从兜里掏出一把零钱递给那小女孩,说:"过马路注意安全啊。别忘了歌词。"

小女孩犹豫一下还是接住了,然后向他摆摆手:"谢谢哥哥,我记着呢。"跳过马路牙子走到对面去了。

我们凑在一起抽烟,像一群不良少年。"你妹妹?"我还是问了。

"小花?不是。"摩洛哥王子抽烟的动作很熟练,"地铁里认识的。"

"她这样——干啥的?"米箩问。

“要钱的。”

“要钱的”就是“乞讨的”。地铁里有各种各样的乞讨者：残疾人；卖艺的，像摩洛哥王子这样；老人；孩子，比如那个小姑娘，叫小花？

“最近老是遇到她。”摩洛哥王子说。

“你为啥要给她钱？”米箩问。

“她说一天下来要不够数，回到家她爸会打她。”

我们都火了，这什么畜生爹！哪天逮着狗日的好好修理他一顿。

“少安毋躁。”摩洛哥王子劝我们，“我也想跟小花的爸爸谈谈，小花不让，怕谈过了挨的揍更多。你们是干啥的？”

我想告诉他我们是做小广告的，行健瞪了我一眼，说：“你叫啥名字？”

“王枫。”

“你衣服上印着个‘摩洛哥王子’，算啥？”

“一直想整个乐队，叫‘摩洛哥王子’，我是主唱。不过得慢慢来。还有吗？再来一根。”

明白了。他只是想象中的“摩洛哥王子”的主唱，或者说，是“摩洛哥王子”的“王子”。但他的广告做得好，八字还没一撇，他就把乐队名字印到衣服上了。

我们开始抽第二根烟。西直门的傍晚开始降临，在烟头掐灭的那一瞬间天黑了下来。

第二天下午我们出门比平时早，买了地铁票在2号线上乱坐，反正只要不出站，你坐多少站、坐多长时间都是一张票的钱。我们坐两站就下来，换乘下一班，直到遇上王枫。出门前我们达成共识，只是到地铁上听王枫卖唱；其实我们都心照不宣，我们都想到了“摩洛哥王子”乐队。实话实说，这么长时间以来，这是唯一一件让三个人都心动的事。昨天我们做了半夜的梦，梦见自己成为“摩洛哥王子”乐队的一员，我们和电视里、电影里、街头上那些乐队一样，演奏的演奏，唱的唱，跳的跳——成为乐队的一员，无论如何要比给办假证的洪三万和陈兴多打小广告要高雅和体面，这个我们都懂；可是，所有的乐器我们都不会，唱歌也只能瞎唱，跳舞嘛，只有行健会一段残缺不全的霹雳舞。昨天凌晨回到住处，行健扭了一段，跳不下去的时候他就翻来覆去地“擦玻璃”，那动作实在太像擦玻璃了。我们都想成为“摩洛哥王子”，但我们一无所长，所以我们都不吭声，只说去看王枫唱歌吧。好，同去同去。然后我们在雍和宫那一站找到了正唱梅艳芳的《女人花》的王枫。我们抓着扶手站成一排，王枫余音袅袅地唱完最后一句“女人如花花似梦”时，我们热烈地鼓起了掌，一起喊：

“好！”

乘客们开始掏钱。我咬咬牙，把钱塞到王枫斜挎的敞口人造革大皮包里，我看见行健和米箩放进去的也都是十块钱。

王枫继续往前走，边走边唱。从一班地铁的车头走着唱到车尾，下车，换下一班。再从车头唱到车尾，再换下一班。我们跟着，鼓掌，叫好，偶尔投进去一两枚硬币，实在没有太多的钱。在我们的想象里，这是整个“摩洛哥王子”乐队在前进中演出。

晚上七点钟，“摩洛哥王子”停下来，王枫说一块儿吃个饭吧，聊聊。我们都觉得好。王枫说，看看能不能碰上小花。主唱发话了，我们当然继续说好。那就一起去找。

在前门站的地铁里，我们看到了小花。她在车厢里慢慢走，端一只揉皱的“康师傅”方便面桶，一声不吭，见人就鞠躬，鞠完躬就眼巴巴地看着对方，直到对方往她的面桶里放了零钱，直到确定假寐的乘客再也不会给她钱，她才挪到下一个乘客面前弯下腰。

“小花。”王枫喊。

小花看见我们，抱着方便面桶颠儿颠儿地跑过来。“哥哥。”她在王枫身边停下，自然地抓住了王枫的手。

“今天够吗？”

小花对王枫摇摇头，委屈地撇了一下嘴，泪花子就出来了。

“没事，小花，先跟哥哥去吃饭。”

前门的那家馆子很小，只摆得下六张小桌子，但我们所有人都觉得味道好。家常菜怎么能做得那么别致呢，我们喝痛快了。当然小花没喝，她专心吃菜，单独给她又炒了一份芹菜炒肉丝。王枫酒量不错，行健数了数喝空的啤酒瓶子，决定还是不比下去了，真喝到底谁倒下去都不一定。我认为还是王枫酒量更大一点，因为最后是他把单埋了。他非常清醒地说：“兄弟们能来听我唱歌，别说请顿饭，卖两次血我王枫都干。”临别时他还清醒地说，“就这么定了，过两天搬过去和兄弟们一起住。”出了门，夜风一吹，半瓶啤酒我就醉了。王枫清醒地拉着小花的手，说：

“小花，哥哥送你一段。”

回西郊平房的路上，我们一致认为这是一次圆满的聚会、胜利的聚会。虽然没有迅速解决加盟“摩洛哥王子”的问题，但意外地解决了王枫加盟我们的问题。他租的地下室到期了，再不续交房租就得被房东赶出来，他在犹豫。他想住在有阳光的地方，地下室的阴暗生活他受够了。行健敏锐地抓住这个机会，手一挥，好办，咱们屋里空着一张床，欢迎老兄你来！我和米箩也说，欢迎老兄你来。

进了房间，行健拍着宝来留下的那张空床，说：“来了，就是咱们的人了。”

米箩说：“来了，咱们就是他的人了。”

他们俩已经说得这么白了，我就不好再说什么，就嘿嘿一笑。

三天后是周末，米箩翻出来一本算命的书，摇头晃脑地说，良辰吉日，宜乔迁、出行。外面响起了喇叭声，王枫已经坐着出租车到院门口了。

除了一个占地方的大吉他，王枫就两件行李，一个旅行箱、一个蛇皮编织袋，编织袋里装着被褥和枕头。他把几本书摆到床头时，我们才知道他是正规音乐专业的毕业生，尽管那学校我们从来没有听说过，而且是个大专学校。有两本是他念书时的教材，此外都是影像和传记类的书，有讲猫王的，有讲后街男孩的，还有关于滚石乐队、魔岩三杰和黑豹乐队的。我们三个的心立马沉了下去。

按照计划，安顿好王枫就该进入下一个议程，准“摩洛哥王子”乐队狂欢一下，庆祝相互成了“自己人”。具体地说，就是我们来到院子里，王枫弹吉他主唱，我们仨跟着附和、伴奏、配舞。这两天我们去了动物园小商品批发市场，买了廉价的手鼓、笛子、葫芦丝、碰铃，米箩甚至还买了唢呐。这些乐器怎么玩，我们都不会，不会可以学啊，王枫也不是天生就会弹吉他唱歌的。我们一直认为王枫也是半路出家，碰巧了嗓子好，碰巧了模仿能力强，就唱上了；就跟地铁里天南海北来的卖唱的一样，胆子大点、脸皮厚点而已。但人家是科班出身。我们突然就自卑了，我们仨没一个完整的高中毕业的；更要命的是关于猫王、后街男孩、滚石乐队、魔岩三杰和黑豹乐队的那几本书，每一本书里的每一个人都那么洋气。即使只穿一条破破烂烂没有腰带的牛仔裤，赤着脚光着上身也那么洋气，他们怎么看都不像是我们的这个院子里走出去的。我们也可以留一头长发，也可以脱得只剩下一条到处是洞的牛仔裤，甚至脱得只剩一条内裤，但我们永远也成不了他们。这个想法让我们黯然神伤。趁着王枫没注意，行健把他的手鼓往床底踢了踢，米箩把盛葫芦丝的抽屉也推上了，我把笛子往被窝里塞时，被王枫看见了。

“你们怎么了？”他说，“有亲戚朋友要死了吗？”一把掀开我的被子，把笛子攥在了手中。“啥意思？”

我抓了抓脑门儿，“不会吹。”

“不会吹可以学啊。”

我笑笑。行健和米箩也干巴巴地笑了。

“哪个地方不对。”王枫转着脑袋把房间看了一遍。我们租的房间不大，放两张上下铺的架子床和一张偶尔兼做饭桌的破旧写字桌，剩下的地方就不多了。他绕过几双臭鞋子走了一圈，伸手拉开抽屉，葫芦丝上的假商标都没有揭掉。“你的？”他问米箩。

米箩说：“我也不会吹。”

“我也不会。”

行健拍了一下脖子，声音很大，说：“哥们儿，不绕圈子了，哥儿几个就想跟你凑个热闹。”他弯腰从床底下捞出手鼓，扔给了王枫。“你不是想弄一个乐队吗，哥儿几个给你打下手。音乐啥的咱不懂，但要出苦力的，哥们儿没问题。”

“有什么懂不懂的，凑一块儿玩呗。”王枫坐下来，把手鼓放在膝盖上，嘭嘭嘭敲了一阵，站起来说，“要不现在就整一场？”

那肯定是有史以来最怪异的一次演出。我们站在院子里，把扫帚支在椅背上当立式麦克风，王枫抱着吉他站在麦克风后面，边弹边唱。我们三个因为紧张和慎重，坚持站成一排，每人拿一件根本不会演奏的乐器做着样子比画，我的笛子根本就没靠上嘴。米箩的葫芦丝基本上保持在鼻子和眼之间的位置；行健倒是敲了鼓，敲得像抽风，情绪高亢时鼓声就大一点，信心不够了根本找不着声音。但我们都卖力地跟着吉他的节奏扭动，王枫唱的是轻摇滚版的《我家住在黄土高坡》。如果谁从门外看见了，没准会觉得我们都疯了，一个个又是点头又是耸肩，一会儿挺胸一会儿撅屁股，偶尔也像癫痫发作，扭动得像条惊慌失措的虫子，全无章法。一曲终了，我们自己都笑了，笑得坐到了地上，眼泪都出来了。

“演出如何？”行健开玩笑地问。

“演出成功！”米箩说。

“合作愉快！”王枫握紧拳头举起来，“耶！”

谁都没说“乐队”演出成功，或者“乐队”合作愉快。说都没有说

“摩洛哥王子”乐队。

寒气从水泥地面沿着屁股往我们身上爬。王枫先站起来，“起来了，”他说，“来日方长，如果想学，我教你们。有些乐器咱们也得一起学。”

生活在继续。我们三个还是昼伏夜出到处打小广告，王枫还是背着吉他出入地铁和车水马龙的街头卖唱，在外面碰上了，就一起吃个简单的饭。回到平房，一起聊天、吹牛、讲黄段子，爬到屋顶上看着蓬勃生长的北京城打牌喝啤酒，也会在屋顶上学习演奏乐器。我学笛子，米箩学葫芦丝，行健学手鼓和唢呐。王枫经常在屋顶上弹着吉他吊嗓子练歌，也跟我们一起学他陌生的乐器。当然也合作过，牛鬼蛇神似的一起又唱又跳。合作演出的时候通常在院子里，为的是不影响周围的邻居。如果哪天喝高兴了，也会不管不顾爬到平房的屋顶上大喊大叫大唱大跳。只要不是晚上，屋顶上的演出还是挺让邻居们开心的，生活要淡出个鸟来，难得有人在高处死皮赖脸地逗乐，他们就当看耍猴了。不管别人怎么看，音乐的确让我们的生活有了一点别样的滋味，想一想，我都觉得我的神经衰弱的脑血管也跳得有了让人心怡的节奏。

因为王枫，我们见到乞讨的小花次数也多了。他们俩没任何关系，只是王枫在地铁里卖唱遇到过小花几次，他觉得小姑娘挺可怜，买了吃的就分给她一半，天凉了，他把带的热水分一杯给小花喝，就算认识了。那是个招人疼的孩子。我们都觉得小花的爹妈太不地道了，正念书的年龄，拉出来天天让她在地铁上乞讨。但是没办法，孩子是人家的，你报了警都没用，警察也不会天天守着。这样的孩子很多，分散在北京的各个角落向过路行人要钱，鞠躬的，装残疾的，背着小音箱一路播放歌曲的，也有五音不全地演唱的。前阵子新闻上说，某大学教授见到一对夫妻带八岁的儿子乞讨，责问为啥不让孩子念书，那两口子操着方言说：“没钱怎么让他念书？”

“没钱去挣啊。”

“我们不是正在挣吗？”

再理论下去，该父母说：“你有责任心，你境界高，你给我们儿子出学费吧。”

围观的人群一阵笑，见怪不怪了。教授败下阵来。

但让我们不能容忍的是，小花的爹妈现在每天都给小花定下任务，今天要到五十，明天就五十五，后天变成六十。有一天王枫卖完唱回到平房，骂骂咧咧地说，小花的爹妈太不是东西了，给小花的定额马上涨到一百了。要不到一百，小心回家挨板子。

在那几年，一天一百块钱是个相当高的指标。

“这事好办，”行健说，“咱们先去给那对狗男女一顿板子。”

米箩说：“打死丫的，看以后敢动小花一根寒毛！”

“问题是，小花死活不愿意带我去见她爸妈。”王枫点上一根烟，“也怪我，隔三岔五给小花点钱，让他们尝到甜头了。这俩孙子得锅往炕上爬，目标越定越高。”

这事还真得赖到王枫头上。头一回他见小花没要到几块钱，在地铁口哭，给了她十五块钱；第二次见她哭，给了二十块钱；第三次看她恐惧着不敢回家，又给了二十块钱。水涨船高，没平息小花的恐惧，反倒把她爹妈的胃口给吊起来了，他们相信闺女一定有能力越要越多，指标就上去了。好心办了坏事。弄得小花现在每天更不敢回家，因为指标越来越高，完全不可能完成。王枫也不能无止境地帮她填坑，毕竟坑越填越大。

“王枫，别弄得跟个知识分子似的，”行健把右脚踩到凳子上，“这事听我的。两个字：修理。得把狗日的打痛快了。”

“可咱们根本见不着她爸妈。”

米箩也把右脚踩到凳子上，“顺藤摸瓜。”

第二天傍晚，我们三个睡足了，吃了驴肉火烧，接到王枫的短信：七点，复兴门地铁站。这事没那么刺激，一个小丫头而已。我们仨平常的工作得防着警察突然袭击，基本上也练就了一套反跟踪的小能力。我们懂。倒了两次公交，我们晃晃悠悠地到了地铁口附近时，王枫和小花正在地铁口挥手再见，一个往东，一个往西。米箩把运动衫的帽子戴上，低头跟在最前面。隔二十米之后是行健，然后是我，最后是王枫。

那段路挺绕，我们几个都不记得走过哪些地方。路左，路右，顺行，逆行，过天桥，小花走得犹犹豫豫、心事重重，没事就回头看两眼。我问王枫是不是露馅了，他说没，因为要掐着点儿到地铁口，他催了小花，给了她三十块。“我也没剩下几块。”王枫说。

“上次你送的小花，住哪儿你总该知道个差不多吧？”

“差多了。”王枫说，“也就到了复兴门地铁站，我背个身点了根烟，她就没影了。”

小花停下了，抱着膝盖在马路牙子上坐下来。头顶是盏路灯，她的影子几乎要缩到她身体里。我们慢慢地向前靠近，行人和车辆不断，到处是光影，不必担心被发现。突然，她站起来横穿马路，一辆车紧急停下，尖锐的刹车声直往我脑仁子里钻。小花肯定被吓傻了，那辆奥迪 A6 在她两三厘米外，小花呆立在原地。王枫撒腿就跑，我跟上。小花还站在原地，王枫抱住她的时候她正浑身哆嗦。车主擦着冷汗从车里出来，气急败坏地说：

“你这孩子，不要命啦？还有你，你们，怎么带孩子的！你们不知道我有强迫症啊，以后让我还怎么开车！”

王枫道着歉，把小花抱到了人行道上，小花抱住王枫，哇地哭出来。在路灯下我也看见了小花的眼角和右手手背是青紫的。行健和米箩也聚拢过来。

“他们会打死我的！”小花抽噎着说，“他们会打死我的！”

米箩问：“谁？”

“他们会打死我的。”

我对着行健的耳朵说：“是亲生的吗？”

行健拍了一下脖子，说：“是啊，我怎么没想到这茬儿呢！”

首要的任务是把小花送回去。小花不让送，看着她走都不行，她要看着我们先走她再走。她说离她家已经很近了。

跟踪结束。我们先离开。路上又谈到是否亲生的问题，王枫说他也在怀疑，小花提到她爸妈时，从来都是“他们”“他们”。什么样的父母才能让孩子以“他们”相称呢？

我们的担忧应验了。几天后王枫带来了真相。小花在他的诱导下终于说了实话。她在北京的“爸妈”有八个孩子，年龄从五岁到十四岁不等，除了最小的那个弟弟由“爸妈”带着在车站等公共场合乞讨，大一点的孩子都单独行动。早出晚归，自己找地方，每天的乞讨指标五十到一百不等。一大家人租住在一个两居室里，离复兴门不远，她和另外三个姐妹挤在一张地铺上睡觉。那地方小花闭着眼睛都能找到，但说不上来名字，她不认识字，“爸妈”也不打算让她念书。

“亲生的？”

“一个十一岁的姐姐和最小的弟弟是，”王枫说，“其他的都不是。”

“拐——卖？”我说得相当犹豫。这种事报纸上天天都在说，可放到你眼跟前了，你还是觉得有点远。

“被倒了好几手。”

也就是说，小花自己都不清楚她怎么就有了现在的“爸妈”，也不明白怎么就到了北京。她离开家的时候刚五岁。

“现在多大？”

“十岁。”

看着有点小。也正常，这么多年担惊受怕，吃得也不会好，肯定营养不良。

“小花记得过去的事吗？”

“记不清了。她只记得，她家里的爸爸身上有酒味，好像家里还有个弟弟。”

“哪儿人？”

“不知道。她说她好像是跟爸爸去看山，在山里。她爸身上有酒味，坐在路边的石头上，低着头。有人对她摇晃一根棒棒糖，在前面走，她就迷迷糊糊跟上去了。”

“然后呢？”

“被带走了。再然后，换了一个又一个地方，换了一个又一个人带着她，有的给她好吃的，有的打她，还不给饭吃。”

“山的名字叫啥？”

小花不记得了。王枫让她回去再想想。

过了两天，下午我们正睡觉，行健的手机响了。王枫的短信：龙虎山。查查有没有这个地方。小花模模糊糊想起这名字，好像离他们家不远。

我们立马从床上跳下来，直奔书店。三个人在海淀图书城分头查。行健找名胜古迹类，米箩找名山大川类，我翻各种地图册。晚上差一刻八点，我在江西省的地图中看到龙虎山的名字。地图右下角注：龙虎山，位于江西省鹰潭市西南二十公里处贵溪市境内。然后我们继续分头查与龙虎山相关的资料，包括周边的地理环境、风土人情、饮食习惯。凡是可能唤醒小花记忆的，我们都不放过。回到住处，王枫已经回来了，一兜子信息我们全汇总给了他。王枫想了想，没准是，小花南腔北调的普通话里的确有点湘赣的口音。

又过了两天，印证完毕，基本可以确定小花的家在江西鹰潭附近。王枫用鹰潭日常生活里最显著的特征——提醒小花，在她邈远的记忆里，部分印象缓慢地浮出水面。小花很谨慎，每透露一个信息都嘱咐王枫别说出去，以免让北京的“爸妈”知道。她想离开，但又恐惧离开，广阔的世界对她来说是个可怕的陷阱。如何帮她找到亲生父母，我们四个人每天都在商量，可头发揪光了也没理出个头绪。她完全不记得村庄和父母的名字，自己原来姓什么都忘了。我们每天都谈，每天都以叹息告终。

一个周四中午，出门两个小时不到，王枫又回来了，身后跟着正在吃汉堡的小花，因为嘴角破了，张嘴小心翼翼，但分明又饿得不行。颧骨上瘀青，左手手腕处也结了一块血疤，走路踮着脚，膝盖受了伤。昨天晚上被她“爸”打的。小花昨天的收成不错，回到家“爸妈”还没回来，她躺到地铺上不小心睡着了，醒来发现口袋里少了三十块钱。旁边的兄弟姐妹都摇头，“父亲”就火了，一顿胖揍。

行健说：“这日子没法过了。”

米箩说：“先揍丫一顿再说。”

我说：“还是自己家好。”

王枫问行健要了一根烟，吸得那个狠，每一口都想要了烟的命似的。“要不——”王枫说，“把小花送回鹰潭？”

王枫说得很慢，我相信这个想法把他自己也吓了一跳。不是送回去就完了，而是要替她找到亲生父母。跟大海捞针没什么两样。房间里突然安静下来，只剩下小花小口咀嚼汉堡的声音。

“小花，你想回自己的家吗？”王枫说。

小花也愣了，把我们四个人轮番看了两遍，恐惧地说：“我不知道。”

“小花别怕，跟哥哥说，”王枫把水杯端到她面前，“你想回家吗？”

“哥哥，我真不知道。”小花哭了。

“小花，想回家就点点头，哥哥送你回去。哥哥帮你找到爸爸妈妈。”

我们盯着小花看。小花放下汉堡，一分钟后点了点头。

“好，买了车票咱们就回！”

“想好了？”

“想好了。”

行健、米箩和我，每人拿出两百块钱硬塞给王枫，一点心意。只能做这么多了。王枫让我们别担心，一个月后准回。大不了边唱边找，他唱，小花也可以唱。这些天她学会了好几首歌，一张嘴像模像样。我们在屋顶上给王枫和小花饯行，喝啤酒，吃驴肉火烧。

我在墙上画正字，数着日子等王枫回来。一周过去。半个月过去。一个月过去。四十天过去。王枫发来短信，还在找，没想到鹰潭这么大。好消息是，小花唱得越来越好，吉他也能弹出调了，天生学音乐的料。

两个月过去。北京进入了严冬。

第十四个正字缺一画的那天，北京大雪，我和行健、米箩躲在房间里吃火锅。借来的锅，煮了三棵大白菜和六斤五花肉，我们热气腾腾地接到了王枫的电话。鹰潭肯定也很冷，所以王枫的声音很大，没按免提我们都听得见。王枫在电话里说：

"行健，米箩，穆鱼，你们帮我证明一下，我是不是送小花回家的——"

鹰潭的风声很大，更大的是人声，一个暴烈的江西男声从行健的手机里冲出来："证明，拿什么证明？谁信啊！"

又一个暴烈的江西男声："跟他废什么话——"

在他的尾音里我们听见更大的风声，然后是巨大的撞击和破裂声。行健的手机发出了焦躁的、永恒的忙音。行健对着电话"喂喂"了半天，还是忙音。他给王枫拨回去，一个优美圆润的女声在电话里说：

"您拨叫的电话已关机。"

三个月后，我们过完春节，和浩荡的返城人流一起从老家回到北京。北京重新变成一个无边无际、五方杂处的大都市。有天下午，我从洪三万那里取完他刚印制好的名片回到住处，发现院门口坐着一个穿粉红底白碎花羽绒服的小女孩。我咳嗽一声，她抬起头，是小花。

"小花，王枫呢？"

“哥哥还没回来吗？”

“找到你爸妈了吗？”

“找到了。”小花说，踢了半天门槛，“可是，我爸，他说是哥哥把我拐卖走的。”

见了鬼了，这跟王枫有个屁关系啊。但小花她爹就认准了，他说你们看，我闺女跟着他卖唱，挣的钱肯定都归他。你们不信？你们听听我闺女唱的歌，好不好？好，你们都听出来了。这么小的娃儿会唱这么多歌，得学多久啊！你们相信他是要把娃儿送回来的吗？鬼才信！你们相信世界上有这样的好人吗？看，你们不信了吧。老少爷儿们，帮个忙，把他那什么琴下了，还有钱。这样的人得送公安局去！看着长得白白净净顺顺水水的，欺负人欺负到家门口了！

在他们的村口，他们摔了王枫的手机，他们把王枫送进了派出所。王枫和小花怎么解释都不行。王枫当然要辩解，他们不听。而小花要解释，那一定是受了坏人的胁迫。整个事情在他们村里突然变得极其简单，就那么回事。肯定是那么回事。没什么好说的。

那也是小花最后一次见到王枫。

我把院门打开，小花不进。小花说：“我就过来看看，”然后大哭，“我以为哥哥回来了呢。”

王枫没回来。

过了几天，行健和米箩说，他们在地铁里看见小花了。小花在卖唱，抱着一把吉他，唱得还真像模像样。后面跟着个小个子男人，专门收钱。

“你猜那家伙是谁？”米箩问我。

“小花的亲爹。”

“你怎么知道的？”米箩说。

“我可以说是我猜的吗？”

“长得真他妈像，”行健说，“那塌鼻梁。”

莫尔道嘎

那两年生意砸得厉害,见了鬼,下的力气越大赔得越狠。朋友说,别跟运气对着干,出去走走,没准回来百无禁忌了;趁车还在。朋友的意思是,别把车也搭进去。我就开着我的斯巴鲁越野出来了。放松地跑,当然要去大草原,我把油门一脚踩到底,就到了呼伦贝尔。九月的草原天大地大,江水长,秋草黄,一听到马头琴我就忧伤。我得把自己从失败的坏感觉里拽出来,鸿雁南飞,我一路向北。

从黑山头镇沿 301 省道往东北走, 出了第一个加油站天就黑了。在加油站刚喝了一罐咖啡,觉得浑身都是力气,穿过额尔古纳市也没停下。照我的预期,加把劲儿,半夜到根河再住下。天很黑,整条路上看不见别的车开灯,就我一人在大草原上狂奔。这在七八月份的草原上是不可想象的,那时候旅游的人多如牛毛。现在呼伦贝尔冷起来,车里必须开着暖气才能把路一直跑下去。但黑暗和孤独慢慢侵占了斯巴鲁的空间, 也可能是因为马头琴的音乐一直开着,我在忧伤之外感到了恐惧,就像被整个世界遗弃了。不管如何努力生意依然每况愈下时,我感受到的恐惧与此刻一模一样。我的后背开始发凉。仅有力气是跑不了长途夜路的。就是在这时候我遇到了老哈。路拐了一个缓慢的弯,在山坡的另一边他站在路边,旁边是他的摩托车,尾灯在闪。他对我摆动着高举的两臂。

“借个火。”他站在我车灯的光柱里，证明他只是求助。他把头盔和手套都取下，一身的户外行头，防风，保暖，穿一双山地靴。“撒了泡尿把打火机给弄丢了，”他抽烟的样子有点狠，憋坏了，“兄弟你要不来，今晚我能不能撑到图里河都难说。”他吐了一口浓烟，眼眯起来。“跑长途缺了这一口，等于进了洞房找不到新娘子。”

他自己先笑起来，因为脸黑，显得牙白。有点东北口音。五十多岁的样子，结实的大块头。

“去哪儿，兄弟？”他问。

“根河。”

“够跑一阵子的。”

我都想跟他一起去图里河了。但我说的是：“是有点累。”

“累了就停下，”他说，“别跟自己较这个劲儿。你去加拉嘎，前头拐个弯就到。我认识牧羊的老包，他家的炕暖和。就说我老哈介绍的朋友。”

这是个话多的老哈。我们各抽了三根烟。上车之前老哈说，去过莫尔道嘎吗？走多少冤枉路都值；镇上有家客栈叫“牧马人”，老板娘那叫一个好看。我们一起踩油门，他的摩托车比我快。他不喜欢跟别人一路跑。他在我的车灯光柱里从摩托车座上抬起屁股，像支箭钻进了黑夜里。

一个半小时后，我已经躺到了老包家的热炕上。老哈说得没错，你能在老包的皱纹里至少找到两根羊毛。老包说：“好好闷一觉，明早起来跟我放羊去。”

我跟老包放了三天羊。一大早出门，带上大饼、羊肉和一大保温罐奶茶，把四百只羊赶到他们家草场上。羊吃草，我们找个避风的山坡躺着晒太阳，有一搭没一搭说话和抽烟。话题自然离不开老哈。他们俩认识四年，每年九月老哈都会到老包的牧场上来。他喜欢心无挂碍地躺在草原上。他骑着摩托来，住上三五天，离开，下一次再见可能得明年，也可能过上个把星期他又来了。来了还是放牧，半天跟老包说上一句话。

“狗日的老哈，”老包说，“马骑得是真好。到底是个牧马人。”

我一下子来了精神。

“没跟你说？这老哈，在新巴尔虎左旗当过知青，放了三年马。”

我仔细想了一下昨天晚上见到的老哈，好像两条腿是有那么一点罗圈。这个张嘴一口东北味儿的青岛人，按老包的说法，算是活明白了。你能想象这老小子六十岁了吗？退了休开始周游世界，就一辆摩托车，山南海北地跑。九月份准时到呼伦贝尔，比寒流来得还准。

“为啥九月？七八月草原那才叫美。”

“九月二十六号他得赶到莫尔道嘎。”

我笑起来。“为了牧马人客栈漂亮的老板娘？”

“那你得问狗日的老哈。”

不得不说，幕天席地的生活会改变一个人。天地间只有你和一群羊，你会觉得除了这群生灵，什么都可有可无。放过羊的人和没放过羊的人不是同一种人。老包说，他阿爸是放羊的，他阿爸的阿爸也是放羊的，他阿爸的阿爸的阿爸也是放羊的。他躺在草原上看着这群羊，觉得他阿爸、他爷爷、他太爷爷都活在他的身体里，他们跟他一起放羊，他们跟他放的是同一群羊。羊的身体里也活着羊的祖先。我的悟性不够，但多少也感受到了一点跟听了马头琴一样的忧伤，只是这忧伤是饱满、明亮和喜悦的，而在车里听马头琴，那忧伤像只空荡荡的口袋，整个人都饥饿，肚子里全是恍惚的风。我跟老包说，生意的事问题不大了，可以离开了。

“回北京？”他问。

我想是吧。但出了老包家，我突然决定去莫尔道嘎。再跑几天，把整个人彻底放空，像下坡时给车挂一个空挡。

莫尔道嘎很有名，但莫尔道嘎的确不大，刚转到第三条街就看到老哈的摩托车停在一座三层小楼前。没错，牧马人客栈。办好入住手续我才向前台打听老哈住哪里，竟然就在我隔壁。我在老哈极具穿透力的呼噜声里也睡了过去，从加拉嘎到根河再到莫尔道嘎，我在斯巴鲁里坐了大半天了，腰都快断了。被敲门声吵醒时天已经黑了，老哈在门外喊：

"兄弟，一块儿喝两杯。"

"你咋知道我来了？"

"前台的丫头是我干闺女。"

因为经他推荐我才来莫尔道嘎，老哈坚决要到附近一个馆子里给我接风。现在是旅游淡季，整个客栈加我才住了八个人。"牧马人"的厨师请假回老家了，开不了伙。穿过大堂，前台的姑娘没叫他"干爹"，叫的是"哈叔"。

当然是吃羊肉，手把肉。老哈很讲究，肉热腾腾地上来时，不像我穷凶极恶地扑上去，而是从口袋里摸出一把小刀，慢悠悠地在一只瓷碗底下咔哧咔哧磨起来，磨完这面磨那面。要我看，那刀锋利得很，根本用不着磨。磨完了，我都吃下好几块肉了。他割下一块连骨肉，刀锋向内，慢条斯理地再割下条条块块的肉，用手捏着放进嘴里。"要吃肥的，"老哈说，"只挑瘦的那不叫吃羊肉。香不起来。"

我们喝蒙古王酒。劲儿大，过瘾。累了一天整上个二两老烧，神仙日子也不过如此。老哈用指头蘸上酒，敬过长生天才喝。他说多少年都这样，礼数不到心里不踏实。

"在家也这么用刀？"

"用。过去蒙古人出门做客都带自己的刀。"他把小刀举起来给我看，刀把上缀着一颗狼牙，刀和狼牙都有了一层厚腻的包浆，"在青岛我自己做手把肉。"

"说说放马时候的事呗。"

“老包又多嘴了？”

“他可没提老板娘。”

酒是个好东西，两杯下肚我就觉得跟老哈是亲兄弟和忘年交了。我举着羊肉开起了玩笑。老包的确什么都没说。

“嗨，”老哈打了一个嗝儿，“那时候真是他妈的年轻啊。”

故事肯定要开始了。我不吭声，勤快地给老哈满酒。

“刚到新巴尔虎左旗那年，我十九岁，高中刚毕业。”老哈说，“都说当知青光荣嘛，我死活要去。临走时我妈隔着绿皮火车窗玻璃跟我说的最后一句话是：草原上夜里冷，千万别蹬被子啊。”

“啥时候遇到的老板娘？”

老哈没搭我的茬儿。随他去，真有事他肯定憋不住。他跟我讲起四十年前的知青生活。他的运气实在太好了，他们那个知青点只有两个人被挑去放马，他是其一。在整个牧区，最好的工作就是牧马。“自由。骑着高头大马，那真叫拉风，吆喝一声就下去四十里地。”老哈说，“马倌可以骑最好的马。好马跑起来速度就是快。那真是快。”老哈眯起眼，身体开始前后上下颠动，四两酒就可以把他送回新巴尔虎左旗的草原上。次之是放牧牛和羊。牛羊没那么快，但它们起码在动，一天下来总能像乌云或白云那样刮过一大片草地。知青们最不愿干的是当猪倌，臭烘烘的一群猪趴在那里，吃了睡，睡了吃，看着它们，自己身上也跟着长肉。他们宁愿随屯田的牧民去开荒种庄稼。“姑娘都喜欢马倌，嘿嘿。”老哈说。

我以为要入正题了，老哈话锋一转，说：“那时候我做梦都想来莫尔道嘎。”

“年轻人有心事了。”我坏坏地笑。我猜某个姑娘，比如现在“牧马人”的老板娘，就是莫尔道嘎人。

“牧民们都说莫尔道嘎好，原始森林像海一样大。我一个青岛海边长大的，水见得多了，想看看树。他们不说我也要去。莫尔道嘎，听听这名字。头一回听我就喜欢上了。就冲着这名字我也得去看看。”

这我能理解。我也喜欢很多地名，耶路撒冷、伊斯坦布尔、阿姆斯特丹、圣彼得堡，不知道它们在哪里的时候，我就想去了。这辈子的愿望之一，就是把想去的地方都走一遍。“你来了？”我给老哈倒上酒。

老哈一口干掉。“倒满。请不下来假。兄弟，干了！”

二十世纪六十年代的呼伦贝尔草原，火车跑得很慢。老哈得头一天从住地骑马到海拉尔，住一夜，赶第二天早上海拉尔去根河的火车。到根河停下，住一夜，再等根河去莫尔道嘎的火车。有可能还要住两夜，去莫尔道嘎的火车两天一班。等那慢悠悠的小火车晃到莫尔道嘎，三四天已经过去了。在那里转一圈打道回府，又三四天过去了。生产队里都忙着大生产，没那么多时间让他去搞闲情逸致。一个萝卜一个坑，他溜号就得别人顶上来，这个账没法算。

问题在于，想去莫尔道嘎的不仅是老哈，老哈的马倌搭档巴图也想去。巴图大老哈三岁，赤峰人，比老哈早一年来这个知青点。老哈叫他“巴哥”，但在生活和牧马上，巴图是他师傅。要去得两人一块儿去，老哈这个海边人有点晕草原，一个人出远门想想都犯怵。两个人坐火车去莫尔道嘎，理论上无论如何都行不通。

还有一种可能，骑马去。从知青点到莫尔道嘎直线距离不到三百公里，一匹好马悠着点跑，得两天，歇一天，再跑回来，又两天。五天也不短，还得确保天公作美，马也不出问题。但这是他们去莫尔道嘎的唯一可能。老哈和巴哥达成共识，等机会。

“等到机会了？”我问。

老哈说：“喝酒。”

一瓶蒙古王下去了。

老哈终于说：“等到了。”

他们跟生产队队长做了个交易，每次把马群里最好的驯马给队长骑。这是个了不得的待遇。马倌要伺候的官人能数出一串子，谁需要马就得给谁提供，队长排在这条串子上差不多最下面，但凡有另外一个领导有要求了，最好的马就到不了队长手里。但县官不如现管，领导指示下来了，老哈和巴哥就借口“乌云”身体不适，把“赤兔”给了领导；领导一走，“乌云”就到了队长的屁股底下。条件当然只有一个：合适的时间让他们俩骑马去一趟莫尔道嘎。

老哈当知青的最后一个冬天，机会来了。前两天刚下过一场说大不大说小不小的雪，天不错，朗月当空，队长在他们俩宿舍里喝了半瓶酒，脑袋一热，舌头就大了，说：“只要你们敢现在出门，我就答应。”那会儿已经晚上九点，整个草原都睡着了。老哈和巴图一对眼，卷了简单的行李和吃食就出了门，胳膊底下夹着一套马具。“乌云”和“赤兔”都不能动，以备领导不时之需，他们俩骑了次一等的两匹马，巴图的是枣红马，老哈的是白马。呼伦贝尔大草原如同一个冰冷清澈的梦，他们俩上了马就往东北跑。月亮在星星就在，他们盯紧了星星跑。老哈说：“有种不真实感。”他们跑了差不多一个小时，巴图突然勒住马，说：

“那儿！”

老哈看见白银般的月光底下坐着一头狼，它缓慢地站起身，想从山包上退下去。老哈踢了一下马肚子，挥起套马杆。“追！”

月夜下两个人纵马逐狼的画面确实有种不真实感，但老哈知道这事假不了。躲在羊皮棉帽里的耳朵听得见马踏残雪的声音、月光打在枯草上的声音，甚至他胯下的白马出汗的声音，他感到草原从未如此辽阔，他听得见呼伦贝尔在马蹄下像布匹一样蔓延和展开的声音。那头狼几乎在和他们平行地跑。老哈听见巴图喊：“它吃得太多啦！”这从那头狼的体形和奔跑的速度就可以看出，它有点吃力。这是个好消息，它耗不了多久。

问题是，老哈也耗不了多久；准确地说，是老哈的马耗不了多久。这是匹好马，但年龄偏大，短跑显不出来，五十公里之后就有点使不上劲儿。他眼看着巴图的枣红马多出他半个身位、一个身位、两个身位，他们的距离越拉越大。月光底下枣红马像团黑红的火焰，巴图的套马杆平稳地与身体一起摆动。老哈希望那头狼最好能立马就跑不动，他套过马、套过牛、套过羊，没套到过狼。正在他希望破灭之际，狼艰难地停下了，老哈打马直奔过去。那狼突然对天长嗥，然后勾着脑袋，扭曲着身体，老哈明白复燃的希望再次破灭了。果然，狼在呕吐。它把身体的负担全吐了出来。在巴图的枣红马离它三十米时，那头狼又长嗥一声，四蹄悬在半空一般消失在一个山包之后。老哈喊："巴哥，追！追！"巴图显然也有此意，鞭子抽到了马屁股上。他们都舍不得，狼皮八块钱一张。八块钱在当时，是笔不小的财富。可以买书，买衣服，也许他们俩都想到了，可以给喜欢的姑娘买件礼物。

巴图追到山包的另一面，接着是老哈。等巴图追到另一个山包的对面时，老哈再跟过去，狼和巴图都不见了。他只能隐约听见孤零零的马蹄急骤地击打大地的细小声音。他骑着马在周围的几个山包间转圈子，两棵白杨树提醒了他，这地方有个羊场。

跟着星星走，二十分钟后，老哈看见了牧羊人的蒙古包。如他所料，迎接他的是牧羊人的女儿乌兰娜。她给他打了洗脚水，倒了热奶茶，铺好了热被窝。他冻坏了。他甚至都没想清楚乌兰娜若是穿上汉人的连衣裙会有多漂亮，就歪着头睡着了。

天快亮时，他觉得脚头一阵冷风，激灵一下，醒了。巴图疲惫地坐在床铺的另一头，掀开被子盖到了腿上。巴图的右脚露在被子外面，在微小的羊油灯下，包住脚的布全是黑红色的。

"怎么回事？"老哈问。

"没事，血止住了。"巴图笑了笑，指指外面。

老哈正好要起身去小便，昨晚乌兰娜倒的两大碗奶茶他全喝了。在蒙古包外木栅栏上，他看见挂着的一张狼皮，旁边还有一张，他凑近了看，还是狼皮。老哈倒吸了一口冷气。

那天晚上，巴图一个人穷追那头狼，在它筋疲力尽的时候套住了它。但就在他套那头狼的时候，不知道从哪里又蹿出来一头母狼，完全是以玩命的方式向他扑过来。马受了惊，狂乱地跑，好处是把套到的那头狼给拖死了，坏处是，它不停地转圈子给新来的母狼提供了机会。母狼咬住了巴图的右脚，咬住了就不撒嘴。难以想象，那头母狼分寸把握得如此之好，一口下去竟然没碰到马镫。直到巴图抽出打狼棒击碎了它的脑壳，母狼也没有松口。

母狼咬断了巴图的脚筋。这是老哈后来才知道的。巴图当时也没意识到问题如此严重，他撬开母狼的牙齿，下马收拾两头狼尸时，只觉得走路不得劲儿，除了流血和疼，他没往深处想。用行李袋里的药粉止了血，撕一块衣服简单包扎了一下，就把死掉的两头狼往马背上捆。刚安静下来的枣红马哪里愿意，一直暴躁地踢踏，巴图没办法，只好在月光地里掏出刀子，现剥了狼皮。他把剥下来的狼皮皮毛向内卷成两团，枣红马才允许捆到它背上。

这个血性的故事让我们俩酒兴大发，一杯接一杯地干。除了有限的几次跟财神级顾客这么玩命地喝，我想不起来什么时候如此渴望过酒。然后老哈就沉默了，换了我开始说。

如果有人喝高了喜欢一声不吭，那老哈就是高了。那晚的后半段我肯定也高了。我一高就管不住自己的嘴。我跟老哈说，你知道吗，老哥？我的生意砸了，一塌糊涂，一塌糊涂啊。后来说了啥我完全没印象，只迷迷糊糊记得我架着老哈，老哈也架着我，我的两条腿木木的跟白桦树一样不打弯，我们俩像双头鸟一样趺趺撞撞回了客栈。竟然都顺利地躺到了自己的床上。

一觉睡到中午，头没疼，说明酒跟人一样醒得彻底。想到楼下找点东西吃，前台老哈的干女儿说，哈叔嘱咐了，我起来就带我到“她家”。

她家在马路对面，一楼。进了门看见老哈坐在客厅的沙发上，旁边是把老式藤椅，铺着一张熊皮。一个中年女人在摆放碗筷，一桌好菜。如果那女人再瘦一圈、年轻二十来岁，完全可以分毫不差地重叠进干女儿的身体里。一对漂亮的母女。老哈向女主人介绍我：

“这我小兄弟，小穆，北京来的。”

女主人大方地和我握手、问好，松开手后转向老哈，说：“叫嫂子。”

“你看——”老哈说。

“叫嫂子。”

“好，嫂子。嫂子。”老哈说，烟叼到嘴上又取下来塞进烟盒里，“我把穆兄弟请来，是想给咱巴哥热闹热闹，生日嘛。”

“谢谢你来给我们家老巴庆祝生日。”那女人给我斟上奶茶，“我叫乌兰娜。”

“我知道。”我可能不该这么回答，但进门第一眼看见她，我就知道她是乌兰娜。千真万确。那天晚上的蒙古包，牧羊人的女儿。

“你还知道什么？”乌兰娜的脸红了一下。她的皮肤很好。然后她转向老哈。

我赶紧说：“就这些。”

老哈也赶紧说：“就这些。”他不敢确定昨天晚上究竟对我说了多少。

小乌兰娜已经在蛋糕上插好了蜡烛。“阿妈，我把阿爸推过来？”

老哈站起来。我也跟着站起来。乌兰娜坐着没动，似乎颇费了一番踌躇才点了点头。

三分钟后，小乌兰娜推着一个轮椅进来，寿星老巴图斜靠在轮椅背上。腿上搭着一条羊绒毯子，两只手放在毯子底下，因为看见毯子的抖动，我才注意他庄严的蒙古男人的脸。老巴图的脸不对称，右边的眉毛、眼角和嘴角吊起来，用不同的节奏在一起微微地抖。老哈走过去，一只手搭在老巴图的肩膀上，说：

“巴哥。”

老巴图一动不动，两眼空空荡荡；除了抖，表情也是空的。

“他说不了话了。”乌兰娜说。

“去年不是好好的吗？”老哈说。

“去年已经过去了。”乌兰娜从毯子底下拿出老巴图的手握着，说，“老巴，咱们过生日，好不好？还有新朋友小穆，他特地来咱们牧马人客栈。”

老巴图和刚才一样，脸上没有任何时间经过的痕迹。

接下来就剩下程序了，切蛋糕、唱生日歌、吃饭，典型的蒙古餐，有手把肉。老哈没有用自己的刀。乌兰娜一顿饭的三分之二时间都在喂老巴图，而喂进去的食物三分之二都漏了出来，幸好喂食之前给他戴上了一个巨大的围嘴。我们的话很少，大部分时间只能听到吃饭的声音。在断断续续的三个人的对话里，我得到了如下信息：

老巴图的腿脚一直不好（从打狼的那夜开始），走路是瘸的；后来腿部肌肉萎缩，行动逐渐不便，只能深居简出；去年的某一天（肯定在老哈来给他过生日之后），摔了一跤，突然中风，或者突然中风才摔了一跤。总之，这就是现在的老巴图。

饭后，我们沉默着喝奶茶。老哈放下杯子蹲到收拾干净的老巴图面前，把手伸进毯子底下握着他的手。老哈说：“巴哥，你还认识我吗？我是小哈啊！”

除了抖，老巴图有的只是一张庄严、空白的脸。老哈眼泪唰地就下来了。他站起来，急急地出了门。

回到客栈我们就退了房，去老包的牧场。老哈说，他有话想跟我们说，跟我和老包。他要当着我和老包的面说。我们原路返回，从莫尔道嘎到根河，然后回到加拉嘎老包家的牧场。我开车跟在老哈的摩托车后面，从半下午一直开到夜里。除了抽烟、上厕所，我们一直在跑。老哈不敢停下，他说停下了可能就再也开不了口了。

如你所知，谎言总是没完没了，而真话通常只需要几句。

坐在老包家的火塘边，老哈一杯杯地喝奶茶，声音断断续续：

“……那天晚上，老巴只想专心赶路，是我想追那头狼的，我想给乌兰娜送个礼物……我喜欢她，我也知道她喜欢我……我是看见那头母狼才装作被落下的……我的确怕了……不过我的确也追不上老巴，他的马比我快很多……可是，我可以一直跟着他们跑，只要找，总会找到他们，就算给老巴提个醒也好……狼太狡猾了……或者叫上乌兰娜的阿爸一起去找也行……我没有……凌晨老巴回来，很快就睡着了……我知道老巴没法再跟我一起去莫尔道嘎了，但我不想失掉这次机会，骑上马一个人出发了……上马前，我带上了一张狼皮……”

“一个人敢出门了？”老包抽着大烟斗问。

“还是怕。可我想，老巴一个人把两头狼都对付了，我不过是赶个路。”

“去了莫尔道嘎？”我说，“买的是啥礼物？”

“从一个二毛子手里买了条俄式围巾，很漂亮，稀罕。回来途中送给乌兰娜，她直接从蒙古包里给扔了出来。我就知道，我们没戏了。”

“然后呢？”

“知青返城。我离开了。真像是逃命。”

三个人都不吭声。木头在火塘里噼噼啪啪炸出很多火花。

“要有朋友去莫尔道嘎，”老哈说，“推荐一下牧马人客栈。乌兰娜不容易。”

霜 降

不知道哪来的规矩，胡天成非说霜降这天要吃藕。一定要来啊，他在电话里再三嘱咐。我不想麻烦他们两口子。这次回来，给爸妈报了个县里的旅行团，去云南，我爸想去西双版纳看看。送走老人，我一个人在家，懒得开伙，我说路边小店吃一嘴得了，反正明天一早就走。胡天成说不行，李苏红不答应；明天走今天也是霜降，老同学多年不见，总得喝两杯。就这么定了，老窑厂，往前五百米；我可下水了啊。胡天成挂了电话。

起码五年没见胡天成了，李苏红更久，初中毕业了就再没见着。长相倒记得，我们做过一年同桌，满月脸，哪个角度看过去都有扑上去咬一口的冲动。当年班上一大半早熟的男生对爱情的终极梦想就是倒插门，插到门前有棵花椒树的那个院子里。李苏红家住镇上，出生前一天，她爹在自家的墙头下栽了棵花椒树，老头子想要个儿子。当然还是失望。李苏红她姐嫁出去了，轮到李苏红，必须找个上门女婿。我们班男生没事就往镇上跑，回到学校，身上就有一股隐约的椒麻味。大家相互掏对方口袋，谁兜里都有几片花椒叶。可怜那棵花椒树，秋风没开始吹，枝叶就光了。说来惭愧，那会儿我也跟他们一样，张嘴闭嘴爱吃麻辣。

谁知道真把花椒吃到嘴的，竟是胡天成。我怀疑李苏红本人也想不到，那个整天勾着腰对着墙角吭吭吭咳嗽，单薄得像张相片的小个子，九年以后成了她的老公。当然，九年后胡天成腰已经挺直了，块头突然就硬邦邦地大了好几圈。五年前我陪爸妈采办年货，在老家的集市上见到他，想象力用爆了我也不敢确定眼前的卖鱼汉子就是胡天成。他一把拍住我右肩膀，说：

“我就知道是你，大文豪。”

我掸了掸他留在我羽绒服上的潮湿细碎的鱼鳞，“可我不知道你是谁啊。”

“叔叔知道。”胡天成说。

我妈说：“你爸没跟你说？你同学，小胡，胡天成啊。”

我看看我爸。我爸说：“我真没跟你说？”

算了，就不为难老爷子了。我说：“看我这记性，老同学啊。”我说“老同学”时，还是没能把那个小纸片胡天成过渡到眼前的“老同学”。我盯着他的喉结看。没错，是胡天成。当年马不停蹄地咳嗽了三年，胡天成整个人都被咳小了，唯有喉结凸出来，在他的细脖子上失控地占了半壁江山。现在他的脖子粗了，喉结看上去依然触目惊心。

“十几年没见了吧？”我说。

“十五年。”胡天成冻得通红的右手五指张开，在我眼前摇晃三次。冬天的阳光照上去，手上的鱼鳞闪闪发亮。“叔叔阿姨总在我这里买鱼，常说起你。”

车水马龙，叫卖和鞭炮声此起彼伏，扯着嗓门儿说话也不敢确保对方一定能听见；胡天成的生意又好，摊位前摆满了各种鱼，活的、死的，解冻的、冰镇的，河鱼、海鱼，还有老鳖和莲藕，每种年货前都蹲着一堆人在挑挑拣拣。不耽误胡天成的好生意，寒暄几句我就告辞了。接到他的电话已是一年后了。

某天下午，我在报社抓耳挠腮地加班发稿，接到老家来的电话，一句“大文豪忙不”我就知道是谁了。我说哪有什么大文豪，正经点儿，但丁、歌德、曹雪芹和托尔斯泰早死了。

胡天成说：“你是大记者啊。”

“记者也不是了。”

三年前我就不当记者了，总算熬成了编辑。现在一年写的字加起来都填不满两封情书。胡天成的情报过时了。不怪他，我爸妈向来分不清记者、编辑和作家的区别，在他们看来，手里攥支笔就是“写稿子的”。

“记者不当了？”

“你有需求？”

“也没什么大事，”胡天成在电话那头停顿了点一根烟的时间，“是李苏红提议，想借兄弟的如缘大笔给写两句公道话。”

“如缘大笔”是什么笔？想了想，胡天成说的该是“椽”，这家伙把老师教的那点学问都还回去了。高中毕业胡天成没考上大学，到南方混了几年，回老家承包了一片鱼塘。反正据我爸说，过得比我好。在我爸看来，天天有鱼吃，顿顿有酒喝，就是共产主义的好日子。

“李苏红？”我怎么听着这么耳熟？

“我老婆，想起来没？”胡天成说。你老婆我哪儿想得起来。他又空出了点根烟的时间，见我还是没反应，只好说：“咱们的同班同学，你同桌。”

我的小肚子突然疼了一下，像剧烈的肠扭转。个狗×的，把我同桌搞到手了。“手段可以啊，天成同学。”天地良心，我真是由衷赞叹。

“见笑见笑。”胡天成呵呵笑起来，他的得意挂在肥硕的腮帮子上，看不见我也知道那笑抖成了啥样。“一个巴掌拍不响，狼狈为奸嘛。谁让你们这群王八蛋都考上了大学。”

好吧。问题是留在老家的也不是你一个，单你胡天成占了花魁。“唉，鲜花插在了那啥上了，”我装模作样地说，“我就违心地祝贺你一下吧。”

胡天成笑起来，还有一个女人的笑。电话里传来李苏红的声音：“看看人家大记者，就是有见识。你不是要跟大记者说吗，说呀！”

“去，男人说话别乱插嘴！”胡天成的声音明显是扭到了一边，现在又转回来，“兄弟，不做记者总有做记者的朋友吧？”

事情说简单也简单，说复杂也复杂。

我们镇的老窑厂前些年突然倒闭。承包商趁着月黑风高，卷走所有值钱的家当，第二天一早工人来上班，老板不在了。上个季度的工资还欠着呢。工人火了，操着铁锹、锤子把办公室砸了。砸也白砸，承包商像一滴水蒸发上了天。镇派出所拖上县公安局，满世界找，折腾了一年，“屁消息没有”，消停了。烧窑的大烟囱上都长出了草。厂房也散的散，塌的塌，没烧透的砖坯都被周围的村民运回家盖了房子。厂区荒草蔓生，野茅草深得可以养两百条狼。当年取黄土做砖坯挖出来的一个个深塘，也那么荒着，长满了水草、芦苇和菖蒲，大风吹来，煌煌巨响，仿佛埋伏了重兵。没人把这块荒弃的土地当回事，胡天成看上了。他跟窑厂所属的村子提出承包挖出来的那几个大水塘，养鱼。

后来他跟我说，就是脑子抽筋，李苏红喜欢吃鱼。我说，你别扯淡，李苏红还喜欢金银首饰呢，你怎么不去抢“周大生”？他几乎是白拿了那几个鱼塘，一包二十年。承包商跑路，村里正愁没法跟上头和老百姓交代，更重要的是，村里想不出招儿怎么把那些深塘给填上，那就是一个个光天化日下的大伤口。村委会恨不得倒贴胡天成。

要说这小子天生也是个做事的料，两年下来，鱼塘就被他收拾得整整齐齐。那些坑简直就像他跟前窑厂主串通好挖出来的，深水里养鱼虾，浅水处养老鳖、栽莲藕，一板一眼。鱼塘之间的空地上，培植了各种花木，远看像个花圃。为了把他的小帝国经营好，胡天成在鱼塘边盖了几间大瓦房，家都搬过来了。那一大片荒地立马换了面目,废弃的老窑厂突然就吃香了,据说好多本地和外地的小老板都冲过来,竞标要拿下老厂区。最后被隔壁镇上的一个姓高的老板拍下了。

“什么姓高的老板,”胡天成在电话里说,“就是他娘的村主任的小舅子。”

“说这话要负责任的。”我提醒他。

胡天成口气立马软了,“就算不是小舅子,那也是拐弯抹角的亲戚。村长他老婆就是那镇上的。”

不管啥关系,老窑厂被拿下了。高老板把荒草割了,倒掉的墙砌齐,漏雨的屋顶补上,一群工人开进来,开始生产麻刀。我猜绝大多数人都没见过这东西,听可能都是头一回,那就顺便普及一下。麻刀不是刀,是一种纤维材料,用麻刀机或者竹条抽打成絮状的麻丝团,掺在石灰里以增强材料连接、防开裂能力,提高材料的强度。古建筑修建时用的麻刀灰,指的就是白灰膏、麻刀和青灰组合起来的一种灰浆。从这些信息里,你可能已经预感到,如果这东西飘出来,肯定是个污染源。胡天成一家和他们的鱼,眼见着从隔壁的一间间大厂房里腾云驾雾地飘过来麻刀,心下有点急。还没想出个解决的好法子,高老板又上马了新项目,开始做水泥了。从建麻刀厂浩大的阵势看,胡天成认为,水泥厂才是高老板的目的。狗×的是冲着这个来的。砖窑厂烧石灰,的确怎么看都在逻辑。

问题是,水泥厂的污染比麻刀厂大得那还真不是一点两点,是要人命的。胡天成到最靠近老窑厂的鱼塘里捞了几条鱼,剖开肚子一看,麻刀和石灰已经搅拌到了一起。我的老同学不淡定了,到老窑厂找高老板理论。

“找我有屁用。”高老板坐在大班椅上转了一圈,“厂子从村里租的,产品是上头批的;老子在自家的地盘上端个碗,又没吃到你的饭桌上。”

“你造成了污染！”

“污染？我是扒开你嘴往里塞麻刀了，还是朝你鱼塘撒石灰了？”

讲不通。胡天成去找村委会，希望村里出面协调一下。村主任挠着脑袋说：“这事不好办啊，承包给他办窑厂跟承包给你做鱼塘一样，都是组织讨论敲定的，白纸黑字。”

“那也得讲环保啊。”

“环保能当饭吃？”村主任说，“高老板是利税大户。再说了，你要非钻进水泥生产车间，再环保那也污染啊。”

这肯定是穿一条裤子了。胡天成决定跳过村委会直接找到镇里，骑着摩托车就去镇上派出所报案。值班警员听他说了一半就笑了，这算哪门子的案子，派出所管抓人，不管环保。胡天成想想也是，环保局只有县里才有，在镇上，只能找镇长、镇党委书记。胡天成就去了镇政府，直接奔镇长办公室去了。门卫拽他胳膊都没拦住。镇长脾气很好，给他倒了茶，还递了一根白沙烟，花十分钟听完他的冤情，说：

“先回家，日子该怎么过还怎么过。我们班子成员研究研究。”

胡天成等了半个月，半点消息没有；一个月过去，一点消息也没有。知道这事黄了，他就跨上摩托车，顶着大风去了县城，跟环保局副局长掰扯了半天。副局长说，环保是大事，问题很严重，一定要认真调查严肃查处。第二天村主任找上门来，说胡老板的脸挺大啊，副局长亲自打电话给镇长，镇长又打电话到村委会，让给个说法。

“你们有说法了吗？”胡天成问。

“有了呀。”村主任说，“我们把情况一五一十给领导摆了一下。领导说，这样啊，就影响他一家？让他搬了不就是了？树挪死，人挪活。越挪越健康。”

“你们的说法呢？”

“听领导的。”

村主任比胡天成大一岁，但皮肤白，说话又细声细气的，看上去比他小好几岁，这让胡天成很生气。“我要不挪呢？”

“开个价。”村主任凑到他耳边，“拿了钱，你们井水不犯河水。”

“也是领导的意思？”

“别什么事都麻烦领导。领导忙着呢。”

胡天成真开了一个价。他跟我说，听了报价，村主任转身走了。

“多少？”我问。

“抢银行呢你！”村主任快转过胡天成的屋角，扭回头跟他说。

这是村主任第一次来他家。之后又来过两次，替高老板讨价还价。胡天成坚决不松口，要一次就得狮子大开口，否则吃人嘴软，拿人手短，以后他怎么污染你都得忍着。忍就要有个忍的价。

胡天成给我打电话，想让我帮忙找个媒体给曝个光。既然领导不搭理，周围又没个帮手，他一个人孤掌难鸣。县里的媒体他找过，不是说现在都是见光死吗？县里的报纸和电台根本没拿正眼看他，理由是：不具有典型性。跟最近的鱼塘也隔着两三百米呢；他跑你地盘上烧石灰，我们就报，这才是新闻。胡天成就想到了我，自己人办这点事，问题应该不大吧。

惭愧，我也没办成。不是因为我不当记者了。我怂恿同事报了选题，选题会上头一个就被否了。觉得这都不是个事。污染了一条河，那是个事；呛着了半个村，也勉强是个事；现在基本上就是一个人的生意影响了另一个人的——该谈谈该打打，二一添作五，自己解决吧。

“情况就是这么个情况，”我在电话里跟胡天成说，“老兄自求多福吧。”

胡天成对着他的二手诺基亚手机“哼”了一声，“我就不信弄不上一个好价钱。”

显然没弄上。打电话回家，我妈说，胡天成的鱼养得好好的呢，我爸去买鱼,他经常额外送一条。石灰厂依然在呼通呼通冒着烟。

某一天村主任又来了。这次不谈赔偿,谈承包。村主任说,旁边有个麻刀石灰厂,的确不是个养殖的好地方,要不就别养了吧,转让。胡天成问,转给谁?村主任说,高老板。小火苗立马蹿上胡天成的脑门儿,他往门外一指:

"滚!"

村主任滚了,滚走了又滚回来了。隔三岔五地滚来滚去。高老板想把鱼塘这一大片地也吃掉,他不便直接找胡天成谈,村主任是最合适的第三方。村主任是个敬业的斡旋者,每次来都苦口婆心地劝,该说的都说了。他扳着指头给胡天成数,只有三种可能:一是维持现状,各干各的,老死不相往来;二是胡天成接受现在的赔偿,拿到钱别再吭声,继续各干各的,老死不相往来;三是转让鱼塘,拿一笔钱,到别处发财去,各干各的,也可以老死不相往来。

因为老同学托付的事没办成,我觉得挺不好意思,过了一阵子才硬着头皮给胡天成回电话。聊起现状,我问胡天成的想法。胡天成说,他还坚持那个听起来像天文数字的价码,封口的价高,转让费更高。

"高老板那边怎么说?"

"根本不露头,"胡天成那天肯定多喝了两杯,说话时舌头有点大,"狗×的知道自己耗得起。没事就派那猪头来跟我磨,讨价还价。让你磨,我磨死你个狗×的!"

"那个村主任姓朱?"

胡天成没回答我,他的嗓门儿突然大起来:"愣着干吗?洗碗去!"接着我听见李苏红的声音,李苏红说:"滚一边去!"同时传来的是一声惊慌的狗叫。想必李苏红顺脚踢了他们家的狗。霜降那天下午我去胡天成家,见到了那条叫大黑的狗,个头不小,但很温驯,一直摇着尾巴跟在胡天成儿子屁股后头跑来跑去。这么温驯的狗,那声惊叫一定很是委屈。胡天成在电话里响亮地吐了两口痰，然后跟我说："他妈的那个猪头，三天两头往这儿跑，都快混成家里人了。李小程见了他，欢喜得像见了亲爹。"

我点上根烟。

"狗×的会玩，把小东西逗得团团转。"

霜降那天我头一次见到李小程，八岁，虎头虎脑的。天黑之前一直绕着一个个鱼塘跑，两腿间夹一根树枝当马骑，身后跟着大黑。

他们还住在鱼塘边，准确地说，住在鱼塘间。那一大片空地，他们盖了个精致的小院子。我从老窑厂边经过，按照胡天成电话里指点的方向看过去，只看见一排杨树，胡天成栽植的。他对麻刀和石灰的污染做了顽强的抵抗。很多年前我经常走这条路去镇上中学，那时候我、胡天成、李苏红谁也不会想到，若干年后我们会变成什么样，更不会想到当年红红火火的窑厂成了生产麻刀和石灰的地方。必须承认，邻镇的高老板有两把刷子，起码厂房打理得很好，一点看不出想象中的一个乡镇企业可能有的寒酸破败相。他用外面窑厂烧制的红砖灰瓦建造了新厂房，用比红砖更红的颜料粉刷了旧砖瓦厂房的墙壁。但污染他管不了，离老窑厂几百米我就闻到了辛辣沉闷的石灰味。工人在厂区走。拖运石灰的卡车从大门进来出去。过了老窑厂的院墙，再经过那排直往天上钻的杨树，就看见了胡天成的家。

鱼塘边种着各种花木和菜蔬。带着大黑疯跑的李小程看见我，停下来，对西南方向喊了一声。然后我听见胡天成的声音：

"大文豪，这边！"

我循声把自行车直接骑到一个水塘前。水位很低，胡天成穿着橡胶下水裤从一片枯黄衰败的荷叶间直起腰身，右手在水里涮了涮，举起一段长约一米的莲藕，白生生胖嘟嘟的。

"泰国花奇，"他说，"口感清脆、微甜，没有渣，生吃像水果，煮熟了面得你舌头都能化掉。今晚就它了。”

他把泰国花奇莲藕扔到我脚边，弯腰去采另一段。旁边突然有个微弱的男声：“给口水吧，渴死了。”吓我一跳。前后左右找，才发现鱼塘边的柳树上绑着一个人，三十多岁的样子。就在他舔着嘴唇吧唧嘴的时候，一坨淤泥直直地甩到他嘴上。胡天成说：“你他妈的闭嘴！”他又捞起一坨淤泥还要再甩，我赶紧对他摆手，举着藕挡到了那人前面。不管他是谁，绑起来还用淤泥伺候都不合适。

那人呸呸呸地往外吐，嘴、牙和下巴还是黑的。我都闻到了那成分复杂的淤泥味。那人都快哭了，对我说：“兄弟，求你了，帮我松个绑。”

“个死猪头，”胡天成又攥着一段莲藕直起腰，“再让我听见你说第二句话，直接把淤泥塞你嘴里你信不信？”

姓朱的村主任立马不吭声了。半下午的太阳依然很好，朱主任的脑门儿上被晒出了油。裤裆处湿了一块，看来被绑了有一阵子了。李小程夹着树枝又跑到这边，胡天成对他挥挥手，“哪儿宽敞去哪儿跑，别在这地方瞎转悠。”他从水塘里爬上来，捡起扔上来的那截藕：“走，进屋去。”

“这位朱主任……”

“咱们兄弟进屋喝茶去。”

“老同学，你这不合适啊，两兵交战都不斩来使。”我跟着胡天成走到院门口。

“李苏红，人呢？茶泡好没？老谭来了！”

“好了好了。”李苏红从厨房走出来，撩起垂到眼前的一绺头发，“呀，大文豪来了，蓬荜生辉啊。”

我把岁月和乡村生活想象得过于残酷了，李苏红虽然没有活在时间和环境之外，但比起同龄的女人还是要年轻一些；比念书的时候胖了，但就算二十年不见，迎面走在大街上，我也应该能一下叫出她的名字来。胡天成把两根藕递给她,去压水井前脱下水裤洗手了。我问李苏红,外面的那个朱主任是咋回事。

李苏红说:“问他!”

胡天成听见了,说:“问我?你他娘的还好意思问我!”

“胡天成,”李苏红一把将两根藕摔到砖头砌的走道上,“今天当着老同学的面,你把话说清楚,我怎么了我?”

我差不多知道是怎么回事了,赶紧让胡天成住嘴,捡起藕把李苏红往厨房推。李苏红抹了把眼泪,嘟嘟囔囔地说,我招谁惹谁了我。他来是跟你谈判,你们爱怎么谈怎么谈,他离婚也罢,死了老婆也罢,跟我有什么关系?一个大男人,事情处理不好,倒来怨我!我就劝李苏红,天成这是在乎你呢,隔壁这厂子,搁谁眼皮底下都闹心,你就多担待点。李苏红说,我哪天不担待他?不担待我会跟他来这荒山野岭过日子?老谭你出门喊一嗓子,除了大黑,你能喊出条狗来都算你有本事。结婚多少年了,他还在为倒插门那点事跟我找别扭,你说倒插门算个屁啊。我都跟他说了,实在想不开,等我爹妈死了,我让小程改姓胡,不姓李了。

从厨房出来我又去劝胡天成,我说你可不能再欺负我同桌了,人家李苏红多么情深义重、深明大义啊,换个女人,一天得跟你急眼十八回。别攥着珍珠不当宝贝,这要被咱们班男同学知道了,肯定排着队过来跟你拼命。胡天成用鼻子哼了哼,说,端着醋碗当红糖水喝,心里头谁酸谁知道。我还想着让他尽快把朱主任给放了。私自把人给绑了,这算犯事,人家还是个村官,大小也算领导。但胡天成在气头上,欲速则不达,缓缓再说。没想到给缓忘了。

天地良心,真给缓忘了。那场酒啊,喝得叫一个痛快,用时髦的话说,是爽歪歪,是嗨透了,是酷毙了。我一直想问胡天成,为什么霜降这天非得吃莲藕,喝着喝着也喝忘了。故乡的桃林大曲,真不比茅台差;而李苏红的厨艺又那么好,满桌子的主要食材只有两样,鱼和藕，但蒸、煮、煎、炸，凉拌、清炒、红烧、热炖，一盘盘一样样，李苏红给整出了差不多二十个菜，一道菜一个味，我感觉就是吃了一次满汉全席。

一边喝一边聊，同学相见，分外眼热，我们把自己都给聊哭了。李小程坐在一边，扑闪着羞怯的大眼，完全搞不明白他爹妈和这个谭叔叔吃错了什么药，说着说着就唱，唱着唱着就跳，手舞足蹈。如果他坚持在饭桌前坐到我们三个全倒下去，肯定看见谭叔叔至少拥抱了他妈妈三次；当然，谭叔叔也真诚地拥抱了他爸爸起码两次。我不知道李小程那顿饭吃了多久，到了后来我怀疑他爹妈都把他忘了。想不忘也不行，我们最后都喝趴下了。

后来我认真理了一下头绪，我想知道怎么就喝成了那样。是李苏红先哭的，然后是胡天成，接下来是我。李苏红哭得有道理，她委屈，朱主任三天两头过来，是找你胡天成拉锯，跟她半毛钱关系没有；就算他心怀鬼胎，那也是他自己的事，你怪我理他，我怎么能不理他？你卖鱼卖虾整天不在家，我跟大黑得守着这几个鱼塘啊，打个招呼你总得“嗯”一声吧。你以为我想整天待在这荒郊野外？这哪是过日子，我这是在坐牢啊。胡天成挥舞着酒杯说，苍蝇不叮无缝的蛋，一个巴掌拍不响，豺狼来了你有好酒，别说那个猪头，就是隔壁的高老板，要知道有这等好事，没准儿也把这说客辞了，自己亲自上阵了。我就劝胡天成，不能这么想，夫妻坦荡、相互信任是第一要务，多牢固的婚姻也禁不住捕风捉影、疑虑重重。胡天成抱着我，把一杯杯桃林大曲直接变成了眼泪，流了我一肩膀，语重心长地跟我说：

“兄弟，道理我都懂，可你就是说不清。这几个破鱼塘，我花了多少气力，我就想把事给做好。我做不好，我怎么都做不好。就这几条鱼，我是挑最远的鱼塘捞的，近的没法吃，运到集市上我心里都打鼓，我胡天成他妈的是在害人哪！我真是够了，我是够够的了！”

我对李苏红摆摆手，让他在我肩膀上多哭一会儿。要隔三岔五给男人一个淌眼泪的机会。我以为胡天成就这么一说，酒醒了该怎么跟老窑厂耗下去就怎么耗下去，当年咳嗽他都坚持那么久，这事肯定扛得住。离开老家一个月，接到他电话，胡天成说，转了。我问多少钱？一半。胡天成说。过了足足一分钟，他才接上下一句：你不知道做好一件事有多难。

那天晚上我也说过这么一句。我说，你俩知足吧，你们不知道做好一件事有多难。我说的是婚姻。我离了，没扛过五年。结婚时我说，挺得过五年再要孩子，免得让孩子受苦。那时候就是说着玩，少年意气，没怎么走心。真就没挺过去，四年十一个月的最后一个周五，去了民政局。搞不明白为什么就过得支离破碎、磕磕绊绊、捉襟见肘、六神无主，两个人怎么努力都像同一极的磁铁，靠近的唯一后果就是把对方推得更远。我跟他们俩说，你们不知道做好一件事有多难。然后我左胳膊抱着胡天成，右胳膊抱着李苏红，把脑袋垫在他们并排的肩膀上，嗷嗷大哭。

那会儿只是喝到位了。我还想着是不是劝劝胡天成，把朱主任给放了，也算给李苏红个面子，但再倒满一杯就喝冒了，仿佛这世界上就只剩下了三个人。想必胡天成和李苏红也如此。

醒来时已经半夜了，外面黑得发蓝，手机断电了，手表也不知道去了哪里。我歪在藤椅里，口干舌燥，浑身酸痛。我说水，谁有水？胡天成在桌子底下，躺在地上还跷着二郎腿。李苏红趴在她做的一桌好菜的空当处，被我吵醒后抬起头，半张脸上印着套袖上牵牛花的纹路。她猛地站起来，说：

"小程！小程呢？"

我看了一圈，小程不在。李苏红已经从卧室跑出来，李小程既不在自己的床上，也没在她和胡天成的房间。她往院子里跑，敞开被酒烤干的嗓门儿喊儿子的名字。我对着桌底下踢了一脚，快起来，你儿子不见了。要不是头顶有张饭桌，胡天成都能一个鲤鱼打挺跳起来，他的酒全醒了。家门口鱼塘一个连着一个,每个鱼塘都能要了孩子的命。

胡天成把家里的手电找出来,分我一个,胡天成担心我不熟悉地形,让我就近找,他们俩去远处的鱼塘边。乡村的夜黑得干净,辽阔的天空上星星跟水洗过一样,弯月在远处。我喊着小程的名字,间或叫一声大黑——大黑也不见了。

突然想到了朱主任,我往荷塘边走。离荷塘一百米左右,灯光里跑进一个活物,是大黑。它跑到我跟前,蹭一下我的腿,咬住我的裤脚就往前拖。当时真把我吓坏了,我想小程肯定出事了。影视剧和小说里都爱用这种桥段,但凡狗拽着人走,肯定没好事。我对着黑夜高声喊叫胡天成和李苏红。其实不必这么高门大嗓,夜深人静,咳嗽一声都能响好几里地。

我跟着狗往前跑,跳跃的灯光里反倒看不见多少东西。大黑停下时,我的手电筒正对着那棵柳树。树根前只有一堆凌乱的绳子,朱主任不在了。大黑哼哼起来。我把灯光对准它,看见它旁边一张简易的长椅上卧着李小程。椅子是胡天成用几块木板拼制的,这家伙竟然也会风雅;长椅可坐可卧,荷叶飘香时候端上杯茶,在飘拂婆娑的柳荫底下,那感觉应该相当不错。

李小程右侧睡姿,蜷缩成一团,两只小胳膊抱在胸前,眼皮和鼻翼在灯光底下动了动,又平静了。我走到椅子前,准备把他抱起来时,看见椅子上落了浅浅的一层霜。淡淡的白霜在长椅上勾勒出了他八岁的小身形。胡天成和李苏红正朝这边跑来。